Tahar Ben Jelloun

MIT GESENKTEM BLICK

Roman

Aus dem Französischen
von Uli Aumüller

Rowohlt

Die Originalausgabe erschien im
Januar 1991 unter dem Titel «Les Yeux baissés»
bei Éditions du Seuil, Paris
Einband- und Schutzumschlaggestaltung
von Gabriele Götz

1. Auflage März 1992

Satz aus der Aldus (Linotronic 500)
Gesamtherstellung Clausen & Bosse, Leck
Printed in Germany
ISBN 3 498 00556 1

MIT GESENKTEM BLICK

PROLOG

Die Geschichte von dem Schatz, den der Urgroßvater vor mehr als hundert Jahren im Gebirge versteckt hatte, ist wahr. Von allen kleinen Mädchen des Stammes war sie es, auf die der ausgestreckte Finger des Alten gezeigt hatte. Niemand wußte, warum. Sie war wie alle anderen Mädchen in ihrem Alter, weder zu brav noch zu wild, aber sie hatte riesig große Augen, die von einem sanften, schillernden Licht beseelt waren. «Mit diesen großen Augen», hatte der Großvater zu ihr gesagt, «wirst du Dinge sehen, die dir nicht gefallen, Dinge, die deine Seele von sich weisen wird, doch du wirst so klug und willensstark sein, nichts zu sagen und die Menschen dem Unglück, der Lüge und dem Verrat zu überlassen; du wirst zulassen, daß die Erde sie verschlingt, und du wirst die einzige sein, die weiß, warum die Menschen sich selbst ihr Grab schaufeln. Du wirst auch Wunderbares sehen: Wiesen, auf denen jeder Baum ein Spiegel ist, der der Sonne zugewandt ist und der Licht, Blumen und Früchte schenkt. Du wirst sehen, wie der Tag zuerst in deinen Augen anbricht und sich dann über Berge und Flüsse ausbreitet. Deine Augen werden der Ort sein, in dem jede Nacht, die du durchschreitest, ein Stück deiner Träume zurückläßt, in dem eine Geschichte in eine andere überleitet, in dem das Morgenlicht das Alphabet des Geheimnisses niederlegt. Das ist kein Privileg, es ist einfach so. Mein Gewissen und das Schicksal haben dich erwählt. Meine Hand hat sich auf deinen Blick gerichtet, und ich habe in der Ferne ein Aufleuchten wie ein Auflachen, wie einen wohltuenden Blitz erblickt, der vom Himmel niederfuhr und meine Geste guthieß. Du wirst lange leben und den Vorzug haben, den Tod nicht durch Krankheit und Schmerzen kommen zu sehen, sondern durch die ersten Worte des Geheimnisses, die auf der Zunge zusammenströmen. Du wirst sie aussprechen können, ohne etwas zu befürchten, denn sie sind nicht das Geheimnis, sondern seine Hülle, das, was es im Innern deiner Seele aufrechterhält. Einer Zwiebel gleich hat es mehrere Schalen, die langsam fallen. Wenn du zum Wesentlichen gelangst, wirst du den Satz aussprechen, der dich gemacht hat; die Worte werden wie Glutstücke in einen von zwei offenen Händen gehaltenen Haufen Asche fallen; der Atem der schwangeren Frau wird sie wiederanfachen, und das Geheimnis wird in dem Augenblick weitergegeben, in dem du den Geist aufgibst. So ist es. Dein Alter wird von dem Willen zum Schweigen bestimmt sein.

Nun richte deine Augen auf meine Hände; lege deine Hände auf meine Brust; schau diese von roter Glut durchzogene Asche an; hier ist das Geheimnis; wie du siehst, geht es um einen Schatz, den andere Hände unter dem vierzigsten Olivenbaum östlich vom Grab des Heiligen unseres Stammes vergraben haben; dieser Schatz soll der Enkelin der Enkelin unseres Ahnen zukommen.

All diese Steine liegen auf einer sehr braunen Erdscholle, dem Urstoff unseres Lebens, der Erde unserer Erde, dem schwarzen Sand unserer Leidenschaften, dem tiefen Bett, in dem unsere Vorfahren ruhen; diese Erde ist vom Geist unserer Eltern und der Eltern unserer Eltern beseelt; sie ist wie Asche; wenn eine fremde Hand sie berührt, wird sie Glut und verbrennt die unberechtigt eingedrungenen Finger. Nur deine Hand hat die Macht, dieses letzte Hindernis zu überwinden, ehe sie auf das feine, von der Spinne der Tiefen gewebte Netz trifft, es öffnet, ohne es zu zerreißen, und die Handfläche auf das weiße Gewebe legt, das die sieben hundertjährigen Frauen unseres Stammes gestickt haben, und an dem Goldfaden zu ziehen, der den Sack aufknüpfen wird, in dem einige Wunder dieser Welt enthalten sind.»

Nach einem Augenblick des Schweigens, in dem der alte

Mann nachdenklich dalag, nahm er die Hände des kleinen Mädchens in seine, legte den Kopf oben auf das Kissen und tat seine letzten Worte mit der Langsamkeit desjenigen kund, der sich aufmacht in die Lieblichkeit der Dämmerung. «Es gibt Schätze, die auf Inseln versteckt sind. Der unsere liegt im Gebirge. Wir sind Leute der Erde, und wir kehren dem Meer den Rücken. Ich weiß nicht, was eine Insel ist. Was macht es! Ich habe die Erde gelernt, wie man lesen und schreiben lernt... und ich weiß nicht viel. Du weißt nun nicht nur, daß wir einen Schatz haben, sondern kennst auch die Stelle, wo er vergraben ist. Du wirst im zweiten Jahr deines heiratsfähigen Alters eine Ehe eingehen. Du wirst zuerst einen Sohn, dann zwei Töchter bekommen. Du wirst viele Enkelkinder haben; unter ihnen wird jene sein, deren glückliche Hand den Schatz ausgraben wird. Du wirst sie erkennen. Dein Tod wird dir Zeit lassen, das Geheimnis an sie weiterzugeben. Dann wirst du endlich den Frieden der ewigen Nacht erleben.»

Kurz darauf starb der Großvater und hielt dabei die Hände seiner kaum zehnjährigen Enkelin. Sie dachte, der Tod sei, als ob man das Licht abschaltet, sie schlief einen Teil der Nacht in den Armen des Toten, und als man den alten Mann kalt und fahl entdeckte, glaubte man einen Augenblick, auch die Kleine wäre vom Tod dahingerafft worden. Sie sprang auf und warf sich weinend über den Großvater, klammerte sich an seine Gandura und bat ihn aufzuwachen. Als sie sein erloschenes Gesicht ansah, wurde ihr klar, daß alles vorbei war; sie wich zurück, trocknete sich die Tränen und verschränkte ihre Hände vor der Brust, als hielten sie einen kostbaren Gegenstand fest. In eben diesem Augenblick wurde sie zur neuen Verwahrerin des Geheimnisses, zur Hüterin der Worte und Wege, die Beschützerin dieses nie genannten Erbes: des gegebenen und gehaltenen Wortes, in der Stille der Beichte kundgetan und weitergegeben.

Heute ist die Hüterin des Geheimnisses, eine Großmutter. Sie wartet auf die Rückkehr ihrer Enkelin, die als einzige den Schlüssel zum Schatz besitzt. Doch weiß sie es selbst?

ERSTES KAPITEL

Der Horizont ist nicht sehr fern; mit den Wolken rückt er näher, kommt bis an unser Dorf. Bei schönem Wetter entfernt er sich, wandert anderswohin. Es kommt vor, daß ich den Arm ausstrecke und den Eindruck habe, ihn zu berühren. Er ist eine gebrochene Linie aus gedrungenen Büschen und kahlen Hügeln. Wie die Ziegen, die ich hüte, klettere auch ich auf einen Baum, setze mich fest eingekeilt auf einen Hauptast und versuche zu sehen, ob etwas hinter dieser beweglichen Linie ist: Bäume und dann Hügel, über denen eine leichte Dunstschicht schwebt wie ein Segel oder ein Moskitonetz. Auf dem Baum vergesse ich alles, die Herde, den Hund und die Zeit. Ich kann einen ganzen Tag so in luftiger Höhe verbringen, ohne mich zu langweilen. Ich trällere ein Lied, ich schlummere ein wenig; die übrige Zeit träume ich. Tatsächlich hecke ich eine ganze Welt aus, von Figuren ausgehend, die mir vor dem Hintergrund des Himmels oder zwischen den Ästen des Baumes erscheinen: wilde Tiere, die ich abrichte, Menschen, die ich in einer Reihe oben auf eine Klippe stelle und beobachte, wie sie vor Angst vergehen; ich nehme sie nur aufs Korn; ich stoße sie nicht; Raubvögel, deren Merkmale ich abschwäche; Wolken, die verrückt spielen, Bäume, die umstürzen, andere wachsen in den Himmel; von dort rufe ich das unschöne Gesicht Slimas herbei. Sie ist meine Tante. Sie mag mich nicht; ich verabscheue sie. Mein Vater hat mich bei ihr gelassen, als er in die Fremde arbeiten ging. Er hat mir versprochen, mich abholen zu kommen. Ich warte auf ihn. Deshalb klettere ich auch auf die Bäume. Ich suche den Horizont und den Weg ab, in der Hoffnung, ihn eines Tages kommen zu sehen. Meine Mutter ist oft bei ihren Eltern. Sie wohnt jenseits des Hügels. Sie ist schwanger und kann sich nicht um mich kümmern. Als meine Tante sich anbot, mich aufzunehmen, wollte ich nicht mit ihr gehen. Ich wußte, daß sie mich schlecht behandeln würde. Also lasse ich, gemütlich auf dem Hauptast des Baumes sitzend, Slimas scheußliches Gesicht zu mir kommen, genauer gesagt auf die Himmelsleinwand, die ich zwischen den Blättern sehe. Ich entscheide, daß es häßlich ist. Es ist knetbarer Ton. Ich mache zwei Löcher anstelle der Augen und einen großen waagerechten Riß anstelle des Mundes. Die Nase ist gespalten. Mit meinen Füßen trete ich so lange, bis alles sich vermengt und man keine menschliche Form mehr erkennt.

Warum entweicht die Häßlichkeit der Seele aus dem inneren Gehäuse und legt sich über das Gesicht? Körperliche Häßlichkeit beängstigt mich nicht. Es ist die andere, die ich fürchte, weil sie tief ist und von so weither kommt. Sie tritt auf dem Gesicht zutage und bringt Unglück. Sie gräbt sich ihr Bett auf dem Körper und in der Zeit. Alles ist in den Augen. Wenn sie in gelbem Wasser schwimmen, bedeutet dies, daß sie von der Häßlichkeit der Seele angesteckt sind. Meiner Tante steht der Haß in den Augen. Sie sind bisweilen gelb, rot, wenn sie in Wut gerät. Obwohl klein, verschlingen ihre Augen das Gesicht. Sie sind klein und tiefliegend wie enge Löcher, durch die der Haß dringt. Er ist eine Flüssigkeit, die im Körper kreist. Es ist an uns, sie umzuwandeln, ihr ein wenig Menschlichkeit zu verleihen. Mir gelingt es nicht, den Haß meiner Tante nicht zu erwidern. Tatsächlich gebe ich den Schmerz an den Verursacher zurück. Ich weigere mich, ihr die Tür zu öffnen. Ich bin nicht töricht. Sie denkt, ein Kind sei unfähig zu verstehen, was um es herum vorgeht. Ich verstand nicht nur alles, sondern ich blieb obendrein nicht stumm und passiv. Mein erster Zusammenstoß mit meiner Tante geschah nachts. Ich schlief nicht. Ich war aufgestanden, um auf dem Hof herumzulaufen. Der Mond war voll, oder jedenfalls beinahe. Es war hell. Ich ging lautlos. Als ich den Stall betrat, bemerkte ich, daß die Kühe einen sehr leichten Schlaf hatten. Sie waren alle aufgestanden, glaubten wohl, es sei Zeit, herausgelassen zu werden. Panik ergriff mich. Meine Tante, vom Lärm der Tiere alarmiert, kam mit einem Stock bewaffnet in den Stall. Sie meinte, es mit einem Dieb zu tun zu haben. Sie schlug mich. Sie hatte mich natürlich erkannt, aber sie schlug weiter, als wäre ich ein Sack Heu. Ich zählte die Schläge. Zehn, zwanzig, vielleicht dreißig. Mein Körper war unempfindlich. Jeder Schlag war wuchtig vor Haß und Groll. Ich würde ihr nicht verzeihen. Nicht vergessen. Ganz im Gegenteil. Ich dachte schon an die Zukunft. Sie, alt, gebrechlich, ich, jung und stark, würde sie nicht schlagen. Sondern sie nur ansehen, sie beobachten, ihren Schmerz ermessen und lachen, ohne mich zu regen, ohne etwas zu tun, nicht einmal lachen, gerade eben lächeln. Nur ihre Augen würden einige letzte haßerfüllte Flammen schleudern. Ich würde den Haß nie mit Bösem vergelten, sondern ihn, ohne etwas hinzuzufügen, erwidern, ihn zurückgeben, ihn zurückverweisen an diesen müden, prallen und verbrauchten Körper. Er würde Löcher hineinmachen können, und ich würde dem beiwohnen, ohne zu reagieren. Ich dachte mir, daß ich nicht denselben Weg einschlagen durfte wie sie. Sie sagte, ich sei eine Tochter des Dämons. Ich war wild, aber nicht böse. Ich liebte dieses Dorf, seine Hügel, seine Bäume, seinen Schlamm und seine Bewohner. Es war mein Dorf. Ich trug es in mir, auch wenn es nicht dem wirklichen Dorf glich. Doch ich hatte nicht vorgesehen, meine Tante darin wohnen zu lassen. Wenn ich an das Dorf dachte, sah ich sie nicht in seinen Gassen auftauchen. Manchmal hörte ich ihre Stimme, heiser und brutal. Eine Stimme wie geschaffen zum Schreien, zum Brüllen, zum Schimpfen und Herrschen. Sogar die Tiere hatten Angst vor ihrer Stimme. Sie sollte sie davon abhalten, wiederzukäuen oder sich auf dem Heu niederzulassen. Sie sahen sie von der Seite an, als wagten sie nicht, ihr gegenüberzutreten. Von Zeit zu Zeit wagte meine Tante einige Gebärden, die Liebkosungen sein sollten. Die

Kühe stießen sie zurück, die Schafe entzogen sich ihrer Hand. Alle Welt wies sie ab. Sogar die Steine glitten hinweg, wenn sie vorbeikam. Die Bäume regten sich nicht. Sie waren stumme Zeugen eines Dramas, das sich täglich abspielte. Die Nachbarn mischten sich nicht in unsere Angelegenheiten ein. Manchmal murmelten sie einige Gebete, damit es zwischen ihnen und uns keinerlei Berührung gebe. Darauf legte übrigens niemand Wert. Ich hätte gern Freundinnen gehabt, gern gewußt, daß ich nicht allein und verlassen war, wäre gern beschützt worden und hätte gern gewußt, daß ich mich zu den einen oder anderen flüchten konnte. Ich durfte nicht einmal sagen, daß ich ohne Familie war, daß meine Eltern weit weg, jenseits der Meere waren, daß zwischen ihnen und mir gleichsam ein hohes, unüberwindliches Gebirge stand. Ich wartete ungeduldig auf den Sommer, um meinen Vater zu sehen. Meine Mutter traf sich mit ihm. Sie kamen für zwei oder drei Wochen ins Dorf. Sie waren hier, um sich zu erholen, und ich hatte weder Zeit noch Gelegenheit, mit ihnen zu sprechen, allein mit ihnen zu sein und ihnen von meinen Qualen zu erzählen. Meine Tante wurde nett, wenn der Sommer herannahte. Sie kaufte mir ein Kleid, Sandalen, gab mir regelmäßigere Mahlzeiten und zwang mich, Körner zu essen, die dick machen. Sie sagte: «Hier, iß *helba*, das wird dich ein bißchen kräftigen!» Tatsächlich blähte es mich auf. Meine Formen wandelten sich ein wenig, aber da ich schmächtig war, sah man sogar die winzigsten Veränderungen. Ich wollte den Aufenthalt meiner Eltern nicht verderben. Ich vermied es, ihnen Probleme zu bereiten.

In einem Sommer wurde mein jüngerer Bruder krank. Er wurde bleich und erbrach alles, was er aß. Meine Eltern beschlossen, ihn im Dorf zu lassen. Meine Tante war entzückt. So wurde ihr ein weiteres Opfer geboten. Sie ahnten nichts von dem Unheil, das diese Frau vorbereitete. Ich wußte es. Gleichzeitig sagte ich mir, daß wir es zu zweit vielleicht schaffen würden, das Drama abzuwenden.

Es ging schnell und stürmisch. Er verlor die Sprache, dann

die Stimme. Er sah uns mit seinen großen Augen erschrocken an. Er bat uns auf diese Weise, etwas zu tun, uns bei Gott oder beim Dorfheiligen dafür einzusetzen, daß die Schmerzen im Bauch aufhörten und ihm die Fähigkeit zu sprechen zurückgegeben würde. Auf seinem Gesicht lag eine überraschende Heiterkeit, wie ein natürliches, ständiges Lächeln. Seine Augen vergrößerten sich, um alle Tränen der Kindheit aufzunehmen. Er weinte nicht, sondern starrte in den Himmel, als befrage er irgendeinen Stern über den Ursprung dieses Leidens. Sein Bauch war aufgebläht. Er hatte seine kleinen Hände darauf gelegt. Die Leute, die ihn besuchen kamen, machten ihm angst. Er hielt sie wohl für Riesen, für zudringliche Geister. Er wandte den Kopf ab, um sie nicht zu sehen. Wenn meine Tante sich ihm mit einer Schale heißer Milch näherte, stieß er sie zurück und verschüttete die Milch über ihre Hände. Sie heulte auf und stammelte etwas Böses. Zum erstenmal in meinem Leben sah ich ein Gesicht grün werden. Einige Sekunden lang erblickte ich flüchtig den Tod. Er hatte die Züge meiner Tante mit ihrer blaßgrünen Haut. Dieselbe Farbe griff auf die Wangen, dann auf die Stirn meines Bruders über. Seine Augen blieben offen. Es war nichts mehr darin. Keine Tränen mehr. Kein Bild mehr. Seine verkrampften Hände stellten den Schmerz endgültig ab. Er war emporgehoben auf ein Laubdach. Sein durchsichtig gewordener kleiner Körper schwebte zwischen den Wolken. Ein Vogel, vielleicht eine Taube, flog über das Haus. Eine heiße Windbö fegte durch den Hof. Sie trug das Strohlager davon, nachdem sie umhergewirbelt war, als suche sie die Sachen des Kleinen. Das war das gelbe Lachen der Wüste. Dieses Lachen kommt häufig, um ein Haus reinzuwaschen, in dem der Tod seine Arbeit schlampig verrichtet hat. In unserem Fall war er auf der Seite der Ungerechtigkeit und des Wahnsinns. Er war auf Wunsch einer Hexe gekommen. Der Tod kennt keine Scham: er verbündet sich mit den Räubern und mit der Unordnung. Er ist eine Hand aus Granit, die in den Strohbunden stöbert. Dorthin flüchteten wir uns oft, wenn wir den Tod von jemandem aus dem Dorf erfuhren. Wir versteckten uns, weil wir Angst hatten, daß er im Vorbeigehen einen von uns dahinmähte, einfach so, nur um nicht allein zu sein, um sich von einem Kind begleiten zu lassen, das ihm den Weg zum Himmel zeigen, ihm die magischen, unsichtbaren Pforten öffnen sollte. Denn ein totes Kind ist ein Engel, der geradewegs ins Paradies kommt. Man hatte es uns so oft gesagt und wiederholt, daß wir es schließlich glaubten. Auch wenn er ein Engel im Paradies geworden war, mein Bruder fehlte mir schrecklich. Ich konnte mich nicht in sein plötzliches Verschwinden finden und fuhr fort, ihm Geschichten zu erzählen. Ich war besessen von der Farbe Grün. Jedesmal wenn mein Blick auf meine Tante fiel, überzog diese Farbe ihr Gesicht. Ich sah die Leute nämlich in Farben, und Grün war meiner Tante vorbehalten; ich fügte noch etwas Gelb für die Augen hinzu, tat Blau auf die Lippen und stellte, wie es mir paßte, ihr von Mißgunst und Haß verzehrtes Hexenhaupt zusammen. Der Wille, meinen Bruder zu rächen und meiner Familie Gerechtigkeit widerfahren zu lassen, verlieh meiner Phantasie eine ungeahnte Kraft. Ich war stärker und intelligenter geworden als diese für das Böse begabte Frau.

Unser Dorf war weit weg von der Stadt. Der Tod konnte nur von Gott kommen. Ein krankes Kind starb, weil es keinen Arzt gab und weil die Heiler alle Scharlatane waren. Der Tod ist das letzte Wort des Schicksals. Wer würde wagen, daran zu zweifeln? Mein Bruder war vergiftet worden. Ich wußte es. Ich habe es immer gewußt. Ich konnte es nicht beweisen. Ich war alt genug zum Trauern. Das durch seine Abwesenheit verursachte Schluchzen durfte ich nicht öffentlich zeigen. Ich behielt es für mich, ich hielt es lange zurück, und ich schluchzte weit weg vom Haus, wenn ich allein bei meiner Herde von Kühen und Ziegen war, ich weinte Stunden, im Schatten eines Baumes sitzend und mit meinem Hirtenstab spielend. Das erleichterte mich. Ich dämmerte in einem angenehmen Frieden dahin, während ich aus den Augenwinkeln die Tiere überwachte. Früher war mein Bruder dazugekommen, und wir schmiedeten angenehme Zukunftspläne. Wir sprachen gern laut von unseren Träumen: das Dorf verlassen, die ganze Familie um meinen Vater vereint sehen, kiloweise Bonbons kaufen und sie an die anderen Kinder verteilen, nagelneue Kleider tragen, Coca-Cola trinken, Kaugummi kauen, in einem Auto fahren, auf den Jahrmarkt gehen, Schuhe tragen ... So machten wir Listen von unseren Träumen. Er war schüchterner und wagte mir nicht alles zu sagen. Wenn er mir von dem erzählte, was er gern haben oder tun wollte, wurde er ernst, als hätte er eine Vorahnung seines Todes. Seine Stimme veränderte sich. Sein Blick wanderte in die Ferne, dann senkte er sich, so als sähe er nichts kommen. Er war ein trauriges Kind, weil er nie begriffen hatte, warum sein Vater nicht da war, bei uns. Alle seine Träume kreisten um den abwesenden Vater. Er sagte: «Mein Traum ist mein Vater. Wo ist *Lafrance*? Es ist weit weg! Wenn ich bis zu dem Hügel dahinten laufe, sehe ich dann das *Lafrance* von meinem Vater? Weil ich immerzu an ihn denke, habe ich sein Gesicht vergessen. Kannst du mir sagen, wie sein Gesicht aussieht? Neulich habe ich es meiner Mutter gesagt, sie hat angefangen zu weinen. Es stimmt, manchmal sehe ich es genau, es ist ganz nah bei mir, ich brauche nur die Arme auszustrecken, um es anzufassen. Dann wieder ist alles verschwommen. Sein Gesicht sieht aus wie eine Wolke. Wenn er nicht zurückkommt, gehe ich ihn suchen. Ich nehme den Freitagsbus, und in der Stadt wird es schon jemanden geben, der mir zeigt, wo *Lafrance* liegt. Ich erinnere mich sehr gut an seinen Geruch. Das riecht nach Benzin, Schweiß und einem Gewürz, das Mama in den Tajine tut. Kennst du seinen Geruch?»

«Ja, natürlich, aber es ist kein Benzin dabei ...»

«Nein, ich meine, es riecht nach dem Benzin vom Bus, wenn er im Dorf ankommt. Er riecht nach Reisen ...»

Sein Blick verlor sich eine Weile in einer Träumerei, dann murmelte er: «Mein Vater ist wegen meiner Tante weggegangen. Sie haben sich gestritten. Er hat sich ihrer geschämt. Ich erinnere mich, daß sie geschrien hat; er hat Angst bekommen, und ein paar Tage danach hat er uns verlassen.»

«Nein. Er hat uns nicht verlassen. Er ist in die Fremde gegangen, um zu arbeiten, wie der Mann meiner Tante. Er ist für uns weggegangen. Um uns Geschenke mitzubringen. Erinnerst du dich an das Auto mit Batterie, das ganz von allein fuhr und unserer Großmutter angst machte?»

«Ja, aber er wird nicht zurückkommen. Ich weiß es.»

Genau in diesem Augenblick flog ein Nachtvogel über uns hinweg, und ich wußte, daß eine Tragödie hereinbrechen würde. Es war Zeit, die Tiere nach Haus zu bringen. Mein Bruder betrachtete weiter reglos den Horizont, während ich auf der einen Seite die Kühe und auf der anderen Seite die Schafe zusammentrieb, um sie zum Stall zu führen. Ich war nervös. Mit meinem Stock peitschte ich die Luft. Es pfiff. Das war ein Zeichen für Unglück.

Das Abendessen war quälend. Meine Mutter aß nichts. Sie hatte keinen Hunger. Auf ihrem Gesicht lag der Ausdruck einer stummen Besorgnis. Abergläubisch wie der ganze Stamm ahnte sie etwas Tragisches voraus. Meine Tante machte einen schlechten Scherz, dann warf sie meiner Mutter vor, faul zu sein. Sie wollte sie provozieren; meine Mutter sagte nichts, stand auf und murmelte im Hinausgehen so etwas wie ein Gebet: «Möge Allah uns vor dem Übel beschützen, und möge der Abwesende bei guter Gesundheit sein.» Sie dachte an meinen Vater. Davon war sie regelrecht besessen. Sie ertrug es sehr schlecht, von ihm getrennt zu sein, und fürchtete wie alle Frauen von Emigranten einen Arbeitsunfall oder einen Überfall auf der Straße. Es kam ihr nicht in den Sinn, daß das Unheil ihren Sohn treffen würde. Das Gift war in eine Boulette aus Hackfleisch geknetet. Als er nach Hause kam, hatte er Hunger. Meine Mutter war noch auf dem Feld. In diesem Augenblick ließ meine Tante ihn die tödliche Boulette essen.

Nach diesem schaurigen Abendessen wurde meinem Bruder speiübel, er hatte Angst, allein nach draußen zu gehen. Ich begleitete ihn; aber es gelang ihm nicht zu erbrechen, was ihn drückte. Wir blieben bis spät in die Nacht auf dem Hof. Alles schlief. Wir betrachteten den Sternenhimmel, als er mich bat, ihm das Gesicht unseres Vaters zu beschreiben. Ich war erstaunt und hielt es für ein Spiel:

«Er ist groß, er ist schön; er ist zärtlich und so nett; seine Augen sind voller Sanftmut, seine breiten Hände sind wie ein Bett; ich lege gern meinen Kopf zum Schlafen und Träumen hinein; mein Vater ist der schönste Mann des Stammes, er ist gut, er könnte niemandem etwas Böses antun; ich habe ihn nie zornig gesehen; ich habe ihn nie schreien hören; er verrichtet alle Gebete und bittet Gott, uns das Beste zu geben...»

Er unterbrach mich und verlangte eine genaue Beschreibung seines Gesichts:

«Seine Augen sind schwarz; seine Brauen wachsen zusammen; seine Nase ist klein; sein Kinn ist rund, und seine Wangen sind schön voll. Er hat eine breite Stirn mit einigen Falten. Seine Haare sind dicht und seine Ohrläppchen fleischig... Anscheinend ist das ein Zeichen für Güte und Reichtum...»

Er schlief mit halboffenen Augen. Ich legte meine Hand auf seine Stirn. Er hatte hohes Fieber. Ich versuchte ihn zu wecken. Es gelang mir nicht. Sein Schlaf war tief, als wäre er ohnmächtig. Ich lief meine Mutter holen. Wir trugen ihn ins Haus und blieben bis zum frühen Morgen bei ihm. Er fuhr aus dem Schlaf auf, erbrach in einem Strahl eine grünliche, mit Blut vermischte Flüssigkeit. Bei Tagesanbruch war er tot.

ZWEITES KAPITEL

Die ganze Nacht ruhten meine Augen auf ihm. Ich sah zu, wie er das Leben verlor, oder genauer gesagt, ich beobachtete, wie das Leben langsam aus diesem kleinen Körper wich, der nicht einmal Zeit gehabt hatte, krank zu werden. Es verließ ihn in anfallartigen Stößen. Es hatte eine eigentümliche Form: es war Luft, die nach Schimmel roch. Die letzten Stöße waren ekelerregend. Und ich atmete diese übelriechende Luft tief ein, um das Leben dieses Bruders in mir zu bewahren, dessen Unschuld wie eine Wunde in mir brannte. Mir drehte sich der Kopf: eine Mischung aus Migräne und Schwindel trug mich beinahe weit fort aus diesem Zimmer, wo ich alle Gegenstände zu hassen begann, weil sie gleichmütige Zeugen eines ungerechten Todes waren. Ich sah sie an, starrte sie an, bis meine Lider zitterten. Es war im Hauptraum, in dem gegessen und geschlafen wurde. Nur meine Tante hatte ein Zimmer, nicht sehr groß, aber recht behaglich. Das mußte der geheime Ort sein, wo sie die tödlichen Zusammenstellungen und Mischungen zubereitete. Sie schloß sich darin ein und erlaubte niemandem, die Schwelle zu übertreten, nicht einmal (vor allem nicht) meiner Mutter. Es war der einzige Raum des Gehöfts, der eine Holztür mit Schloß und Schlüssel hatte. Nachts, bei Kerzenlicht, heckte sie ihre Pläne aus. Leute kamen zu ihr. Sie schloß sich mit ihnen ein, und wir durften ihr keine Fragen stellen. Erst viel später erfuhr ich, daß sie in den Nachbardörfern dafür bekannt war, daß sie Hexerei betrieb und regelmäßige Verbindung mit den Dämonen unterhielt.

Wir schliefen auf mit Stroh und Heu gefüllten Matratzen. Sie waren dünn und schmiegten sich der Form des Bodens an.

In der Raummitte ein niedriger Tisch, am Eingang ein Wasserkessel, eine große Teekanne auf einem Tablett. An der Wand ein blasses Bild der Kaaba, eine an einem Nagel hängende Gebetskette. Wir hatten keine Uhr. Die Uhrzeit brauchten wir nicht. Auf diese erdfarbene Wand projizierte ich nächtelang die Bilder meiner Träume. Ich verlieh jeder natürlichen Form Gestalt; ich spielte mit ihr. Meine Träume waren die einer Hirtin, die alle Tiere, die sie betreute, zum Schlachthaus schicken wollte; ich wollte sie loswerden, um diesen Ort verlassen zu können, der seit dem Weggang meines Vaters verflucht war. Irgendwohin aufbrechen, diesen Hof verlassen, der Hexe entrinnen, in die Stadt gehen, die Schule besuchen.

Unser Dorf mußte ein Irrtum sein. Weit entfernt von allem, war es nur mit dem Maultier zu erreichen. Die Männer waren alle entweder in die Stadt oder ins Ausland gegangen. Hier waren nur Frauen, Kinder und ein paar Alte. Es war ein Dorf, das vom Leben kaum gestreift wurde. Die Zeit war darin stehengeblieben, und die Leute hatten geglaubt, alles würde sich verändern, die Elektrizität würde ihren Einzug in diese Ansammlung leerer, schwankender Häuser halten. Wir hatten weder Elektrizität noch eine Straße; Wasser hing von den Regenfällen ab. Krankenhaus, Schule, Propangas, Papier, Farbstifte – das war das Ende der Welt, die andere Seite der Nacht, unerreichbar.

In der einzigen kleinen Moschee war eine Koranschule untergebracht. Aber Mädchen hatten keinen Zugang. Mein Bruder besuchte sie; ich begleitete ihn ab und zu, schlich dann wie eine Irre um sie herum und nahm das Echo der Suren auf, die von der ganzen Klasse vorgetragen wurden. Ich wiederholte sie ungeschickt, ohne etwas zu verstehen. Ich tobte, ich trampelte auf den Boden und verfluchte die Schule und den blinden alten *fqih*. Eines Tages zog ich die Djellaba meines Bruders über, verhüllte den Kopf mit der Kapuze und ging an seiner Stelle. Er war froh, daß er an dem Tag nicht in die Schule mußte. Er führte die Tiere hinaus, und ich nahm seine Schiefertafel und schlich mich mit gesenktem Kopf mit den anderen Jungen ein.

Die Kinder fingen an zu lachen. Der *fqih* gebot Schweigen und suchte mit einem langen Stock, ohne sich von der Stelle zu bewegen, nach dem Eindringling. Er tastete einen Augenblick, dann traf die Stockspitze meinen verhüllten Kopf; mit einer präzisen Bewegung schob er die Kapuze herunter. Ich war wie nackt. Die Kinder schrien. Der *fqih* gab mir einen harten Schlag auf den Kopf. Ich stieß einen Schrei aus und rannte davon. Ich hörte den Alten sagen: «Blind, ja, aber nicht dumm... Die Weibchen erkenne ich, sie riechen schlecht... Fahren wir fort...» Seit dem Tag wurde die Schule mein einziger Traum. Nicht diese hier, die keine Mädchen mochte, sondern die andere, die Ingenieure, Professoren, Piloten hervorbringt...

Ich war also zehn Jahre alt und konnte weder lesen noch schreiben. Wenn mein Vater uns einen Brief schickte, wollte ich ihn unbedingt aufmachen und tat so, als läse ich ihn. Ich erfand alles. Meine Mutter lachte, blieb aber unsicher. Sie wartete auf die Rückkehr des Briefträgers oder das Kommen des fahrenden Lebensmittelhändlers, der kaum lesen konnte. Mein Lesen gefiel ihr... Sie glaubte, ich sei hochbegabt und habe ganz allein bei den Kühen oder allenfalls bei meinem Bruder lesen gelernt. Ihm fiel es schwer, die Schrift meines Vaters zu entziffern. Er bemühte sich, dann gab er mit der Behauptung auf: «Er schreibt, daß alles in Ordnung ist und daß er bald kommt.»

Danach nahm ich den Brief und sagte, wobei ich die Wörter wie jemand buchstabierte, der zum erstenmal das Alphabet entdeckt:

Im Namen Gottes des Barmherzigen (alle Briefe begannen so, ich konnte mich also nicht irren),

Flins, Sonntag, April 19.., na ja, in diesem Jahr...

Meine Lieben, meine Allerliebsten!
Ich denke alle Tage an Euch. Ich bin bei guter Gesundheit. Mir fehlt nichts als der Anblick Eurer Gesichter. Es ist kalt.

Ich ziehe mich warm an. Wie geht es Dir, meine Frau, und Dir, Driss, und Dir, Fathma? Ich habe Geld geschickt. Ich habe El Hadj ein Geschenk für jeden mitgegeben. Er fährt bald nach Hause. Möge Allah Euch vor dem bösen Blick schützen. Hier ist alles in Ordnung. Alle Cousins grüßen Euch, Omar, Brahim, Mohamed, Kaddour. Grüßt die ganze Familie...

Meine Mutter wunderte sich immer über die Kürze der Briefe. Die Tante wurde jedesmal wütend, weil ich sie nicht erwähnte. Mein Vater konnte seine Schwester nicht übergehen, aber mein Lesen gehörte mir, und ich sagte, was ich hören wollte. Sie riß mir den Brief aus der Hand und brüllte: «Ich werde dieses Stück Papier zum Sprechen bringen; ich werde die Wahrheit erfahren; und du, schändliche Nichte, ich weiß, daß du nicht lesen kannst, du bist eine Schauspielerin, du machst dich über Ältere lustig, aber Gott wird dich auf den geraden Weg zurückführen. Ich überlasse dich Gott und seinen Propheten... Du hast vor niemandem Achtung...»

Meine Mutter sagte nichts. Sie vermied Auseinandersetzungen mit dieser Megäre. Sie blieb dem Stamm fremd und zog es vor, zu schweigen und nicht zu reagieren, da sie wußte, wozu ihre Schwägerin imstande war. Diese war unfruchtbar und beschuldigte ihren Mann, er sei unfähig, ihr Kinder zu machen. Sie schämte sich überhaupt nicht, diese intimen Probleme vor der Familie zu erwähnen. Sie sagte, ihr Mann hätte am Tag vor ihrer Hochzeitsnacht bestimmt etwas Verdorbenes gegessen. Sie war sich dessen völlig sicher und lehnte es sogar ab, einen Heiler aufzusuchen. Einmal, als das Ärzteauto da war – es kam alle vierzehn Tage –, verlangte ihre Mutter von ihr, zum Arzt zu gehen. Sie weigerte sich unter dem Vorwand, meine Großmutter dränge sie, einem Mann ihren Körper zu zeigen; sie fiel zu Boden und täuschte einen epileptischen Anfall vor. Seit dem Tag sprach meine Großmutter kein Wort mehr mit ihr. Die Achtung vor den Eltern ist eine der Vorschriften Allahs. Auch wenn sie unrecht haben, ist es die Pflicht des Muslims, ihnen zu gehorchen. Mein Vater hatte mir das erklärt, als ich noch ganz klein war; ich hatte etwas Dummes angestellt und dann meine Mutter als Lügnerin bezeichnet. Das war ein schwarzer Tag für mich. Mein Vater sperrte mich im Stall ein und gab mir den ganzen Tag nichts zu essen. Ich erinnere mich, daß ich das schmutzige Wasser aus einem der Tröge trank. Die ganze Nacht hatte ich Schmerzen, aber nicht wegen des Wassers. Ich war verletzt – ich schämte mich –, und seit dem Tag weiß ich, daß man den Eltern nie die Achtung versagen darf.

Am nächsten Tag blieb ich für einen großen Teil des Nachmittags verschwunden, um meinen Zorn verrauchen zu lassen. Ich hatte im Gebirge ein ideales Versteck gefunden, eine Spalte im Fels, die einer kleinen Grotte glich. Es war mein Nebenhaus, Zufluchtsort und Gruft. Sobald ich darin war, versperrte ich den Eingang mit einem dicken Stein und etwas Laub. Im Sommer war es sehr angenehm. Ich sah dort die Figuren aus meinen Träumen wieder. Jede wurde von einem größeren oder kleineren Kieselstein dargestellt. Da waren der König und die Königin, der Bettler und der Narr, da war der verschleierte Kavalier und außerdem meine Familie. Mein Vater war ein glatter Kieselstein, der sich gut anfühlte; ich legte ihn rechts neben den König, einen schönen, von Kristallen durchwachsenen Felsstein, den ich der Gerechtigkeit verpflichtete. Wenn ich eine Klage vorzubringen hatte, wandte ich mich an diesen herrlichen, mit allen Fähigkeiten ausgestatteten Stein. Die Königin trat nie in Erscheinung. Sie war ein schöner Stein, mit einem Goldfaden umwickelt, den ich meiner Tante gestohlen hatte. Mein Kavalier war kein Stein, sondern ein Stück Holz, das ich geschnitzt und mit Blütenblättern farbig geschmückt hatte. Ich ließ ihn nicht in meine Geschichten eingreifen. Ich hob ihn für später auf, für den Tag, an dem ich gezwungen sein würde, das Dorf zu verlassen. Der Bettler war ein wenig feuchter Sand. Wenn ich ihn anpustete, fiel er um und wurde der Narr des Königs. Mit Speichel vermischt, bewegte sich der Sand, und eben das war die Narrheit. Denn ich wußte, daß niemand sich vor dem König bewegen durfte.

Meine Mutter war die Hälfte des glatten Steins, der meinen Vater darstellte. Mit einem Stück Kreide hatte ich in der Mitte einen Strich gezogen, und ich wußte, daß diese beiden Menschen «für das Leben bis in den Tod» unzertrennlich waren. Mein Bruder war ein zarter kleiner Kieselstein, der zerbrökkelte, sobald man ihn anfaßte. Nun, und meine Tante, die war kein Stein, sondern ein toter Skorpion, den ich aufgehoben und hinten in meiner Grotte untergebracht hatte.

Das war mein geheimer Garten, meine Koranschule, mein festlich erleuchtetes Haus. Ich häufte dort eine Menge Gegenstände an, die, einmal darin, ihre Funktion einbüßten und Figuren eines Traumes wurden, deren Leben ich bis ins kleinste gestaltete: das Messer diente nicht mehr zum Schneiden, sondern stützte das Dach des Palastes; die Tonschale war das Tal, in dem sich die Soldaten ausruhten, der kleine Holzlöffel eine Barke für mich und meinen Bruder...

Ich verbrachte Stunden damit, in diese Wiese aus Sand und Kieselsteinen Ordnung zu bringen. Wenn ich etwas Zeit hatte, stellte ich mein Alphabet auf. Ich hatte eine natürlich gestohlene Korantafel, auf die ich Buchstaben schrieb, die weder berberisch noch arabisch, noch ausländisch waren. Es waren Zeichen, die mir gehörten; nur ich kannte ihren Schlüssel, ihren Sinn und ihre Bestimmung.

Ich sprach nur Berberisch und wußte nicht, ob es geschrieben wurde. Die Briefe, die mein Vater uns schickte, waren von einem öffentlichen Schreiber in arabisch verfaßt. Wenn der Briefträger uns den Brief vorlas, verstand ich nicht viel, aber ich erriet den Sinn.

Mein Alphabet waren kleine Zeichnungen und Farben, Punkte, Kommas, Striche, Sterne... Eines Tages folgte mir mein Bruder und überraschte mich, als ich gerade den dicken Stein beiseite schob, der als Tür diente. Ich fuhr zusammen und hatte keine andere Wahl, als ihn hineinzulassen, und er mußte schwören, es nie irgend jemandem zu erzählen. Unsere beiden Körper schlüpften in die Grotte, und während ich meinen Bruder um die Schulter gefaßt hielt, stellte ich ihm meine Figuren und Freunde vor. Das löste bei ihm einen Lachanfall aus. Er hatte nicht geahnt, daß seine Schwester so verstiegen und unverfroren war, ein anderes Haus zu besitzen und eine andere Welt zu regieren. Er fragte mich, ob er an diesem Traum teilnehmen könne, denn er hatte auch Figuren, die er aus Wolkenstücken ausschnitt und in seinem Köpfchen spazierenführte.

Ich machte eine kleine Ecke frei und bot sie ihm an:

«Hier ist dein Haus. Du darfst einladen, wen du willst; aber Vorsicht, kein Streit zwischen meinen und deinen. Vorläufig bleibt jeder bei sich zu Hause. Nach und nach öffnen wir die Grenzen und bringen sie zusammen.»

Er war glücklich. Er trampelte vor Freude. Seine Figuren waren Zeichnungen aus einem Heft. Er hatte sie ausgeschnitten und mit angefeuchtetem Mehl auf Holzbretter geklebt; es waren lauter Tiere: ein Dromedar mit zwei Köpfen, eine Schlange mit Strohhut, ein einbeiniger Hahn, ein geflügeltes Pferd, ein Stier mit Menschenkopf, ein Eselchen... Er sagte mir, daß er der Esel sei, wegen dessen Freundlichkeit. Die anderen Tiere stellten wahrscheinlich nur sich selbst dar. Er empfand für die Mitglieder der Familie keinerlei Bitterkeit. Nur mein Vater hatte das Recht, von einer strahlenden Sonne dargestellt zu werden. Diese Zeichnung trug er immer bei sich und zeigte sie niemandem.

Hier hatten wir unsere Geheimnisse verwahrt und verschlossen, fernab von jeder Neugier. Es kam vor, daß er allein zur Grotte ging, wo er Schlachten zwischen allen seinen Tieren veranstaltete. Eines Tages kam er weinend zurück: die Schlange hatte den Esel gebissen!

«Er ist unter großen Schmerzen gestorben», sagte er mir. «Die Schlange war giftig, und ich wußte es nicht. Ich habe ihn außerhalb der Grotte beerdigt. Es tat mir weh, und ich habe geweint.»

Ich versuchte ihn zu trösten, daß es ein Papieresel gewesen wäre und er andere zeichnen könnte.

«Nein! Der hier war nicht aus Papier.»

So erfuhr ich, daß das, was an unserem geheimen Ort geschah, kein Spiel war. Es war Ernst. Von dem Tag an ging ich immer seltener in die Grotte und gab auf die Stimmung meines Bruders acht. Ich wahrte das Geheimnis bis zu dem Tag, an dem Halifa, ein Nachbarskind, mit dem ich Spatzen vertrieb, vorschlug, mir etwas Kostbares zu zeigen. Sie bat mich, wir sollten unsere Geheimnisse austauschen. Ich versprach es und schwor, nichts zu verraten. Sie verband mir die Augen und führte mich auf einem Umweg in den Wald. Ich ging, ihre Hand haltend, hinter ihr her. Sie blieb stehen. Ich hörte das Knarren einer Tür. Sie nahm mir die Binde ab, und ich befand mich im Innern eines Baumstamms. Er war viel größer als meine Grotte, und außerdem fiel strahlendes Licht durch einige Risse in der Borke. Diese kaum beleuchtete Höhle diente ihr als Lager und als Speisekammer. Sie aß sich wohl nicht satt; sie stahl Nahrung und hortete sie: Sardinendosen, ein Paket Zwieback, ein Tütchen Trockenobst, einen Bindfaden, zwei oder drei angeschlagene Teller, einen rostigen Dosenöffner, Nägel, Wäscheklammern, ein halbvolles Päckchen *Troupes*-Zigaretten, eine Kerze, eine Schachtel Streichhölzer...

Man konnte im Innern stehen. Wir waren nicht sehr groß. Sie stand auf und sagte:

«Das hier ist mein Schatz, mein Geheimnis und mein Traum.»

Ich sah die wohlgeordneten Gegenstände an, doch sie zeigte mir ihre kleinen Brustwarzen, ihren Mund und dann ihren Bauch.

Wir waren im gleichen Alter, gerade zehn. Sie wollte, daß ich ihr meine Brüste zeige.

«Ich habe aber keine... noch nicht.»

«Macht nichts, zeig sie trotzdem.»

Ich knöpfte mein Kleid auf. Sie trat näher und legte den Zeigefinger auf jede Brustwarze, dann hob sie ihn an die Lippen. Ich sollte dasselbe tun. Ihre Brustwarzen waren sichtbarer, dikker als meine. Ich berührte sie und fand sie sehr weich. Ich hatte Lust, sie zu streicheln, dann errötete ich vor Scham.

Verstört durch diese Berührung, die ein fremdes, gutes und ganz neues Gefühl in mir weckte, lief ich fort.

Nachts träumte ich davon. Die Brüste waren größer, und mein Kopf lag zwischen ihnen. Ich drehte ihn von der einen Brust zur anderen und trank, nicht etwa Milch, sondern Zukkerwasser. Ich preßte die Hände zwischen die Schenkel und empfand keine Scham. Erst als ich aufwachte, verspürte ich die Last einer ungeheuren Sünde. Mir war unbehaglich, und ich begann, Halifa zu verabscheuen und von mir selbst angewidert zu sein. Ich entdeckte, daß mein Körper noch etwas anderes als Kälte und Hunger, Hitze und Müdigkeit empfinden konnte.

DRITTES KAPITEL

An den Baum gelehnt, zählte ich die Kühe und schlief darüber ein. Eine leichte Brise streichelte mein Gesicht. Ich ließ mich in diesen Zustand sehr sanfter Passivität fallen, der manchen Kindern eigen ist. Ich war kein sanftes Kind. Meine Füße waren über so viele scharfkantige Kieselsteine gelaufen, daß mein ganzer Körper und sogar meine Seele anfingen, alles Sanfte und Zarte zu hassen. Doch ich gestehe, daß der Schlaf an jenem Nachmittag wunderbar war und daß ich nie wieder einen ähnlichen gefunden habe. Vielleicht erinnere ich mich deshalb noch daran.

Eine Hand legte sich auf meine Schulter. Ich drehte mich um und sah einen großgewachsenen, schlanken Mann mit einem hinreißenden roten Schnurrbart. Es war ein Fremder, noch jung, vermutlich ein Franzose. Aber wie war er bis in unser Kaff gelangt? Niemand im Dorf hatte ihn eingeladen. Er trug einen Rucksack und sah verloren aus. Er sprach kein Wort Berberisch und ich kein Wort Französisch. Ich bedeutete ihm, sich zu setzen. Er lächelte, legte seinen Rucksack auf die Erde und holte eine Flöte aus Metall heraus. Ich hatte so etwas noch nie gesehen. Er reichte sie mir und forderte mich auf, darauf zu spielen. Ich untersuchte sie, blies hinein. Ein merkwürdiges Quietschen kam heraus. Er lächelte, dann nahm er meine Finger und legte sie auf die Löcher. Ich begriff, daß man Luft hineinblasen und die Finger nacheinander heben mußte, um Töne hervorzubringen, die eine Melodie bildeten. Am Ende des Tages spielte ich mit erstaunlicher Leichtigkeit. Als es Zeit wurde, die Kühe nach Hause zu führen, schlief er fest. Ich versuchte ihn zu wecken, aber ich sah, daß er im Schlaf glücklich war, und ließ es sein. Ich versteckte die Flöte in meiner Grotte und ging nach Hause. Ich dachte den ganzen Abend und die ganze Nacht an diesen Mann. Ich war überwältigt von seinem Bild und von seinem Lächeln.

Beim Abendessen sprach meine Tante von einem Fremden, einem Kinderräuber, der von der Gendarmerie gesucht würde. Er locke Kinder in den Wald, um sie anschließend in Frankreich an kinderlose Familien zu verkaufen.

Statt die Nacht zitternd vor Angst zu verbringen, war ich nervös vor Glück! Ich sah mich von diesem schönen Kavalier entführt – inzwischen hätte ich ihm ein herrliches Pferd verschafft – und weit fortgebracht von diesem Dorf, das von Unglück und Einsamkeit heimgesucht war. Und außerdem verlieh die Vorstellung, nach Frankreich zu kommen, meinem Traum prächtige Farben und eine wunderbare Musik. Ich sagte mir, daß ich diesen Fremden vielleicht selbst ermuntern sollte, mich in seinem Gepäck mitzunehmen. Was für ein Abenteuer! In Frankreich würde ich, wenngleich verkauft, fliehen können und meinen Vater finden. Das war mein Traum. Und mein Bruder? Was würde aus ihm in der Gewalt einer vom Haß verzehrten Tante, einer gebrechlichen Großmutter und einer unglücklichen, hilflosen Mutter? Ich würde ihn nicht allein lassen... es sei denn, der Fremde wäre bereit, uns beide zu entführen. Meine Mutter verlöre den Verstand... Nein. Ich gab all diese Pläne auf und schlief in den Armen des schönen Räubers unter dem Baum ein... Ich brachte Ordnung in meinen Traum, kleidete den Franzosen in eine schöne blaue Gandura ein, und beide brachen wir im Morgennebel auf.

Am nächsten Tag wartete ich an derselben Stelle auf den Fremden. Um mich waren die Tiere, die mich mit feuchten, mitfühlenden Augen ansahen. Am Mittag ging ich die Flöte holen und spielte darauf, in der Hoffnung, ihn wiedererscheinen zu sehen. Ich spielte sehr schlecht. Ich hatte alles vergessen, und ich wußte, daß es seine Gegenwart gewesen war, die meine Finger geführt hatte. Anstelle meines Kavaliers sah ich meine Tante auftauchen, mit zerzausten Haaren und einem Stock in der Hand. Sie schlug mich hart gegen das Schienbein. Sie nahm die Flöte und ging, mir mit allem Unheil drohend, davon. Ich hinkte spät abends nach Hause, entschlossen, mich zu rächen. Nachts brütete ich mehrere Pläne aus, um diese Frau loszuwerden:

Ihre Baracke anzünden. Aber mit dem Feuer riskierte ich, daß der ganze Hof in Schutt und Asche versinken könnte.

Ein Kohlebecken in ihr Zimmer schmuggeln, während sie schlief. Sie würde ersticken. Zwei Nachteile: ihre Tür war immer abgeschlossen, und sie würde im Schlaf sterben, ohne zu leiden und ohne zu merken, daß dies meine Rache war.

Ihre Abwesenheit tagsüber ausnutzen und drei oder vier Skorpione (von denen das Dorf verseucht war) heimlich in ihr Bett stecken. Nein. Sie war stärker als diese Tierchen. Sie selbst hatte uns eines Tages beigebracht, wie man einen Skorpion anfaßt, ohne gestochen zu werden.

Ihr einen Kessel mit kochendem Wasser ins Gesicht schleudern. Das würde sie entstellen, aber sie war ja schon häßlich.

Ein paar Ratten fangen; sie einen oder zwei Tage in einen Käfig sperren, bis sie vor Hunger doppelt so wild werden. Abwarten, bis sie die Hütte betritt, wo eine Grube uns als Toilette dient, und die Ratten freilassen. Die würden sie fressen und ihr den dicken Hintern abreißen.

Bei diesem letzten Plan blieb ich. Ich brauchte Zeit, Geduld und Mut. Vor Ratten hatte mir immer gegraut. Es kam vor, daß ich bei ihrem Anblick ohnmächtig wurde. Zuerst einmal mußte ich sie fangen, was nicht leicht war. Ich konnte meinen Bruder nicht bitten, mir zu helfen.

Je mehr Zeit verging, desto besessener wurde mein Rachedurst. Ich stellte sie mir vor, die Beine in der Luft, mit ihrem heruntergerutschten Serual, der sie bewegungsunfähig machte, und den Ratten, die sich auf ihren Bauch, auf ihr Geschlecht stürzten und blutige Fleischfetzen herausrissen. Dieses Schauspiel, das ich oft vor meinem geistigen Auge sah, ließ mich erschauern. Ich hatte Angst davor, und gleichzeitig mußte ich zur Tat schreiten. Aus ein paar Lappen machte ich Handschuhe, und ich hatte das Glück, eine von dem fahrenden Krämer zurückgelassene Holzkiste zu finden. Sie mußte geschlossen werden. Mit einigen Brettern war das erledigt. Das Material war fertig. Danach ging ich zur nächsten Etappe über: das Kommen und Gehen meiner Tante überwachen, einen Gang für die Ratten graben, einen Stein zum Versperren finden, damit die widerlichen Biester nicht wieder herauskonnten, und schließlich mir die Zeit zu merken, wann sie zu der Grube ging. Ich stellte fest, daß sie zweimal täglich hinging: morgens, gleich nach dem Frühstück, und abends vor dem Schlafengehen. Ich entschied mich für den Abend. Dunkelheit und Stille würden den Vorgang noch erschreckender machen. Mein Ziel war nicht nur, ihr weh zu tun, sondern ihr angst zu machen und sie fürs Leben zu verstören.

Es war nicht schwierig, Ratten zu finden. Ich benutzte das Sieb, um sie in die Enge zu treiben und in der Kiste einzusperren. Sie stießen kurze schrille Schreie aus, die mir in den Ohren weh taten und vor Ekel eine Gänsehaut verursachten. Sie waren schon ausgehungert und besonders böse. Ich versteckte sie in der Grotte und wartete den Tag und die Stunde ab.

Am ersten Abend ging sie nicht zur Grube. Das beunruhigte mich. Mein Plan klappte nicht gut. Es war Feigenzeit. Ich wußte, daß sie diese Früchte sehr gern aß. Ich pflückte ein gutes Kilo und bot sie ihr am nächsten Morgen an. Das fand sie seltsam und meinte, ich machte ihr dieses Geschenk, damit sie mir verzieh. Ich ließ sie in dem Glauben und fügte meiner Geste einige freundliche Worte hinzu, die ausdrückten, daß ich von nun an gehorsam sein würde. Wie vorhergesehen stürzte sie sich auf den Teller mit Feigen und ließ nur eine oder zwei übrig, die noch nicht reif genug waren. Ich war sicher, daß sie sich abends häufig in der Grube erleichtern gehen würde.

Nicht weit vom Ort des Geschehens saß ich auf der Kiste, in

der die Ratten ungeduldig tobten. Alles schlief. Ich hatte eine schwarze Djellaba angezogen, um mit der Landschaft zu verschmelzen. Die Nacht war nicht sehr hell. Die Bedingungen waren gut. Es konnte nicht schiefgehen. Ich dachte nicht an das, was danach geschehen würde.

Mit einem Eimer Wasser versehen kam sie aus dem Haus. Ich war hinter einem Baum neben dem Stall versteckt. Sie betrat die Grube und ließ die Tür halb offen. Ich durfte ja keine Zeit verlieren. Ich lief hin, schloß die Tür von außen und ließ die Ratten frei, die sich in die Grube drängten und Schreie des Hungers und der Freude ausstießen (fröhliche Ratten! Was für ein Schauspiel!). Ich hörte ein Aufheulen, dann das Geräusch eines fallenden Körpers. Ich konnte ihre Schreie und die der Ratten nicht mehr unterscheiden. Sie trat mit den Füßen gegen die Tür. Das machte einen solchen Radau, daß alle aufwachten. Ich nutzte es aus, um in unser Zimmer zu laufen. Meine Mutter war auf, erschreckt. Sie glaubte, es sei ein Dieb. Auch ich fragte, was los sei. Meine Mutter sagte, ich solle schlafen gehen. Ich weigerte mich. Ich wollte es wissen. Meine Mutter eilte meiner Tante zu Hilfe. Sie öffnete die Tür. Der Anblick war gräßlich. Einen Moment lang hatte ich Mitleid mit ihr, dann siegte meine innere Befriedigung. Die arme Frau lag auf der Erde, die Beine voller Blut und Exkremente. Sie weinte und sagte, die Djinns seien wieder da. Sie drohte dem ganzen Stamm und versprach grausame Rache. Sie beschuldigte noch niemanden, bemerkte aber die Abwesenheit meines kleinen Bruders. In ihrer Phantasie war er der Urheber, ein als unschuldiges Kind getarnter Komplize der Djinns oder in Verbindung mit dem Bösen stehend.

Ich hatte große Angst. Ich ahnte, daß ihre Rache sich gegen meinen Bruder richten würde. Am liebsten hätte ich mich verraten, um ihn zu verschonen. Es war zu spät. Sie würde Unglück über die Familie bringen. Ihr Haß war noch stärker geworden. Ihre Augen waren gelb. Ich wußte nicht, daß der Haß eine Farbe hat. Dabei mochte ich Gelb. Doch wenn es sich in ihren Augen ausbreitete, wurde es schmutzig. Es war das Böse, das die Augen in der Tiefe durchströmte.

Die Rattenbisse waren nicht erheblich. Stärker war die Wirkung der Angst. Das Unternehmen war gelungen, weil dieses Ungeheuer zum erstenmal gedemütigt am Boden lag, einer blinden Gewalt ausgeliefert, nach Scheiße und Urin riechend ins Dunkle gestürzt. Das Ungeheuer wurde einige Minuten lang wieder menschlich, lange genug, um zu begreifen, daß es nicht das einzige war, das andere terrorisieren konnte. Ob es nun den Djinns oder den Ratten zu verdanken war, ich hatte es geschafft, ihr weh zu tun und sie Angst empfinden zu lassen. Mein Sieg war bitter und traurig. Ich fürchtete ihre Vergeltung.

Einige Tage kam sie nicht aus ihrem Zimmer. Den ganzen Tag lang verfluchte sie den Himmel, die Erde, das Dorf und den Stamm. Mein Bruder und ich sagten uns, daß sie ihre Notdurft wohl ins Bett verrichtete. Tatsächlich war sie so traumatisiert, daß sie gar keine Notdurft mehr zu verrichten hatte! Hin und wieder öffnete sie die Tür und stieß ihre Verwünschungen aus. Sie hatte ein vielfältiges, erschreckendes Repertoire von Beschimpfungen: «Kinder des dunklen Tages!» – «Kinder der Schande und des Ehebruchs!» – «Möge die Leere über euer Haus und eure ganze Familie wehen!» – «Möge das Nichts euch auf einem Glutbett davontragen!» – «Möge Gott den Baum verfluchen, der euch Schatten spendete und euch in diesem Dorf festhielt, wo ihr nicht einmal das Recht auf ein Grab habt!» – «Mögen die Hyänen euch im Schlaf in Stücke reißen!» – «Möge Gott die Wurzeln, die Religion und die Öffnung des Loches verfluchen, aus dem ihr gekommen seid!» – «Möge das Fieber eure Haut grün färben und der Sand alle eure Öffnungen verstopfen!»

Nach den Beschimpfungen kamen die Drohungen: «Meine Rache wird euch so unerwartet treffen wie ein Strahl, wie ein Blitz... Sie wird Schmerz, Ersticken, Tränen und Tod bringen... Mein Haß wird nie nachlassen... Ich verstehe ihn zu nähren, zu schüren und geduldig zu machen. Der Haß ist mein bester Gefährte. Ich habe ihn mit der Muttermilch getrunken.

Statt Nachkommen habe ich tausendundeine Personen, denen ich befehle und die mir gehorchen. Sie werden kommen und euch lebendig begraben, und wenn ihr tot seid, werden sie euch ausgraben, um über euren bleichen und fahlen Leichnamen zu lachen und zu tanzen...»

Tage- und nächtelang war diese Irre zu hören! Ihre Stimme, mal schrill, mal dumpf, umhüllte uns wie ein schmutziges Laken oder eine mottenzerfressene Decke. Meine Mutter betete und flehte Gott an, uns vor der Gehässigkeit dieser Frau zu bewahren, die entschlossen war, im Dunkeln und während der Abwesenheit des Mannes einen Mord zu begehen. Meine Mutter hatte Angst. Sie weinte und verlangte, mein Vater möge zurückkehren. Meine Großmutter war nahezu taub und wußte nicht, was auf dem Gehöft vor sich ging. Nachts verbarrikadierten wir uns. Meine Mutter, mein Bruder und ich schliefen in einem Bett. Wir schmiegten uns aneinander. Wenn ich die Kühe zum Weiden hinausbrachte, steckte ich heimlich ein Küchenmesser in meinen Beutel. Vor allem hatte ich jedoch Angst um meine Mutter, die sich nicht wehren konnte, und um meinen Bruder, der so naiv und unschuldig war.

Wochen vergingen, ohne daß etwas geschah. Es war die Ruhe vor dem Sturm. Sie hatte nicht vergessen, sondern nahm sich Zeit, um ihren Plan gut ausführen zu können. Sie wußte, daß ich die Urheberin ihrer Demütigung war. Wenn sie an mir vorbeiging, warf sie mir Blicke zu, in denen sich Jubel und kalte, wohlverdaute Wut mischten. Sie würde überraschend zuschlagen. So fiel ihre Wahl auf meinen kleinen Bruder. Wegen seiner Unschuld. Und wegen seines bloßen Vorhandenseins. Alle mußten bestraft werden: meine Eltern und ich, indem uns dieses Kind entrissen wurde; noch einmal ich, indem ich für dieses Unglück verantwortlich gemacht wurde. Mein Leben lang sollte ich diese Sünde, diese ungeheure Schuld in meiner Seele tragen. Mein Bruder war nur deshalb tot, weil ich dieses Ungeheuer herausgefordert hatte. Ich sollte mit dieser Last leben und auf eine göttliche Gerechtigkeit hoffen.

Bosheit ist eine Kunst. Sie ist nicht jedem gegeben. Man muß sie zu gebrauchen wissen und eine Lebensregel daraus machen. Weder meine Mutter noch ich und noch weniger mein Bruder hatten Lust oder auch nur die Möglichkeit, Haß und Bosheit zu zeigen.

Ich habe lange darüber nachgedacht: wie kann sich das Böse einer Seele bemächtigen, sie austrocknen, aushöhlen und eine scharfe Klinge aus ihr machen, die Herzen zerfetzt und sich daran freut. Wie läßt sich der Haß in einem Menschen nieder, bis er schließlich ein williges Werkzeug des Unglücks wird. Sehr viel später habe ich begriffen, oder zumindest zu begreifen gemeint, daß Haß schützt, daß er abhärtet und Energien entwikkelt. Meine Tante war nie krank gewesen. Sie hatte kein Herz, und ihre Haut war dicker als ein Panzer. Sie konnte nicht leiden. Sie war unerreichbar. Mein einziger Trost war, daß diese Frau in völliger Einsamkeit sterben würde. Ein armseliger Trost! Gegen ihre entfesselte Grausamkeit konnten wir nichts ausrichten. So war der Tod durch ihre Hände gekommen. Die Leiche meines Bruders wurde von dem blinden *fqih* gewaschen; sie wurde in ein weißes Leintuch gewickelt und während des Mittagsgebets beerdigt. «Es war Schicksal», «Es war der Wille Gottes» sagten die Leute. In dem Glauben, uns zu trösten, sagte der *fqih*: «Gott brauchte einen Engel; er hat dieses Kind erwählt!» Ich weinte in einer Ecke. Meine Augen sahen die Dinge nicht mehr an ihrem Platz. Die Bäume waren alle bis zur Erde geneigt; die Tiere lagen auf dem Rücken, die Pfoten in der Luft, der Himmel schwankte von rechts nach links, die Leute kamen mir ganz klein vor. Nur meine Tante, die sich zum Zeichen der Trauer weiß gekleidet hatte, war riesig. Ihr Kopf, der größer war als ihr Körper, pendelte hin und her. Ihre Arme wurden länger sich und schabten über den Boden, wenn sie sich von der Stelle bewegte. Ihre Füße hinterließen gewaltige rauchende Löcher, aus denen dann ein Gestank nach Exkrementen aufstieg, der das ganze Dorf verpestete. Sie zeigte sich so, wie sie war: ein Ungeheuer auf dem Höhepunkt seines Ruhms.

Wir waren unfähig, ihr die Stirn zu bieten. Meine Mutter verdächtigte sie, meinen Bruder vergiftet zu haben, aber sie konnte es nicht herausschreien. Ihr Schmerz war so groß, daß es ihr nichts genützt hätte; jedenfalls hätte es ihren Sohn nicht wieder zum Leben erweckt. Meine Großmutter weinte still, und ihr Finger deutete ständig auf das Zimmer meiner Tante.

Man konnte also in einem Bergdorf, eine oder zwei Fahrtstunden von der Stadt entfernt, ein Kind töten, begraben und beweinen. Das Schicksal hatte gesprochen. Das Verhängnis hatte zugeschlagen. Meine Tante war dem Ruf des Himmels nachgekommen. Gott hatte das übrige getan.

Nein! Meine Mutter glaubte zwar an diese Geschichten, wie ihre Großmutter und ihre Urgroßmutter... Ich dagegen weigerte mich, so etwas Schändliches hinzunehmen. Ich wollte die sein, durch die es zum Bruch kommt. Nur weil wir in diesem Kaff isoliert waren, durfte eine Kriminelle nicht ungestraft davonkommen. Ich wartete auf die Rückkehr meines Vaters, um den Skandal aufzudecken. Aber ich kannte meinen Vater nicht gut. In zehn Jahren hatte ich ihn vielleicht einen Monat im Jahr gesehen, also insgesamt sechs, sieben Monate. Er war mitten in der Nacht fortgegangen, als ich etwa vier Jahre alt war. Ich erinnere mich an jenen Morgen, an dem ich eine ungeheure Leere um mich herum fühlte. Ich weinte. Er war nicht mehr da. Ich spielte weiter mit Steinen. Deshalb kam es vor, daß mir das Gesicht meines Vaters in meinen Erinnerungen verlorenging.

Wie würde er reagieren? Würde er seine Schwester der Justiz überantworten? Würde er schweigen? Still weinen? Oder würde er den Kopf des Ungeheuers mit einem großen Stein zerschmettern?

Meine Mutter ritt auf dem Maultier in die Stadt. Sie nahm einen Brief meines Vaters mit einer Telefonnummer mit, unter der man ihm eine Nachricht hinterlassen konnte. Unterwegs überlegte sie sich, wie sie es ihm mitteilen sollte: «Driss ist krank, komm schnell»; «Driss hatte einen Unfall, du mußt kommen»; «Komm, uns geht's gut, außer Driss». Sie konnte ihm doch nicht die Nachricht hinterlassen: «Dein Sohn ist tot, komm nach Haus!» Nein. Wenn sie ihn doch nur persönlich sprechen könnte, aber das war unmöglich. Diese Nummer war die eines Landsmannes, dessen Lebensmittelgeschäft auf dem Weg zur Unterkunft meines Vaters lag.

Wenn meine Mutter sich vorstellte, wie ihr Mann abends müde zum Essen und Schlafen nach Hause kam und daß der Krämer ihn besuchen oder jemanden zu ihm schicken würde, um ihm mitzuteilen: «Ich habe eine Nachricht für dich, deine Familie hat angerufen... dein Sohn Driss ist zu Gott heimgegangen», weinte sie heiße Tränen.

In solchen Augenblicken war das Exil wirklich eine Ungerechtigkeit. Wäre dieser Mann nicht emigriert, dann hätte die Tante es vielleicht nicht gewagt, einem unschuldigen Kind eine Fleischboulette mit Gift zu geben, einem Kind, das sie als Zielscheibe für ihre Rache gewählt hatte, weil es nichts getan hatte, weil es ein Junge war, der Augapfel seiner Eltern. Sie wollte weh tun; das war ihr nicht nur gelungen, es übertraf ihre Erwartung.

Meine Mutter teilte dem Krämer brutal die Nachricht mit, die er abends meinem Vater beibringen sollte.

VIERTES KAPITEL

Durch welches Wunder wird der Kummer vertrieben? Auf welche Weise ein riesengroßes Loch im Herzen, in der Leber, im Kopf aufgefüllt? Wie ein Tag verbracht, ohne daß Driss' Gesicht mit seinem Lächeln und seiner Naivität nicht den Ort erfaßt, an dem man sich befindet?

Entgegen der Bildwelt aus dem Märchen ist der Tod kein schauerliches Skelett, das mit einer Sichel über die Felder zieht und schwache, hilflose Menschen hier bedroht, dort hinmäht. Für mich hat der Tod ein Gesicht: das meiner Tante, ein Gesicht, das aufgedunsen ist vom Unbefriedigtsein, vom Mangel, vom Neid und von dem ungeheuren Unglück, das in ihr wohnt und das sie mit voller Wucht austeilt, um sich Erleichterung zu verschaffen.

Der Tod hat nun einen Geruch, den der schmutzigen Kleider meiner Tante: einen wochenlang angesammelten Schweißgeruch, vermischt mit dem Duft von Gewürznelken, einem von Pfeffer und Zimt verstärkten ranzigen Duft. Durchsetzt mit dem Begräbnisweihrauch, verleiht alles zusammen dem Tod einen furchtbaren Geruch, dessen Rückstände vom Staub und von der Sonne auf den Dingen, Bäumen und Pflanzen abgelagert werden. Der Tod mag nackt oder durchsichtig sein, ich habe seither gelernt, ihn zu erkennen, seine Gegenwart zu spüren und jede seiner Gesten zu beurteilen, den Sinn seiner Bewegungen vorauszuahnen. Ich lebe auf der Hut, da ich alles über den Tod und die Trauer erfahren habe, als ich zehn Jahre alt war.

Ich hatte Tiere sterben sehen, doch das war natürlich. Sie starben, wie sie geboren worden waren, langsam, ohne zu weinen, ohne zu schreien. Sie gingen fort und ließen uns ihren Körper zurück, mit dem man nichts anzufangen wußte. Vielleicht litten sie, vielleicht hatten sie keine Lust, diese Weiden und diese Ställe zu verlassen, doch ihr Tod war anscheinend kein Problem für sie.

Ich hatte nicht aufgehört, an meinen Vater zu denken. Mir vorzustellen, wie er in einem Gemeinschaftsraum, wo andere Emigranten vor dem Einschlafen Karten spielten, allein weinte. Weinte und nichts sagte, denn er hatte dort bestimmt keinen Freund, mit dem er sprechen, dem er sagen konnte, wie allein, wie von Gott verlassen er war, von Gott, der ihm seinen Sohn geraubt hatte, welch schmerzliche Wunde das wenn auch freiwillige Exil in ihm aufgerissen hatte, daß nichts mehr so sein würde wie vorher, daß der Himmel weniger Sterne und das Meer weniger Geheimnisse haben würde. Der Tag, die Arbeit, die Sonne, die Erinnerung, all das war bedeutungslos geworden. Er, der mit einem Päckchen Erinnerungen lebte, die durch ein und denselben Bindfaden zusammengehalten wurden, den des Blicks und der unendlichen Zärtlichkeit, er wollte, in der törichten Hoffnung, seinen Sohn wiederzusehen, und sei es nur einmal, alles aufgeben, alles im Stich lassen.

In diesem Paket mit Erinnerungen war vor allem das Bild seiner beiden Kinder, seiner Frau und schließlich das seiner Mutter. Wenn er sich ausruhen und entspannen wollte, legte er sich aufs Bett, starrte die schmutzige Decke des Hotelzimmers an und ließ alle diese Gesichter vorbeiziehen. Er tat es nicht oft, aus Angst, diese Gesichter von zartem Bestand abzunutzen. An jenem Abend war alles in seinem Kopf durcheinandergeraten: er sah nicht gut, konnte die Gesichter nicht unterscheiden. Seine Augen voller Tränen konnten nichts sehen. Zwischen ihnen und den Erinnerungen tauchte ein Schleier alles in einen verschwommenen Nebel. Er stammelte unentwegt den Vornamen seines Sohnes, wie im Delirium. Der Mann meiner Tante, der nicht im selben Gemeinschaftsraum schlief, eilte herbei, um nach ihm zu sehen und ihm zu helfen. Er war ein guter Mensch. Die Ehe mit der Schwester meines Vaters war schiefgegangen. Er war schwach und phantasielos. Der Brutalität meiner Tante setzte er eine weichliche Gutmütigkeit entgegen, die ihn zu einer kläglichen Figur machte. Er emigrierte als erster. Er schickte Geld, kam im Sommer aber nicht nach Hause. Nach drei Jahren entschied meine Tante, daß sie keine Pflichten mehr gegenüber einem abwesenden Ehemann hatte, einem Ehemann, der kein Mann war, weil es ihm nie gelungen war, ihr ein Kind zu schenken. In der ersten Zeit ihrer Ehe schlug sie ihn und machte ihn vor der Familie lächerlich. Indem er nach allen Seiten hin Geld austeilte, verschaffte er sich einen Paß. Eines Morgens fuhr er in dem Lieferwagen des Krämers davon, und erst einige Monate später kam Nachricht von ihm in Form einer Geldanweisung, die auf der Post von Les Mureaux in Frankreich eingezahlt worden war.

Die Tragödie würde es ihm ermöglichen, eine alte Rechnung mit seiner Frau zu begleichen. Er entschloß sich, meinen Vater zu begleiten, übernahm es, die Fabrik zu benachrichtigen, kaufte die Flugtickets und versuchte, seinem Schwager wieder Mut zu machen. Innerlich konnte er seine Frau nicht verdächtigen, den armen Jungen vergiftet zu haben; aber während der Reise dachte er an einen schlimmen Streit mit ihr am Tage von Driss' Geburt. In ihrer Wut hatte sie das Verderben dieses Kindes geschworen, wenn sie selbst keines bekommen würde. Er hielt sie nicht für fähig, bis zu einem Mord zu gehen. Er vertrieb diese Idee aus seinem Kopf, sie kehrte aber gleich darauf wieder. Nach der Hälfte der Reise war sie zur Obsession geworden. Als er im Dorf ankam, wurde sie zur Gewißheit. Ein Taxi setzte die beiden mitten in der Nacht vor dem Hof ab. Mein Vater blieb eine Weile auf einem Stein sitzen. Er hielt die Hände vors Gesicht und weinte. Mein Onkel ebenfalls. Bei Tagesanbruch gingen beide auf den Friedhof und suchten das Grab, das am kleinsten war und dessen Erde frisch umgegraben war. Sie fanden es mühelos. Mein Vater breitete einen Teppich aus und betete. Die Luft war untergründig kühl. Auf diesem kleinen Friedhof herrschte eine ungewöhnlich milde Temperatur. Die Erde war nur wenig feucht vom Tau. Mein Vater fror. Er schlug den Kragen seiner Jacke hoch, kniete nieder und küßte das Grab. Als er sich erhob, hatte er Erde an der Stirn und auf dem Kinn. Er zog ein Taschentuch heraus und füllte es mit dieser Erde. War es in diesem Augenblick oder später, daß ein Reiter auf einem graugefleckten Schimmel erschien, auf jeder Schulter eine Taube und Licht ausstrahlend, der folgende Worte an meinen Vater richtete:

«Mann, so nahe und von so weither gekommen, sei nicht traurig! Vertraue auf das Schicksal und auf Gottes Wort. Dein Sohn ist von hinnen gegangen. Er ist im Paradies. Er ist ein Engel. Hier auf Erden, im Dorf, wußte er nichts anzufangen. Er konnte nur das Opfer des Gifts der Eifersucht werden. Nun leidet er nicht mehr. Der Tod hat ihn an dem Tag geholt, als er den ganzen Koran gelernt hatte. Er ist mit dem letzten Vers der letzten Sure von hinnen gegangen. Er hat sich von den letzten Silben vom Wort Gottes aus emporgeschwungen. Habe Vertrauen, o unwissender, wackerer Mann! Trachte nicht nach Rache; greif nicht in die Fügungen des Schicksals ein. Überlaß es Gott, dem Allmächtigen, dir Gerechtigkeit widerfahren zu lassen, auch wenn es dich wieder innerhalb deiner Familie trifft. Tue nichts. Bete wie ein guter Muslim. Erbitte die Barmherzigkeit Gottes. Verlasse dieses Dorf, bring dein Weib und deine Tochter weit, sehr weit fort von einem scheelen Auge, das, indem es sich auf euch richtet, das Unheil am Ende fortpflanzen wird. Sei geduldig. Das wird dein Mut, deine Kraft, dein Glaube sein. Geh fort von hier, wechsle den Horizont, wechsle das Land. So wirst du vor einem Übel sicher sein, das in einer dir nahestehenden Frau ist. Geh fort, zeuge weitere Kinder und kehre nie in dieses Dorf des Unglücks zurück. Störe die alten Menschen nicht, die hier langsam ihr Leben aushauchen. Nimm nichts aus diesem Dorf mit, nicht einmal die Handvoll Erde, die du eben aufgesammelt hast. Dies ist ein verfluchter Ort. Alle Männer haben ihn verlassen. Übrig sind nur die Alten und eine Irre, die von der Viper erdrosselt werden wird, der sie das Gift entnimmt. Spuck nicht aus, wenn du fortgehst. Sag nichts, laß die Dinge zurück, verkauf die Tiere, wenn du kannst, und schlage den Weg des Exils ein. Jetzt geht die Sonne auf, ich muß zurück auf andere Friedhöfe, wo andere Aufgaben auf mich warten. Adieu, wackerer Mann!»

Der Reiter machte kehrt und verschwand in einer Staubwolke, seine Tauben flogen voraus und zeigten ihm den Weg.

Als mein Vater mir diese Geschichte erzählte, wagte ich nicht, ihm zu widersprechen. Ich ließ ihm seine Visionen. In jedem Fall war es wohl die Stimme der Vernunft, die er gehört hatte. Was sollte er noch auf diesem trockenen Boden? Er wollte fortgehen, seine Familie mitnehmen, sie von ihren Wurzeln entfernen, um sie vielleicht mehr lieben und besser versorgen zu können; er wollte seine Habe, sein kostbarstes Gut in Sicherheit bringen und mit den Seinen zusammenleben. Wenn sich unglücklicherweise noch ein Drama ereignen sollte, wollte er unbedingt anwesend sein.

Eine Weile dachte ich, meine Tante habe sich Driss als Opfer ausgesucht, um mir noch mehr Schmerz zuzufügen und um die Schuld auf mein Gewissen zu laden. Jahre später erfuhr ich, daß sie es auf mich abgesehen hatte, daß sie meinen Tod wollte, nicht um sich für den üblen Streich zu rächen, den ich ihr gespielt hatte, sondern weil ich, den Worten des sterbenden Urgroßvaters zufolge, diejenige war, deren Hand ausersehen war, den verborgenen Schatz im Gebirge zu entdecken. Neid und Eifersucht waren dabei zweitrangig. Ich war gefährlicher und störender als mein Bruder, der weder ein Rätsel noch ein Geheimnis in sich trug, sondern sein bloßes Kindsein. Sie hoffte noch immer, eine Tochter zu bekommen, solange der Schatz nicht entdeckt worden war.

Ihr Plan war schon im Gange: sie wollte eine Schwangerschaft vortäuschen, ganz allein, vielleicht im Gebirge niederkommen und mit einem Säugling zurückkehren, den eine Frau in der Stadt ihr gegen etwas Geld beschaffen sollte. Sie hätte uns den Trick mit dem «eingeschlafenen Kind» vorgemacht; ihr Mann hätte nichts zu sagen gehabt, und sie hätte «ihre» Tochter in der Schatzgeschichte mit mir konkurrieren lassen. Der Urgroßvater hatte gesagt, daß «dieses Mädchen vom Schicksal ausersehen wird; es wird im zehnten Jahrzehnt nach meinem Tod geboren werden...» Meine Tante hielt sich wohl für das Schicksal, das die Fäden zog, Hoffnungen zerstörte und über meine Familie herrschte, in der die Männer nur abwesend sein konnten.

Bei der Rückkehr vom Friedhof wirkte mein Vater gelassener. Er ging zu meiner Mutter, legte ihr die rechte Hand auf den Kopf und küßte sie. Dann setzte er sich neben mich. Ich war schon wach. Er nahm mich in die Arme, hielt mich ganz fest und weinte lange. Er sagte etwas, doch bei seinem Schluchzen konnten wir nicht verstehen, was er meinte. Er beweinte sein Leben und erzählte uns die Stationen seiner Geschichte: ein einfacher Mann, aus dem armen Zweig des Stammes, ein tüchtiger Mann, der mit zwanzig Jahren nach Frankreich emigrieren muß; er kann weder lesen noch schreiben, kennt vom Islam nur bestimmte Verse des Korans und die Gebete, ein Mann ohne Ansprüche, ohne großen Ehrgeiz, dessen einziges Kapital seine Körperkraft ist und dessen kostbarster Besitz seine beiden Kinder und seine Frau sind. Von Frankreich kennt er nur die Mauern der Fabrik und den Gemeinschaftsraum, den er mit neun anderen Emigranten teilt. Er wurde von einem Tag auf den andern aus einem Dorf, das der Himmel verflucht hatte, in ein anderes Dorf versetzt, wo er weder die Leute noch die Dinge wiedererkannte. Dort lebte er und dachte nur an uns. Er arbeitete, damit es uns an nichts fehlte. Er schenkte uns sein Leben. Und sein Leben waren wir. Jetzt ist sein Leben geschwächt; ihm fehlt Driss.

Die Entscheidung war gefallen: wir würden nicht in diesem Dorf bleiben; wir würden ebenfalls emigrieren, nach Frankreich gehen und dort mit ihm zusammen, unter seinem Schutz ein neues Leben anfangen. Er würde die nötigen Schritte unternehmen, die Papiere besorgen, eine Wohnung suchen, Vieh und Land verkaufen, meine Großmutter Cousins anvertrauen und seine Schwester vor Einsamkeit und Verlassenheit eingehen lassen.

Mein Vater hatte sich verändert, ich erkannte ihn nicht wieder. Er war ein dynamischer Mann geworden, der Entscheidungen schnell traf und ausführte. Das Lächeln hatte er verlernt, aber nicht die Kraft, trotz der Tragödie weiterzuleben. Driss' Tod hatte ihn so erschüttert, daß er neue Tatkraft gewonnen hatte. Er war nicht mehr der resignierte, niedergedrückte Mann, der an die Schicksalhaftigkeit glaubte und gedankenlos Arbeiten verrichtete. Es war, als hätte das Leben an seine Tür geklopft und als gäbe es ihm noch eine Chance. Er war zwar immer noch Analphabet wie ich, doch er kam in den Fluren der Behörden ganz gut zurecht. Er erkannte die Formulare an der Farbe und an Zeichen, die er sich merkte. Er hatte einen Studenten angeheuert, den er im Bus kennengelernt hatte, der die Papiere ausfüllte und ihn führte. Innerhalb einer Woche waren die Unterlagen für unsere Pässe fertig. Es fehlte nur noch die Aufenthaltsgenehmigung für Frankreich, die er auch bald schickte. Meine Mutter konnte sich dieser überstürzten Abreise nicht widersetzen. Sie weinte heimlich, weil sie Angst vor dem Unbekannten hatte. Sie fragte meinen Vater, ob es dort Berberfamilien gebe, mit denen sie sprechen könne. Er bejahte es vage. Meine Mutter mußte sich von diesem Stück Erde losreißen, das sie nie verlassen hatte. Sie kannte nicht einmal das Nachbardorf. Es war ein Sprung ins Leere, auch wenn mein Vater sie beruhigte. Auch für mich war dies ein Sprung ins Unbekannte, aber es war das schönste Geschenk, das man mir machen konnte. Es war das Abenteuer. Ich war neugierig, andere Orte kennenzulernen und vor allem überglücklich, dieses Dorf mit seinem Vieh, seinen Bäumen, seinen Gehöften und der Tante zu verlassen. Ich war froh, aber traurig. Wie mein Vater. Unsere Trauer war stumm. In uns war genug Kummer, um uns unter die Erde zu bringen. Und doch verlieh uns eben dieser Kummer neue Lebenskraft.

Im Sommer kam mein Vater uns holen. Er hatte kein Gepäck mit. Er fuhr ein langes Auto, das «Kombi» hieß. Er ruhte sich einen Tag aus, dann verstaute er einige Sachen im Kofferraum. Meine Mutter brachte uns zum Lachen: sie wollte den Brasero und Kohle mitnehmen. Mein Vater sagte ihr:

«Damit ist es vorbei. Da oben wirst du einen Gasherd und einen Kühlschrank haben, Strom, Wasser aus Hähnen und sogar einen besseren Fernsehapparat als der des Krämers... Wenn es auch kalt ist, wenn die Arbeit auch hart ist, da oben ist die Zivilisation!»

Die Zivilisation! Dieses Wort klingt noch heute in meinem Kopf wie ein magisches Wort, das Türen öffnet, das den Horizont noch sehr weit hinausschiebt, das ein Leben verwandelt und ihm die Kraft gibt, besser zu werden... Aber wie tritt man durch diese Tür, wenn man weder lesen noch schreiben kann? Diese Fragen stellte ich meinem Vater.

«Sobald wir da sind, kommst du in die Schule. Es ist nicht zu spät. Mit zehneinhalb Jahren wirst du in eine Sonderschule aufgenommen, und da du intelligent bist, wirst du sehr schnell vorankommen.»

Als wir abfahren wollten, kam meine Tante weinend, mit aufgelöstem Haar aus ihrem Zimmer, warf sich meinem Vater zu Füßen, küßte seine Schuhe und bat ihn um Verzeihung:

«Verzeih mir, ich bin unschuldig, ich habe nichts getan, ich bin nur eine arme Frau, einsam und von einem falschen Ehemann verlassen, niemand liebt mich, du, mein Bruder, von meinem Fleisch und Blut, ich bitte dich um Verzeihung, nimm mich mit, laß mich nicht hier, Erbarmen, ich werde sterben, du darfst ein Mitglied deiner Familie und deines Stammes nicht im Stich lassen. Gott wird dich strafen, wenn du mich hierläßt... Du hast deiner Frau geglaubt und willst nicht auf deine Schwester hören... Driss ist krank geworden, weil er nachts an den Brunnen ging... Er wurde von den Djinns heimgesucht... Es war Vollmond, du weißt doch, daß man so etwas in einer Vollmondnacht nie tun darf... Es ist die Wahrheit, alles übrige ist

Verleumdung, dich werden noch mehr Unglücke ereilen... Hüte dich... Denk an das Wort und die Weisungen der Ahnen: ‹Wer sein Land verläßt, ist ein verlorener Mann... Wer die Wurzeln seiner Herkunft herausreißt, zieht das Unheil auf sich›...»

Mein Vater rührte sich nicht. Er war taub für ihre Verwünschungen. Ich saß auf der Rückbank des Autos und bewunderte ihn. Früher liebte ich ihn, wie man einen abwesenden Vater liebt. Jetzt bewunderte ich ihn. Er blickte in die Ferne und wartete das Ende der Szene ab. Als sie merkte, daß er unerschütterlich blieb, rannte sie in ihr Zimmer und kam mit einer Kanne Petroleum zurück, mit dem sie sich besprühte:

«Ich werde sterben, und du wirst dein Leben lang einen Tod auf dem Gewissen haben!»

Einen Augenblick lang hatte er Angst. Heulend und sich das Haar raufend, beobachtete sie aus den Augenwinkeln die Reaktion meines Vaters. Sie versuchte ein Streichholz anzuzünden, aber die Schachtel war feucht. Es gelang ihr nicht, ihr Kleid in Brand zu setzen. Da unternahm mein Vater etwas Mutiges und Gewagtes. Er zog ein Feuerzeug aus der Tasche und hielt es ihr hin. Sie weigerte sich, es zu nehmen. Mein Vater stieg ins Auto, legte den Rückwärtsgang ein, und wir fuhren los.

Mit zerrissenem Kleid und zerrauften Haaren, das Gesicht voller Staub, schlug sie den Kopf auf den Boden und verfluchte die ganze Menschheit. Während wir uns entfernten, sahen wir sie kleiner werden, bis sie nur noch ein Häufchen war, das mit den Steinen verschmolz.

Wir saßen still im Auto. Mein Vater fuhr. Er war in Schweiß gebadet. Wenn seine Schwester auch ein Ungeheuer war, so tat es ihm doch weh, sie im Stich gelassen zu haben. Er hatte keine andere Wahl. Er hatte begriffen, daß sie zum Fürchten war und im Begriff, den Verstand zu verlieren.

FÜNFTES KAPITEL

Später erfuhren wir, daß sie verrückt geworden war. Einige Zeit nach unserer Abreise verließ sie zu Fuß das Dorf und ging in die Stadt, wo sie zuerst in einer Moschee, dann auf einem Friedhof Zuflucht suchte. Ihren Lebensunterhalt verdiente sie, indem sie ihre Dienste als Hexe anbot. Sie behauptete, sie habe ein Pulver aus Hyänenhirn, das sie teuer verkaufte und das sehr wirksam sein sollte, jemanden mit besonders schlimmen Folgen zu verhexen.

Als sie am Eingang der Moschee bettelte, wurde sie von einer Frau mitgenommen, die ihr vorschlug, bei ihr zu arbeiten. Sie gehörte einer vornehmen Familie von Agadir an. Der Mann war ein angesehener Geschäftsmann, die Kinder gingen alle zur Schule, und die Frau langweilte sich; sie hatte nichts zu tun. Sie hatte ein Dienstmädchen für den Haushalt und ein weiteres für das Kochen. Das Erscheinen Khadoujs – so ließ sich meine Tante nennen – rief den Zorn des Mannes hervor. Er erklärte, daß «ihre Anwesenheit ihm unbehaglich sei», daß ihr Gesichtsausdruck kein Vertrauen einflöße. Während des Streits machte sie sich ganz klein, nahm ihr Bündel und bat, ihr unfreiwilliges Eindringen zu entschuldigen. Sie sprach mit sanfter Stimme:

«Es tut mir furchtbar leid, ich schäme mich, daß ich diese Unruhe in das Haus rechtschaffener Leute gebracht habe. Ich komme von weither. Sie müssen wissen, daß ich eine Frau bin, die von ihrem Mann verlassen worden ist. Er ist nach Frankreich gegangen, wo er ein neues Leben angefangen hat. Er hat mich mit fünf Kindern allein gelassen und schickt uns keinen Centime. Ich mußte die Kinder meiner Mutter, der Ärmsten, überlassen und versuche, etwas Geld zu verdienen, gerade soviel, damit sie zu essen haben. So ist das Leben. Manchen schenkt es alles, anderen nimmt es sogar die Kinder. Ich schlage Ihnen vor, mich eine Woche zur Probe zu behalten und danach ganz frei zu entscheiden. Möge Gott Sie schützen und Ihren Reichtum vermehren...»

Mit ihrer süßlichen Stimme und ihrem gesenkten Kopf erreichte sie, daß sie sie behielten.

Nach Ablauf einer Woche schmiedete sie mit der Frau bereits Ränke gegen den Mann. Dieser, schlau und sehr vorsichtig, vertraute seinem ersten Eindruck und schickte sie ohne Rücksicht fort. Die Frau hatte keine Zeit, zu protestieren oder sie zu verteidigen. Khadouj stand mit aufgelöstem Gesicht und zögerndem Gang wieder auf der Straße. Ihr Wille, mit Hilfe des Bösen zu leben, begann abzustumpfen und sich zu erschöpfen. Sie war allein und hatte niemanden, den sie mißhandeln konnte. Sie irrte durch die Straßen, führte Selbstgespräche, gestikulierte und sprach Passanten an:

«Du, der du in diese Sackgasse läufst, halt inne und hör mich an. Ich bin die Letztgeborene einer Familie von Heiligen. Einer meiner Ahnen hat einen Schatz im Gebirge versteckt...» Sie verstummte abrupt, dachte nach, dann lief sie zum Busbahnhof am Stadtrand. Dort waren Leute, die auf den Bus warteten, andere, die auf Reisende warteten, und wieder andere, die auf nichts und niemanden warteten, die den ganzen Tag lang da waren als Zeugen der Zeit, als Bezugspunkte für die Sonne, als Helfer für alles... Sie kamen und gingen, dann setzten sie sich, den Rücken an die Mauer gelehnt, auf den Boden, hielten die Hand vor die Stirn, um sich gegen die Sonne zu schützen oder um ihren Kopf festzuhalten, der herabzusinken drohte. Es waren Leute ohne Bindungen, ohne bestimmten Beruf; sie bevölkerten den Platz und gaben ihm etwas Lebendiges, Menschliches. Sie waren zu allem bereit, boten ihre Arme an, um alles mögliche zu transportieren. Manche trugen Tote, andere machten mit Behinderten auf dem Rücken einen Rundgang durch die Stadt, weil diese sich langweilten und kein Wägelchen hatten. Andere verkauften heiße Luft. Hinter einem niedrigen Tisch sitzend, erfanden sie Erinnerungen für jene, die keine hatten oder sie vergessen hatten. «Verkauf von wahren, frischen, echten, nachprüfbaren Erinnerungen» hatte einer von ihnen sogar auf einer an der Wand hängenden Schiefertafel stehen. Sie hatten nicht viele Kunden. Erinnerungen waren in diesem Land keine seltene Ware, doch in Agadir hatte dieser kleine Handel mit dem Gedenken geblüht. Nach dem Erdbeben verloren manche Überlebende das Gedächtnis, andere wollten sich ihrer Erinnerungen vergewissern, und dann gab es solche, die jene schreckliche Nacht nicht miterlebt hatten und sich, zu Besuch in Agadir, das tragische Ereignis in allen Einzelheiten von den Windverkäufern erzählen ließen, die sich als «Erleuchtete» vorstellten, «die die Mauern bei ihrem Einsturz verschonten».

Auf diesen öffentlichen Platz begab sich meine Tante; doch nicht um verschüttete oder erloschene Erinnerungen wiederzubeleben, sondern um ihr Abenteuer zu erzählen. Sie hatte Sinn für das Spielen und die Inszenierung. Sie verstand sich ins rechte Licht zu setzen und die Aufmerksamkeit des Publikums zu fesseln. Als sie begann, die märchenhafte, unvollendete Geschichte von dem in den Bergen versteckten Schatz zu erzählen, wurde sie von einem großen, aufmerksamen und hingebungsvollen Publikum umringt. Das Erzählen ist Sache der Männer. Die Leute eilten herbei, dieser Frau zuzuhören, die aus dem Nichts gekommen war, um jene zum Träumen zu bringen, die zum Mitspielen bereit waren: «Dies ist die Geschichte von dem in den Bergen versteckten Schatz. Die Entdeckung seines Verstecks und seine Öffnung sind nicht mit einem Metallschlüssel zu bewerkstelligen. Die Ahnen haben beschlossen, daß ein Kind kommen soll, dessen rechter Hand es gegeben ist, den Ort zu finden, und wenn es die Erde berührt, sollen die Steine auseinanderweichen, bis ein Kasten mit einem goldenen Schloß auftaucht. Dieses Mädchen wird unschuldig sein ... Ich habe lange geglaubt, ich sei es ...» (Gelächter in der Menge). «Ihr macht euch lustig, weil ich nicht mehr jung bin, aber hütet euch vor Frauen, die das Leben betrogen hat. Meiner Hand ist es nicht gegeben, den Schatz zu finden, aber ich habe die Gabe, in den Augen anderer zu lesen, ich kann die Vergangenheit lesen und manchmal die Zukunft ... Du da, mit deiner versunkenen Miene, deine Frau ist besessen ... sie verliert ihr Blut, und du verlierst den Verstand. Such mich auf, ich werde dir geben, was du brauchst, und erst danach wirst du bezahlen ... Diese Geschichte vom Schatz ist verrückt; sie geht mir nicht aus dem Sinn, auch wenn heutzutage niemand mehr an diese Märchen von Greisen glaubt, die wer weiß was erfinden, um das Radio zum Schweigen zu bringen!

Ich bin eine Frau aus Stein und aus Ton – mein Leben ist eine lange Baustelle –, unsere Füße laufen gern auf Küken oder noch grünen Trauben – ich bin nicht weich, denn das Leben ist nun einmal so –, jede meiner Falten ist eine Furche, durch die das Blut anderer geflossen ist. Ich bin kein Ungeheuer, ich bin ein Spiegel, euer Spiegel, worin ihr euch nicht gern sehen werdet. Ich bin die Spiegelung eurer Ängste und eurer Unsicherheiten. Der Tod hat mir all eure Schmerzen aufgebürdet. Wenn ich schön bin, verdanke ich es euch, wenn ich häßlich bin, so, weil ich euren Gedanken zu nahe bin ... Denn eure Gedanken sind krankhaft. Ihr glaubt, ihr wäret vor dem Vollmond und dem Wind aus den Dünen sicher, aber ihr irrt euch. Du da hinten, du bist jung, du bist schön, und du träumst davon, mit dem Kopf zwischen den Brüsten deiner Mutter zu schlafen ... Es ist wahr, du kannst es nicht leugnen ... Ich habe keine Brüste mehr, sie sind vertrocknet, das Warten hat sie ausgetrocknet, mein Leib ist flach, er ist leer, kein Leben hat je in diesem Leib geatmet. Ich habe lange gebraucht, es mir einzugestehen, und habe mich auf die Seite des langen Arms geschlagen, der sich über die Felder streckt und die Kinder hinmäht, die nicht größer sind als Kornähren. Ich verabscheue Zucker und Honig. Ich mag nur den Pfeffer und den Piment aus Afrika ... Ich mag nur den Biß der Schlange und den schrillen Gesang des rasenden Pferdes.

O Männer des Nichts! Ihr habt lange an die Legende vom Guten geglaubt, das euch im Paradies vergolten wird! Man hat euch zum besten gehalten! Tut Gutes, wenn ihr Lust habt, aber wisset, daß es schal, zäh und klebrig ist wie Honig, der an den Fingern klebt und euch hindert, die Wespe totzuschlagen, die euch in die Zunge sticht und euren sofortigen Tod herbeiführt.

O nutzlose Männer! Was habt ihr aus eurem Leben gemacht? Ihr habt Steine in einem Garten angehäuft, den ihr für geheim hieltet; ihr habt Kerzen auf den Ästen von Bäumen aufgestellt, die sich nichts aus euren Opfergaben machen; ihr habt eure Frauen euch ernähren lassen, ohne sie je irgendeiner Böswilligkeit zu verdächtigen.

Seht euch an, seht euch um! Ihr seid schlaff, und Frauen mögen erschlaffte Körper ganz und gar nicht. Wie viele Ungerechtigkeiten werden täglich vor euren Augen begangen, und ihr tut nichts. Eure Kinder laufen barfuß und schleichen um die Hotels herum wie Bettler, und ihr wißt es nicht einmal.

Bittet mich nicht, euch zu helfen. Ich glaube nicht an das Gute. Meine Energie, meine Kraft, meine Überzeugung sind alles, was ich besitze; und wisset, daß das, was ihr das Böse nennt, mir hilft zu leben und euch zu ertragen... Ich werde euch die wundersame und dumme Geschichte vom Schatz nicht erzählen. Ich bin nicht da, um euch einzuschläfern. Das Leben verzeiht nicht. Ich habe es satt, all eure Häßlichkeit auf meinem Gesicht zu tragen. Mein Kopf wird von Tag zu Tag schwerer. Geht arbeiten, geht Steine bewegen, und wenn ihr keine Arbeit findet, stehlt, nehmt den anderen weg, was ihr braucht... Aber bettelt nicht; laßt eure Kinder nicht vor dem Fremden die Hand aufhalten.»

Die dichte Menge, die ihr lauschte, wußte nicht, wie sie reagieren sollte. Für manche war sie eine Provokateurin, für andere eine aus der Anstalt entsprungene Irre. Für die Polizei, die bei diesem ungewöhnlichen Auflauf mit ihrem Einschreiten nicht lange wartete, war sie eine berufsmäßige Aufwieglerin, die streng verhört werden mußte.

In der Menge waren natürlich Polizeispitzel. Sie gaben ihre Reden ungenau und ohne Hand und Fuß wieder. Meine Tante beschimpfte sie als «unfähige Denunzianten» und legte denen, die sie verhörten, ihre Philosophie von Gut und Böse dar. Es war ziemlich simpel. Sie wurde nicht ernstgenommen, wodurch sie außer sich geriet. Sie stand auf und schrie:

«Da ihr genauso unfähig seid wie eure Spitzel, verlange ich, mit eurem Vorgesetzten zu sprechen, ich habe ihm noch Schlimmeres zu gestehen.»

Der Kommissar kam. Auf seinem Gesicht lag ein feines, ironisches Lächeln. Er war ein Mann um die Dreißig, nicht sehr groß, in einem etwas knapp sitzenden dunkelbraunen, dreiteiligen Anzug. Sie begann damit, daß sie Bemerkungen über seine Kleidung machte:

«Dieser schwarze Schlips macht dich noch düsterer... deine Frau kümmert sich nicht gut um dich.»

Er gab ihr eine Ohrfeige, worauf sie schallend lachte.

«Natürlich, du glaubst, du hättest eine Frau geohrfeigt. Unseliger... Du hast die angetastet, durch die das Unglück kommt. Du wußtest nicht, daß der Tod mich oft um Rat fragt und es mir gelingt, ihn zu leiten... Nicht immer, aber manchmal klappt es. Ich bin fehlgeboren, ich bin ein Irrtum, ich hätte nie zur Welt kommen dürfen; ich hätte dort bleiben sollen, wo ich war, in einem Abgrund, eine Viper unter Vipern, ein Raubvogel unter Raubvögeln. Ich bin nicht häßlich, ich habe nur die Visage, die meinem Tun entspricht.»

«Schön, was hast du zu gestehen?»

«Ich habe dir gesagt, daß die Nacht zwischen dem Tod und mir einen Pakt geschlossen hat. Ich bin... – wie soll ich sagen – keine Mörderin, sondern eine Vollstreckerin im Dienste des Todes.»

«Sind schon Menschen durch deine Hand gestorben?»

«Ja. Es hat sich gefügt, daß ich ein unschuldiges Kind getötet habe. Es hatte mir nichts getan. Aber ich sollte denen, die es liebten, Unglück bringen. Das geschah erst unlängst. Du kannst es nachprüfen. Es liegt auf dem Friedhof meines Dorfes begraben. Eine Hackfleischboulette mit Gift hat genügt. Ich gestehe, daß es in dem Fall um eine persönliche Rache ging. Ich hatte mit meinem Bruder noch ein Hühnchen zu rupfen. Der Tod hatte mich nicht um Rat gefragt. Ich habe alles allein ausgeführt. Doch das ist normal, ich bin dazu da, so wie du dazu da bist, enge Anzüge zu tragen und zu glauben, dein Leben hätte einen Sinn.»

«Angenommen, du sagst die Wahrheit, warum ein Kind, einen wehrlosen Menschen?»

«Wenn du auch der Chef bist, du verstehst nichts vom Bösen. Hör gut zu: wenn jemand einer Sache geschadet hat, die dir am Herzen liegt, oder durch sein Tun oder sein Dasein verhindert hat, daß du einen Plan verwirklichst, dann gibt es zwei Arten, dich zu rächen. Die erste, leicht und üblich, ist uninteressant: du beseitigst ihn. Die zweite ist subtiler: du tust ihm weh, aber wirklich weh, indem du jemanden aufs Korn nimmst, der ihm sehr lieb ist. In einer Familie hat man niemanden lieber als den erstgeborenen Jungen. Das ist einfach. So genieße ich meine Rache, sehe ich, wie sie ihre Wirkung tut. Ich bin nicht nur zerstörerisch, ich bin auch kontemplativ! Und du, was bist du?»

«Ich bin ein Mann der Obrigkeit, den der Staat dafür bezahlt, vom Laster und vom Bösen Besessene festzunehmen und unschädlich zu machen. Meine Rolle ist es, sie der Justiz auszuliefern, die ihre Arbeit tun wird. Vorher jedoch werde ich dich von einem ... Arzt untersuchen lassen, ich wollte schon sagen Seelenarzt, aber hast du überhaupt eine?»

«Meine Seele hat die gleiche Färbung wie dein trister Anzug. Natürlich habe ich eine Seele, aber man sieht sie besser nicht von zu nahem ... Sie ist nicht schön ... Meine Umgebung hat sie beschädigt ... Sie ist in Trauer; sie braucht Trost, aber du hast nichts zu geben. Als ich klein war, fing ich Spatzen und drehte ihnen den Hals um. Das machte mir Spaß. Beim Gehen zertrat ich Blumen, Pflanzen und Insekten. Ich glaubte sogar, daß ich mit zwei Zähnen geboren wurde. Wie du weißt, bringt das Unglück. Meine Mutter hat mir eines Tages erzählt, sie habe mich manchmal am Brunnenrand vergessen, in der bitteren Hoffnung, mich hineinfallen zu sehen. Nein, ich fiel nicht. Meine arme Mutter hatte nie den Mut, sich meiner wirklich zu entledigen. Sie hat meinetwegen gelitten. Und mein Vater hat mich nie zu seinen Kindern gerechnet. Er ignorierte mich. Ich war nicht unglücklich. Diese Ablehnung gab mir Kraft, sie befreite mich. Mein ältester Bruder tat wie mein Vater so, als existierte ich nicht. Jetzt weiß er nicht nur, daß ich existiere, sondern daß ich handle.

Sehen Sie, Monsieur, meine Seele ist ein Quell der Finsternis. Sie, die Polizei, die Justiz, die Religion, werden eine Seele einsperren, die nie etwas anderes gekannt hat als die schwarzen, feuchten Wände eines ewigen Gefängnisses. Das schreckt mich nicht. Ich kenne die Absonderung, Einsamkeit und Verachtung. Da muß man mir schon etwas Stärkeres bieten...»

«Ich weiß nicht, welches Schicksal die Gerechtigkeit der Menschen dir vorbehält. Aber ich kann dir sagen, was bei uns ein Gefängnis ist, vor allem für eine Verbrecherin wie dich: wenn deine Geburt ein Irrtum ist, wie du sagst, wirst du dich dessen vergewissern können. In unseren Zellen herrschen Feuchtigkeit und Schmutz. Sie sind über den Abwasserrohren erbaut. Nachts dringen Ratten und Maulwürfe ein. Du kannst noch soviel schreien, die Wände sind dick, niemand wird dich hören... und auch wenn man dich hört, wird man dir nicht zu Hilfe kommen!»

Der Mann stand zutiefst angewidert auf, wusch sich die Hände und rief zwei Polizisten herbei.

Sie verlor noch vor ihrem Prozeß den Verstand. In die Irrenanstalt verlegt, starb sie wenige Monate später, in Ketten gelegt und mit zerschmettertem Kopf. Das sagte man uns jedenfalls. In Wirklichkeit war es ihre Nachbarin, die in Ketten starb. Ihr gelang es, mit Hilfe einer Wärterin zu fliehen und sich wieder im Dorf niederzulassen. Jahrelang hörte niemand mehr etwas von ihr. Sie lebte, von Hunden umgeben, in einer alten Hütte und verkaufte heimlich Mittel für die Hexerei.

SECHSTES KAPITEL

In der Morgendämmerung kamen wir in Paris an. Der Himmel war grau, die Straßen mußten auch grau angestrichen sein, die Leute gingen, zu Boden blickend, mit entschlossenen Schritten, ihre Kleidung war dunkel. Die Mauern waren mal schwarz, mal grau. Es war kalt. Ich rieb mir die Augen, um gut zu sehen und alles aufzunehmen. Wäre mein Bruder dabeigewesen, hätte er mit seinem leisen Akzent gefragt: «Ist das *Lafrance*?» Ich dachte an ihn, während ich dieses fremde Land entdeckte, das meine neue Heimat werden sollte. Ich sah die Mauern und die Gesichter an, die in ein und derselben Traurigkeit verschwammen. Ich zählte die Fenster der hohen Häuser. Ich verlor beim Rechnen den Faden. Es gab zu viele Fenster, zu viele Häuser übereinander. Sie waren so hoch, daß meine Augen sich in die Wolken verirrten. Mir wurde schwindlig. Dutzende von Fragen drängten sich in meinem Kopf. Sie kamen und gingen, prall voll Geheimnis und Ungeduld. Doch wem sollte ich sie stellen? Meinem Vater, der übermüdet war und auf die Neugier eines Kindes nicht antworten konnte, das am frühen Morgen eine völlig unverständliche Welt mitten ins Gesicht bekam?

Unterwegs hatte mein Vater kein Wort gesagt. Wir hielten zweimal am Straßenrand, um zu essen. Meine Mutter sprach auch nicht. Ich spürte, daß diese Reise eine Flucht war. Wir entfernten uns so weit wie möglich vom Dorf. Mein Vater, der sonst vorsichtig war, fuhr schnell, als würden wir von einer unsichtbaren Armee, die meine Tante befehligte, verfolgt oder gejagt. Ich liebte diese Geschwindigkeit. Sobald ich die Augen schloß, erschien mir Driss' Gesicht, lächelnd oder weinend, als werfe er uns vor, ihn im Dorf zurückgelassen zu haben. Ich weinte lautlos und wußte, daß meine Eltern die gleichen Visionen hatten. Meine Mutter schlief nicht. Sie ließ meinen Vater nicht aus den Augen, der seine Tränen hinunterschluckte.

Ich lief auf meinen Bruder zu, und er lief auf mich zu, aber es gelang uns nie, die Distanz zu überwinden, die uns trennte. Wir mochten unser Tempo noch so sehr beschleunigen, wir kamen nicht weiter. Ich schrie. Niemand hörte mich. Das geschah auf einem kahlen Feld. Eine herrliche Sonne schien, das Licht war vollkommen, aber unsere Füße blieben am Boden haften, und unsere Schreie waren erstickt, von der Sonne verschluckt, kaum artikuliert.

Er war schön, gesund, eine schwarze Haarsträhne fiel ihm über die Augen. Er lief und lief, dann fiel er erschöpft hin. Ich stieß einen Schrei aus, dann hörte alles auf. Mein Vater bremste, nahm mich in die Arme und weinte mit mir. Monatelang träumte ich jedesmal, wenn ich im Auto fuhr, denselben Traum.

Unsere Unterbringung verlief ziemlich schnell. Wir wurden von anderen marokkanischen Familien unterstützt sowie von Madame Simone, die von der Gemeinde geschickt wurde, um uns die Behördengänge zu erleichtern.

Madame Simone – groß, recht füllig, immer zum Lächeln aufgelegt – war unsere Fee und unsere Freundin. Anfangs versuchte sie uns ihre Aufgabe und Rolle als Sozialarbeiterin zu erklären, doch für uns war sie ein von Gott gesandter Engel, der uns in dieser Stadt, wo alles so schwierig war, aufnehmen sollte. Sie sprach ein paar Wörter Arabisch und sagte uns, sie habe in Beni Melal gelebt und gearbeitet.

Ich war aufsässig. Ich redete nur mit meinen Eltern. Meine Sprache war Berberisch, und ich begriff nicht, wieso man einen anderen Dialekt benutzte, um sich zu verständigen. Wie alle Kinder meinte ich, meine Muttersprache sei universell. Ich war aufsässig und sogar aggressiv, weil die Leute mir nicht antworteten, wenn ich sie ansprach. Madame Simone sagte arabische Wörter zu mir, die für mich ebenso fremd waren wie die, die sie in ihrer eigenen Sprache redete. Ich dachte: sie mag mich nicht, denn sie spricht nicht Berberisch mit mir. Also spuckte ich, schrie, warf Gegenstände auf den Boden.

Ich war weder verwöhnt noch schwierig. Neue Dinge waren auf mich eingestürmt, und ich wollte sie verstehen. Ich hatte das Gefühl, von heute auf morgen taubstumm geworden zu sein, von meinen Eltern vergessen und in eine Stadt geworfen, wo alle mir den Rücken kehrten, wo niemand mich ansah oder mit mir sprach. Vielleicht war ich durchsichtig, unsichtbar, vielleicht wurde ich wegen meiner dunklen Hautfarbe mit den Bäumen verwechselt. Ich verbrachte Stunden neben einem Baum. Niemand blieb stehen. Ich war ein Baum, oder sagen wir ein Strauch, wegen meiner kleinen Größe und meiner Magerkeit. Ich eignete mich zur Vogelscheuche. Aber es gab kaum Kornfelder und noch weniger Vögel. Es gab nur Tauben, aber so schlaffe und dumme, daß sie ihrem Stamm Schande machten!

Ich sah gern die vorbeifahrenden Autos an. Ich atmete die Abgase tief ein und versuchte mich mit diesem Duft der Städte zu tränken, der so neu und berauschend für die in reiner Luft aufgewachsene Hirtin war. Den ganzen Tag lang zählte ich Autos und schlief übermüdet auf der Bank ein. Ich hütete zwar keine Kühe mehr, aber ich verhielt mich noch genauso, als wären die Automobile aufgeschreckte Kühe, die in alle Richtungen flohen. Sosehr ich auch wartete, es erschien kein Kavalier, der neben mir Musik spielte. Die Stadt zog an meinen Augen vorbei, und ich verlor die Vorstellung von allem. Zuerst von der Zeit: ich brachte Tag und Nacht durcheinander. Ich schlief irgendwann und wachte auf, wenn die anderen in tiefem Schlaf lagen. Der Morgen war mir abhanden gekommen. Ich fand ihn einfach nie wieder. Jedesmal wenn ich die Augen öffnete, war es Nacht oder Tagesende. Mein Vater erklärte mir, daß der Tag in diesem Land in Stunden eingeteilt ist, während wir im Dorf nur Sonnenaufgang und Sonnenuntergang kannten. Er brachte mir bei, die Zeit von einer Armbanduhr abzulesen:

«Da macht deine Mutter Crêpes – es ist sechs Uhr; da bringst du die Tiere hinaus – es ist sieben Uhr; da steht die Sonne über deinem Kopf – es ist zwölf Uhr mittags, Zeit für das zweite Gebet; da wird zu Mittag gegessen – es ist ein Uhr; da ist das Nachmittagsgebet – es ist vier Uhr; da geht die Sonne unter, und es ist Zeit, die Tiere in den Stall zu bringen; da ist das Abendessen; der Rest ist Nacht...»

Er überließ mir seine Uhr, und ich verbrachte den Tag damit, die Zeit zu lernen. Ich hatte meine eigenen Anhaltspunkte darin gefunden, wann mein Vater zur Arbeit ging und wann er zurückkam. Aber das wurde kompliziert, weil er eine Woche lang ging, wenn die Sonne über meinem Kopf stand, und spät nachts zurückkam. In der Woche darauf war es umgekehrt: er ging spät nachts weg und kam mit dem Sonnenstand über meinem Kopf zurück. Doch war die Sonne ein unzuverlässiger Gefährte. Sie war selten da. Ich mochte Wolken gern. Diese hier waren schwer und schwarz. Sie hatten die Schwere meines Herzens und die Farbe meiner Träume. Wenn die Wolken bei uns zu Hause, im Dorf ankamen, waren sie eilig. Sie platzten oder verstreuten sich ziemlich schnell. Der Regen fiel nicht irgendwann. Hier kam er häufig, um die Mauern und die Straßen zu waschen. Er warnte nicht voraus, und niemand feierte ihn.

Nach einigen Tagen hatte die Zeit keine Geheimnisse mehr für mich. Ich sagte mir selbst und den anderen die Zeit an; es kam noch vor, daß ich einem Vorbeigehenden auf Berberisch sagte: «Es ist Zeit, die Tiere in den Stall zu bringen!» Ich hielt mich für eine Uhr, von Genauigkeit besessen. Ich hatte die große Armbanduhr meines Vaters immer noch bei mir, und jedesmal wenn der Zeiger von einer Stunde zur nächsten rückte, rief ich: «Wir wandern von drei Uhr nach vier Uhr.»

Nach der Zeit mußte ich Ordnung in die Geräusche bringen, die von überallher auf mich einstürmten und nie aufhörten. Ich wußte, es war unmöglich, die Stille, die Ruhe und den großen Frieden der Natur wiederzufinden. Aber ich wollte unbedingt wissen, woher diese Geräusche kamen. Ich mußte sie erkennen und zähmen, sonst würde mein Kopf platzen. Ich stellte mich ans Fenster und hörte genau hin: ich konnte das Brummen der Autos von dem der Busse und Lastwagen unterscheiden. Mir gefiel die Sirene der Rettungswagen. Dagegen war das Hämmern der Maschinen, die den Boden aufbrechen, unerträglich. Ich schaffte es nicht, es zu zähmen. Es war wild, abgehackt und endlos.

Natürlich fehlten mir das Singen der Vögel, das Geschrei der Kinder, die aus der Koranschule kamen, das Klappern der Mähmaschine, der Ruf der Bäuerinnen und ihre wehmütigen Lieder...

Vom Kummer verzehrt, war meine Mutter in eine unendliche, stille und graue Traurigkeit verfallen. Sie kümmerte sich nicht darum, sich anzupassen. Sie würde weiter ihre Hausfrauenarbeit tun, ohne aus dem Haus gehen und sich der Außenwelt stellen zu müssen. Sie kochte, wusch, räumte auf, putzte, aß wenig, stellte keine Fragen und überließ die Dinge ihrem Lauf und, mit derselben Gleichgültigkeit, dem neuen Leben den Verlauf ihrer Tage und Nächte. In der übrigen Zeit betete sie, bat sie Gott, ihren Mann und ihre Tochter vor dem bösen Blick, vor Übeltätern, Neidern und Heuchlern zu schützen. Sie war schön in ihrem weißen Gewand, der Trauerkleidung. Sie trug keinen Schmuck und schminkte sich nicht mehr. Driss' Tod verlieh ihr mehr Gelassenheit und Mut. Sie hatte kein Recht, gegen Gottes Willen aufzubegehren, nur die Pflicht, ihn hinzunehmen und allenfalls zu weinen.

Wie früher, als ich noch klein war, legte ich manchmal den Kopf in ihren Schoß. Sie fuhr mir durch die Haare, als suchte sie Läuse, und sang leise ein Liebeslied:

Mein Herz hat sich geöffnet
Eine Wunde deines Blicks
Meine Hand hat sich geschlossen
Um den Schlüssel des Schicksals

Du bist mein Leben
Möge Gott mich in dein Leben tragen
Doch Gott hat dich aus meinem Leben gerissen
O du mein Blut heute in der Tiefe der Erde
O du mein Auge heute im Dunkel des Brunnens
Mein Herz hat sich geöffnet
Deine kleine Hand hat es geschlossen
O du mein Herzblut
O du mein Augapfel
Die Erde nährt sich von dir
Und ich weine auf einem Stein
Zwischen Dünen und Sonne…

Meine Mutter hatte ihre ganze Seele im Dorf gelassen. Ihr Körper wurde dünner und dünner, und ihr Blick war ständig auf einen fernen Punkt gerichtet, der zu Driss' Grab führte. Sie war gleichsam ein vom unmöglichen Vergessen beseelter Geist geworden. Ich ahnte den Augenblick voraus, in dem sie hinfallen und in einen bleiernen, gefährlichen Schlaf versinken würde. Ich versuchte sie aufzurütteln, ich sprach mit ihr. Die Rollen hatten sich umgekehrt: die Tochter tröstete die Mutter, erzählte ihr Geschichten, damit sie einschlief, damit sie vergessen und ohne Driss leben lernte. Ich bot mich als Hoffnung und Gelingen, als Feuer und als Lachen an:

«Hör mich an, Mutter! Ich habe die Zeit gelernt und den Lärm gezähmt. Jetzt muß ich noch Französisch lernen, und du wirst sehen, ich werde Ärztin oder Architektin, ich werde dein Glück, deine Freude und dein Stolz sein. Ich möchte alles wissen. Auch ich werde in die Schule gehen. Ich lerne rechnen und schreiben, ich lerne die Stadt und die Maschinen kennen. Im Dorf durfte ich nicht in die Koranschule gehen, um lesen und schreiben zu lernen. Weil die Mädchen im Haus und auf den Feldern gelassen werden. Hier gibt es keine Tiere, keine Felder, keinen Hof, keine Koranschule mehr. Hier, Mutter, sind die Häuser übereinander, und die Leute rennen. Ich werde auch anfangen zu rennen. Ich muß lernen. Ich muß mit der Schule anfangen... Schluß mit dem blinden *fqih* und seinem Stock, der angespitzt war, um weh zu tun; ich warf Steine nach ihm, aber hier gibt es weder Kieselsteine noch Staub. Wenn ich in die Schule gehe, werde ich mich gut halten, ich werde ihnen zeigen, wie die Blumen tanzen, wenn der Wind leicht ist...»

Ich beobachtete gern das Sichwiegen der Blumen. Ganz wild und zart. Sie wurden nie gepflückt.

SIEBTES KAPITEL

Ich war elf Jahre alt oder kurz davor, elf zu werden. Ich wollte groß sein, um die Schule zu schaffen, um die meisten Kinder zu überflügeln. Sie hatten eines gemeinsam: sie waren mit ihrem Schulbesuch im Rückstand. Ich war nicht einmal im Rückstand, ich war nichts, ich kam von weither, aus einem hohen Gebirge, wo nie ein Wort Französisch gesprochen wurde. Sonst hätten die Steine es behalten und es mir beigebracht. Am ersten Tag brachte mein Vater mich zur Schule. Am Eingang trafen wir die gute Madame Simone mit einer Akte unter dem Arm. Sie stellte uns der Direktorin vor, die uns ein strahlendes Lächeln schenkte und mich bei der Hand nahm. Innerhalb von wenigen Minuten ging ich von einer Welt in eine andere über. Auf einmal war ich allein, und ich war stolz. Mein Klassenzimmer war im Erdgeschoß. Es gab keine Tische, sondern kleine Hocker rund um eine Menge Würfel aus Holz oder aus Plastik.

Ich war das älteste der Kinder, aber ich schämte mich deswegen nicht. Anders als in der Koranschule waren Jungen und Mädchen zusammen, und der Lehrer hatte keinen Stock. Ich dachte bei mir: ‹Womit wird er uns schlagen?› In meiner Vorstellung gab es keine Schule ohne Stockschläge. Der Lehrer war komisch. Er kroch auf allen vieren, um uns zu erklären, wie wir die Würfel stellen und sie zählen mußten. Wir lernten die Zahlen vor den Buchstaben. Für mich war es leicht. Ich zählte auf berberisch, dann sagte ich es ihm. Er lachte laut und sprach weiter französisch mit mir.

Am Abend holte mein Vater mich ab. Ich war aufgeregt und erzählte ihm alles. Zu Hause angekommen, holte ich drei verschiedenfarbige Würfel aus meinem Ranzen und schenkte sie meiner Mutter:

«Das ist für deine Gewürze. So kannst du schnell den Kümmel vom Ingwer unterscheiden...»

Mein erster Schultag endete mit einem Diebstahl. Am nächsten Tag, als ich die Würfel zurückbrachte, schämte ich mich.

Am zweiten Tag biß ich eine Spanierin, die mir meine Tafel weggenommen hatte, in den Arm.

Am dritten Tag war ich traurig. Ich sah den anderen zu und rührte mich nicht.

Am vierten Tag lernte ich die Farben auf französisch sagen. Abends mischte ich die neuen Wörter in die Unterhaltung mit meinen Eltern.

Nach einem Monat kannte ich das Alphabet und konnte meinen Namen schreiben. Ich hatte einen Leseheißhunger. Auf der Straße sah ich nicht mehr die Leute an, sondern versuchte, die Inschriften auf Schildern und Plakaten zu lesen. Das war eine mechanische Übung für mich geworden. Sonntags bat ich meinen Vater, mich mitzunehmen, um ihm die Namen der Cafés, Hotels und Geschäfte vorzulesen. *«Café de la Mairie»*, *«Hôtel de la Terrasse»*, *«Tati»*, *«Monoprix»*, *«Boucherie Halal»*, *«Moulin Rouge»* (das war kompliziert geschrieben). So las ich meinem Vater vor, der sich über meine Entdeckungen amüsierte.

Madame Simone war zufrieden. Ich machte Fortschritte. Mitten im Schuljahr wurde ich in die nächste Klasse versetzt, in der Sätze gebildet wurden. Ich bekam eine Schreibmappe. Meine Sätze waren närrisch. Zuerst schrieb ich die von der Tafel ab, dann fügte ich die Wörter ein, die mir durch den Kopf gingen, oder andere, deren Klang mir gefiel. Ich hatte immer den Eindruck, gleichzeitig im Rückstand und voraus zu sein. Ich war entschlossen, rasch voranzukommen, Stufen zu überspringen, wie man sagt, auch wenn sich in meinem Kopf, in dem eine heillose Unordnung herrschte, alles vermischte. Die Wörter, denen ich Farben gab, und die Zahlen, die ich irgendwie ordnete, gerieten ständig durcheinander, und ich war oft überlastet wie eine Köchin, die mehrere Tajinen auf einmal zubereitet. Ich hatte Angst, den Rückstand zu vergrößern; ich war wissensdurstig und begierig, meiner Familie nützlich zu werden. Ich wartete ungeduldig auf den Moment, wo mein Vater mir einen Brief geben würde, den ich lesen konnte.

Mein Vater hatte mir ein Wörterbuch für Kinder gekauft. Das war mein erstes Geschenk. Ein Buch mit Bildern, in dem die Wörter groß geschrieben waren, erklärt und veranschaulicht wurden. Ich lernte Wörter auswendig, ohne sie immer zu verstehen. Wenn ich zum Bäcker ging, zeigte ich nicht mehr mit dem Finger auf das Brot und hielt meine offene Hand voller Münzen hin; ich sagte wie jedermann: «Zwei dunkle Baguettes»; ich machte das Portemonnaie auf und bezahlte den genauen Betrag.

Oft schlief ich mit dem Wörterbuch unterm Kopfkissen. Ich war überzeugt, die Wörter würden nachts hindurchkommen und sich in die vorgesehenen Fächer einfügen. Das heißt, die Wörter würden die Buchseiten verlassen und sich in meinen Kopf einprägen. An dem Tag, an dem in dem Buch nur noch leere Seiten wären, würde ich alles wissen. Jeden Morgen überprüfte ich den Stand der Dinge. Die erste Seite, deren Wörter ich verschlungen hatte, handelte vom Stein. Ich wußte alles über Steine. Alles war in meinem Kopf gespeichert. Ich jubelte. Das war toll. Ich trug meinen ersten großen Sieg über den Rückstand davon. Ich sagte die Seite meinen Eltern und Madame Simone auf; ich übersetzte einige Abschnitte ins Berberische. Der Stein ging mir nicht aus dem Sinn, und die Wörter, die ihn beschrieben, entzückten mich.

Eines Nachts ließ ich das Kopfkissen weg und legte meinen Kopf unmittelbar auf das magische Buch. Ich konnte nicht einschlafen. Es war unbequem. Vielleicht lag es an dem fehlenden Respekt für das Buch, daß ich einen Alptraum hatte.

Ich war wieder im Dorf, saß unter dem Baum und hütete die Kühe. Auf einmal sah ich Riesenwörter, alle mit Schaufeln ausgerüstet, auf mich zukommen. Sie gingen schlenkernd. Die mit einem *l* bewegten sich mühelos vorwärts, aber denen, die mit einem *s* oder *y* endeten, fiel es schwer, beim Tempo der Invasion mitzuhalten. Zwei, vermutlich von einem liegenden *i* gebildete Linien banden mich an den Baum. Sie schnürten mich fest und machten mit mehreren *œs* einen Knoten. Ein *Y* sperrte seinen Mund auf, die Augen wurden von einem *I* offengehalten. Die Wörter drangen in Massen mit ihren Geräten ein und leerten meinen Kopf von allem, was er in einem Jahr gespeichert hatte. Meine weitgeöffneten Augen mußten den Massenauszug ohnmächtig mit ansehen. Das Verb «nehmen» raffte alles hinweg, was ich über den «Stein» gelernt hatte; die *n* waren genauso betroffen wie die *e* und die *h*; übrig blieben die *m*; sie bekamen den Auftrag, den Sack zu halten, in den die anderen Wörter der denkwürdigen Seite geschüttet wurden. Es gab einen kurzen, aber durchschlagenden kleinen Krieg zwischen den französischen und den berberischen Wörtern. Ich wurde mutig und standhaft verteidigt. Die berberischen Wörter ließen sich nichts gefallen. Sie hatten eine Verteidigungslinie gegen die Eroberer gebildet. Der Kampf war heftig. Das konnte ich an der starken Migräne ermessen, die die Folge war. Es gab einige Verwundete, besonders unter bestimmten zusammengesetzten Wörtern: das «Erdgeschoß» lag am Ausgang hingestreckt, «abgestürzt» war in drei Teile zerbrochen, «Moder» hatte sein *r* eingebüßt und drehte sich im Kreis, weil es auf einmal weiblich war, «Haß-Faß-Baß» hatten ein *s* anstelle des *ß*. Die wenigen arabischen Wörter, die ich kannte, mischten sich in den Kampf ein. Sie verstärkten die Verteidigungslinie.

Das Erwachen war mühsam. Ich weinte wie verrückt. Kopf und Augen taten mir weh. Als ich gähnte, verklemmte sich mein Kiefer. Ich bekam Angst. Auf mein Weinen aufmerksam geworden, kam meine Mutter und tröstete mich. Ich wagte nicht, ihr meinen Traum zu erzählen. Das dringendste war, mich zu vergewissern, ob wirklich Schaden angerichtet worden war. Ich schlug das Wörterbuch auf. Alles in Ordnung. Die Wörter waren brav. Nichts war weg. Ich sagte die «Stein»-Seite auf. Meine Errungenschaften waren noch da. Ich lächelte. Es war nur ein böser Traum, ein Streich des beiseite gelegten Kopfkissens gewesen. In der Nacht darauf schlief ich mit dem Wörterbuch in den Armen.

Ich brachte die beiden ersten Klassen in einem Schuljahr hinter mich. Im Sommer blieben wir in Paris. Zum erstenmal fuhr mein Vater nicht heim ins Dorf. Es gab dort nichts mehr zu tun, und außerdem war meine Mutter schwanger. Meine Ferien waren lang und abwechslungsreich. Ich half meiner Mutter im Haushalt, und nachmittags ging ich zu marokkanischen Nachbarn fernsehen. Dieser Kasten, in dem schwarzweiße Bilder vorbeizogen, beeindruckte mich nicht übermäßig. Aber es machte mir Spaß, in ein anderes Haus zu gehen und mit Hadj Brahims Kindern zusammenzusein, denen ich Berberisch beibrachte.

Hadj Brahim war ein Händler, der sich als Freund meines Vaters ausgab. Eines Tages schlug er vor, uns in den Jardin d'Acclimatation mitzunehmen. Als wir ins Auto stiegen, setzte er mich neben sich, und seine drei Kinder setzten sich nach hinten. Mir fiel auf, daß er die Hand auf mein Knie legte, wenn er mit mir sprach. Er war dick und schwitzte stark. Wenn er sich zu mir herüberbeugte, raubte mir der Schweißgeruch den Atem. Ich sagte nichts. Er war der Freund meines Vaters, nicht der meine.

Im Park schickte er seine Kinder Zuckerwatte kaufen und nahm mich bei der Hand, um mir etwas zu zeigen. Wir waren allein in einem schattigen Eckchen. Er bot mir zwei Tüten Karamelbonbons an und drückte mich an sich, als wollte er mir etwas ins Ohr flüstern oder mich küssen. Mein Kopf war in Höhe seines Hosenlatzes. Ich fühlte etwas Hartes. Ich riß mich los und trat ihn vor das Schienbein. Er schrie auf. Schamrot rannte ich davon. Ich bebte vor Wut, weil dieses dicke Schwein mich hereingelegt hatte. Es kam nicht in Frage, mit ihm nach

Hause zu fahren. Ohne mich umzudrehen, verließ ich den Park und war auf einmal allein in der Stadt. Anfangs hatte ich keine Angst. Von der Brücke aus sah ich die Seine fließen, die eine sonderbare Farbe hatte. Bei uns zu Hause ist das Wasser klar, hier ist es dickflüssig und grau. Ich konnte nicht feststellen, in welche Richtung es floß. Nie in meinem Leben hatte ich einen so schmutzigen Fluß gesehen. Dabei waren keine Frauen da, die Wäsche wuschen. Die Seine war so grau wie die Mauern und die Gesichter, wie der Himmel und die Hände meines Vaters. Hatte sie wenigstens ein Geheimnis? Ich hoffte es sehr; zu was war sie sonst gut? Den Touristen Paris zu zeigen.

An jenem Tag waren das Licht und die Farben des Himmels herrlich. Ich ging mit zurückgelegtem Kopf und begeisterte mich am unmerklichen Wechsel der Farbtöne und der transparenten, blau, lila, rot und gelb durchzogenen Wölkchen.

Auf diesem Spaziergang vergaß ich das Erlebnis mit Hadj Brahim. Ich ging, den Farben des Himmels folgend, weiter, ohne mich zu fragen, wie ich nach Hause kommen würde, ohne mich um die Angst und Sorge meiner Eltern zu kümmern. Erst als der Himmel allmählich sein Licht einbüßte, beschloß ich, mich mit dem Problem des Heimwegs zu beschäftigen. Ich blieb vor einem gewaltigen Bauwerk stehen, wo viele Touristen waren. Am besten würde ich mich erst einmal erkundigen. Ich ging zu einem Polizisten, der in Gedanken entrückt zu sein schien. Ich rief ihn; er hörte mich nicht. Daraufhin zupfte ich ihn am Ärmel:

«Monsieur, Monsieur, was ist das für ein großes Haus?»

«Das ist kein Haus, das ist eine Kathedrale. Es ist Notre-Dame de Paris... Was willst du?»

«Wie komme ich nach Hause?»

«Wo bist du zu Hause?»

«Da... Nein, da, auf der anderen Seite... In der Nähe ist die Metzgerei Halal.»

«Wo kommst du her?»

«Aus Imiltanout!»

«Ist das ein Viertel?»

«Nein, das ist unser Dorf... In unserem Dorf ist nichts... Es liegt in Marokko... Ich kann lesen und schreiben... In der Nähe unserer Wohnung ist das Kaufhaus *Tati.*»

Das war das Zauberwort. Auf immer werde ich *Tati* meine Rettung verdanken. Der Polizist schloß daraus, daß ich im Araberviertel im Norden wohnte. Er fragte:

«Wohnst du in Barbès, in der Goutte-d'Or?»

«Nein, ich wohne im 18. Viertel.»

«Ja. Das ist es. Wenn ich dich hinbringe, findest du dann die Straße wieder?»

«Natürlich, ich sage Ihnen doch, daß ich lesen und schreiben kann... Ich habe einen Vorsprung im Rückstand.»

Er nahm mich bei der Hand und fragte, ob ich eine Cola wollte. Ich bekam Angst. Nach den Karamelbonbons die Cola... Das war zuviel an einem einzigen Tag. Ich war mißtrauisch geworden; aber dieser Polizist war sauber, er roch nicht nach Schweiß und sah nett aus. Er nahm mich mit in sein Büro, telefonierte, unterschrieb Papiere, und dann fuhren wir in einem Auto mit einem anderen Polizisten am Steuer los.

Die Stadt zündete ihre Lichter an. Ich dachte, ohne es wirklich zu glauben, es sei für mich. Paris feierte meine Heimkehr. Meine Augen speicherten in aller Eile Bilder. Alles sauste vorbei, Straßen, Bauwerke, Himmel und Sterne, Fußgänger... Ich war glücklich. Ich dachte: ‹Hoffentlich ist der Weg lang!› Diese Spazierfahrt war das Schönste, was ich seit unserem Umzug nach Frankreich erlebte. Als ich von weitem das leuchtende T von *Tati* sah, wurde mir schwer ums Herz. Der Ausflug war zu Ende. Ich erkannte ohne Mühe die Straßen wieder. Auf den vorbeifahrenden Polizeiwagen reagierten die Leute in diesem Gastarbeiterviertel unterschiedlich. Manche liefen, andere versteckten sich. Die Leute hatten Angst. Ich fragte mich, woher diese Panik rührte. Als wir ankamen, sah ich meine Mutter am Fenster. Sie weinte. Ich stieg aus und beruhigte sie. Mein Vater war zu Hadj Brahim gegangen, der schön in der Tinte sitzen mußte; was würde er erzählen? Bestimmt würde er alles mir in die Schuhe schieben.

Ich lud die zwei Polizisten zum Tee ein, bis mein Vater kam. Sie lehnten ab. Ich ließ nicht locker. Meine Mutter trocknete ihre Tränen und brachte uns Tee und Gebäck. Sie waren verlegen. Und ich war froh. Als mein Vater kam, wirkte er niedergeschlagen. Er schämte sich. Das ganze Viertel war zusammengelaufen. Er dankte den Polizisten und begleitete sie zum Auto. Da wurde mir klar, wie sehr ich meinen Eltern geschadet hatte. Aber es war Hadj Brahims Schuld. Ich konnte es nicht sagen. Ich schlief früh ein und sah die ganze Nacht die Seine, Paris und seine Lichter vorbeiziehen, bis die Bilder anfingen sich zu überschneiden und zu überlagern. Die Seine floß durch unser Dorf, die Koranschule war in der Kathedrale Notre-Dame de Paris, die zwei Polizisten fuhren in ihrem Krämerlieferwagen durch das Kaff. Ich wechselte in Sekundenbruchteilen von einem Land ins andere. Ich sah meine Tante im trüben Wasser der Seine. Die Polizisten schlossen auf einen Unfall; mein Bruder fuhr auf den großen Boulevards Fahrrad. Das ganze Dorf war mit Elektrizität versehen; am Eingang und am Ende wurden großartige Laternen aufgestellt; Hadj Brahim wurde aus hygienischen Gründen im Hammam eingesperrt und durfte nur Karamelbonbons ohne Geschmack essen.

Am nächsten Tag erzählte ich meine Eskapade der ganzen Schule. Ich war stolz. Ich hatte den Eindruck, viel dazugelernt zu haben, den anderen noch weiter voraus zu sein. Unentwegt entdeckte und lernte ich etwas. In meinen stillen Gebeten dankte ich Gott, meinen Eltern und Frankreich. Das Dorf entschwand nach und nach aus meinen Gedanken. Nur Driss' Gesicht tauchte hin und wieder auf und machte mir das Herz schwer. Meine Mutter sollte mir bald einen kleinen Bruder schenken. Er wurde im Krankenhaus geboren, wo alles weiß und sauber war. Während der Abwesenheit meiner Mutter kümmerte ich mich um den Haushalt. Ich wusch und räumte auf. Beim Kochen ging mir alles schief. Erschrocken über die

Schäden, die ich anrichtete, beschloß mein Vater, mich jeden Abend mit ins Restaurant zu nehmen. Ich sollte eine weitere große Entdeckung machen: McDonald's. Es war eine historische Begegnung: die Hirtin riß angesichts dieser runden Fleisch-, Brot- und Käsescheiben die Augen auf. Ich mochte sie leidenschaftlich gern. Mein Vater sah mir zu, wie ich gierig aß. Er schätzte diese Art von Nahrung überhaupt nicht. Eines Abends waren wir bei Hadj Brahim zum Essen eingeladen. Ich lehnte unter dem Vorwand ab, dies sei unser letztes Abendessen zu zweit vor der Rückkehr meiner Mutter. Nachdem ich mich bei Monsieur Donald vollgestopft hatte, ging ich nach Hause und erlaubte meinem Vater, zu seinem Freund zu gehen.

ACHTES KAPITEL

An dem Tag, als meine Mutter aus dem Krankenhaus kam, hatte ich meine erste Periode. Ich schlief; auf einmal fühlte ich etwas Warmes, Flüssiges zwischen meinen Schenkeln heraussickern. Ich wußte nicht wirklich Bescheid, aber ich wußte, daß man so zur Frau wird. Ich fand, daß es nicht dieses Signals bedurft hätte, damit ich eine Frau war; ich war es schon durch alles, was ich gelernt, erfahren und geliebt hatte.

In der Schule mußte ich eine Prüfung machen und wurde auf eine höhere Schule mit gleichaltrigen Kindern geschickt. Ich konnte schwer folgen. Ich war in einer Klasse, in der alles schnell ging. Ich verstand die Sätze nur halb und sonst nur Bahnhof. Womit sollte ich diese Leerstellen ausfüllen, welche Wörter einsetzen, um zu verstehen? Wie sehr ich auch in meinem Vorrat suchte, ich trat auf der Stelle. Ich war unglücklich. Hatte ich doch gedacht, ich hätte einen Vorsprung, und nun war ich immer noch in diesem tristen Schuppen des Rückstands. Ich war zwar nicht die einzige, die wartete, ich stand mit anderen Schlange; aber hin und wieder sah ich einen Portugiesen oder einen Senegalesen in einen Zug steigen und weiterfahren, während wir weiterhin mit Würfeln spielten oder auf eine Tafel malten.

Der Gedanke, mit irgend etwas oder gegenüber irgend jemandem im Rückstand zu sein, verfolgte mich. So war ich mit meiner Periode Hafida, Hadj Brahims ältester Tochter, voraus, aber im Rückstand gegenüber Maria, einer hübschen Spanierin, die in derselben Sonderklasse war. Ich mochte sie gern, weil wir etwa die gleichen Fehler machten: ihr gelang es nicht, *ü* auszusprechen, und ich konnte nicht sanft über das *r* hinweggehen. Wenn der Lehrer uns beide sprechen hörte, bog er sich bald vor Lachen, bald bekam er einen Wutanfall.

Eines Morgens in der Pause kam Maria zu mir und flüsterte mir ins Ohr:

«Komm mit, ich muß dir etwas zeigen.»

Ich ging mit ihr zur Toilette, sie hob ihren Rock hoch und zog ihre blutbefleckte Unterhose herunter. Einen Augenblick lang hatte ich Angst, dann sagte sie:

«Es ist heute morgen gekommen; und du, hast du nichts vorzuzeigen?»

Ich nickte. Sie war ein Jahr jünger als ich, ich war ihr anderweitig voraus: ich hatte schon einen Busen und sie nicht. Ich knöpfte meine Bluse auf und zeigte ihr meine knospende Brust.

«Darf ich anfassen?» fragte sie.

«Anfassen, ja nicht kneifen, das ist nämlich hart, aber empfindlich.»

Mit der Fingerspitze strich sie über meine kleinen Rundungen. Wir zogen uns wieder an, und sie vertraute mir kichernd an, sie habe einen Verlobten:

«Wir sind jetzt gleich weit...»

Wir hatten dieselben Probleme in der Schule, und unsere Körper entwickelten sich unterschiedlich, aber im gleichen Tempo. Auch ich hatte einen Verlobten. Er hieß David und kam aus Portugal. Seine Augen waren so schön wie die eines Berbers, nur waren sie nicht schwarz, sondern blau. Zum erstenmal sah ich blaue Augen von so nahem.

David war ein Träumer. Stundenlang betrachtete er die Bäume, zeichnete sie und gab ihnen Namen. Die Bäume bei der Schule waren eher kümmerlich und traurig.

«Kein Baum hier ist würdig, deinen Namen zu tragen», sagte er eines Tages zu mir.

Ich fand diese Überlegung schockierend, aber der Ton, in dem er mit mir sprach, gefiel mir sehr. Er nannte mich «Mandelblüte». Das beruhigte mich. Ich war kein Baum, sondern eine Blume.

«Komm, heute gehen wir nicht in den Nachmittagsunterricht, ich nehme dich mit in den Luxembourg und stelle dich meinen Freunden vor...»

Ich wußte nicht, daß es sich um einen Park handelte und daß seine Freunde riesige Bäume waren.

Wir nahmen den Bus. Es war schönes Wetter. Die Menschen wirkten heiter. Paris hatte Farben, Sonne und gute Laune.

Er kannte diesen großen Park, als gehörte er ihm. Hand in Hand mit mir führte er mich hindurch.

«Dieser Baum ist eine Pappel. Er ist wohl ein halbes Jahrhundert alt. Ich nenne ihn ‹Lissabon›, weil ich ihn jedesmal vor mir sehe, wenn ich von der Heimat träume. Der da ist eine Buche. Sein Schatten ist sehr wohltuend. Ich nenne ihn nach meinem Großvater ‹Jacinto›. Jedesmal wenn ich in seine Nähe komme, beugt er sich zu mir herunter und streicht mir über die Haare. Der andere ist eine Tanne. Für mich ist er ‹der General›, er ist kerzengerade, diszipliniert und manchmal recht streng. Bei diesem Baum weiß ich nicht, wo er herkommt. Ich nenne ihn ‹Toni›, nach einem Parkplatzwächter, der sich als Italiener ausgab, aber Zigeuner war. Dieser hier ist der Baum der Geduld. Wenn ich mich nicht gut fühle, wenn meine Eltern sich streiten und ich mich beruhigen muß, setze ich mich unter diesen Baum, der mir die nötige Geduld gibt.

Da ist auch der Baum der Hoffnung. Er ist klein, fast unscheinbar, aber ich weiß, daß er die Gabe hat, mir jedesmal Hoffnung zu schenken, wenn ich sie brauche, um in der Schule weiterzumachen und an meine Zukunft zu denken. Ich möchte auf keinen Fall Bauarbeiter werden wie mein Vater. Deshalb gehe ich jeden Tag in die Schule.

Jetzt mußt du mitkommen und darfst keine Fragen stellen. Ich nehme dich mit in den Schatten der Liebe. Wenn man sich auf die Bank dort setzt, in den alles durchdringenden Schatten des ältesten Baumes in diesem Garten, strömt die Liebe in uns hinein, bringt unsere Herzen einander nahe und läßt unsere Körper erschauern.»

Ich ging willig mit. Meine Hand fest in Davids Hand, schloß ich die Augen und wartete auf die Schauer. Nichts geschah. Hin und wieder öffnete ich die Augen. Leute gingen spazieren. Hunde liefen hinter einem Ball her, und ich spürte nichts Besonderes. Als David merkte, daß ich zerstreut war, stand er etwas verärgert auf und sagte:

«Du glaubst nicht an meine Bäume!»

«Doch, ich bin gern mit dir in diesem Garten, aber ich dachte, du würdest mir einen Eisenholzbaum zeigen, wenn ich auch weiß, daß dieser Baum nur in meinem Dorf wächst... Ich dachte, du wärst ein Zauberer...»

«Einen Eisenholzbaum?»

«Ja, das ist ein ganz kleiner Baum, mit Früchten, so groß wie eine Olive. Die Ziegen fressen diese Früchte und scheiden sie hinten wieder aus. Die Kerne werden gesammelt und ergeben gemahlen ein saftiges Öl.»

«Dann ist es ein Olivenbaum?»

«Nein. Oliven müssen nicht erst durch die Ziegen wandern, um Öl zu ergeben!»

David war beeindruckt. Ich sagte ihm, daß dieser Baum für uns Berber der Baum unserer Ahnen ist. Er wächst nirgendwo anders. Er ist nicht schön. Das ist sein Geheimnis.

«Du bist eine gelehrte Blume... Du weißt eine Menge!»

Ich war geschmeichelt.

Wir nahmen wieder den Bus. Wir kamen zu spät an der Schule an. Mein Vater lief davor auf und ab. Als er mich an Davids Hand aus dem Bus steigen sah, sagte er nichts und ließ mich herankommen. Als ich ganz dicht bei ihm war und ihm die Wange zum Kuß hinhielt, gab er mir eine Ohrfeige, die mich eine ganze Weile betäubte. Mir drehte sich alles. Ich konnte die Leute nicht mehr von den Dingen unterscheiden. Ich wußte nicht mehr, ob mich die Wucht der Ohrfeige, die Überraschung oder die Scham betäubte.

Scham. Ein eigenartiges Gefühl. Es wirkt wie ein Sturz, wie ein regelrechter Zusammenbruch. Man stürzt zu Boden und fühlt sich lächerlich, weil man gedemütigt, herabgesetzt, in ein anderes Alter zurückversetzt worden ist. Es ist auch Enttäuschung, jene, die einen Bruch hervorruft.

An diesem Tag lernte ich die Scham kennen. Nie zuvor hatte mein Vater die Hand gegen mich erhoben. Er hatte keine Zeit, wütend zu werden; selbst wenn ich Dummheiten machte, bestrafte er mich nicht. Er war abwesend und betrachtete meine Erziehung als Sache meiner Mutter und meiner Großmutter.

Von diesem Schlag, bei dem ich Sterne sah, wurde ich krank. Ich wollte nicht mehr in die Schule. Alle würden mich auslachen, auch wenn die meisten Schüler bei der Szene nicht dabeigewesen waren. Diese Ohrfeige versetzte mich in die Zeit zurück, als meine Tante hinter mir her war und mich schlug. Mein Vater wußte nicht mehr, wie er mich trösten sollte. Nachts sprach er mit meiner Mutter, und ich hörte fast alles:

«Es tut mir leid, aber ich konnte nicht anders. Ich habe nie jemanden geschlagen; und den ersten Schlag bekommt meine Tochter ab. Aber warum hat sie auch die Schule geschwänzt, und warum vor allem ist sie mit einem Fremden gegangen? Wir sind Muslims. Hier haben die Mädchen keine Moral. Wir sind keine Christen. Wenn unsere Tochter anfängt, mit Jungen zu gehen, ist das unser Ruin, unsere Niederlage. Du mußt mit ihr reden. Wir sind hier nicht zu Hause. Frankreich ist nicht unsere Heimat. Wir sind hier, um unseren Lebensunterhalt zu verdienen, nicht, um unsere Töchter zu verlieren.»

Ich stellte mir die beiden vor, mit gesenktem Blick und niedergeschlagen, weil ihr Töchterchen schneller groß wurde als vorhergesehen.

Hätte mein Vater schreiben können, hätte er mir einen langen Brief geschrieben und mir mitgeteilt, was er auf dem Herzen hatte. Diesen Brief habe ich erhofft, mir vorgestellt und gehört.

«Liebes Töchterchen,
ich schreibe dir heute abend, weil ich großen Kummer habe. Ich hätte gern direkt mit dir gesprochen, aber seitdem ich bemerkt habe, daß du nicht mehr die Augen niederschlägst, wenn du mit mir oder mit deiner Mutter sprichst, gehe ich einem Zusammenstoß, den weder du noch ich gewohnt sind, lieber aus dem Weg.

Wovon ich dir heute abend erzählen möchte, ist meine Liebe, wenn auch die Umstände dazu geführt haben, daß wir uns nicht gut kennen. Es tut mir wirklich leid, dich nicht heranwachsen gesehen zu haben. Ich ließ ein kleines Mädchen zurück und fand elf Jahre später ein anderes kleines Mädchen wieder, das so tat, als erkenne es mich nicht, und das in den ersten Tagen nach meiner Heimkehr schmollte. Jedesmal mußte ich dich neu erobern. Du warfst die Geschenke weg, die ich dir mitbrachte, und bliebst allein in deiner Ecke. Wie sollte ich dir da erklären, daß mein Weggang nie freiwillig oder gar ein Vergnügen war. Du hattest recht, mir böse zu sein, denn ein Kind hat Ansprüche, und du hattest viele. Die Zeit verging schnell. Dreißig Tage vergehen wie eine schöne Nacht voller Träume, Farben und Lachen. Gerade wenn wir unzertrennliche, glühende Freunde geworden waren, mußte ich wieder fort. Ich nahm dich auf dem Pferd mit zum Jahrmarkt in der Stadt. Du spieltest, du zanktest, du sangst, und ich war selig, glücklich, euch, deinen Bruder und dich, vor meinen Augen leben zu sehen. Dieselben Augen weinten still, wenn ich mitten in der Nacht aufbrach – ihr durftet nicht geweckt werden, und ich konnte es nicht ertragen, euch weinen zu sehen. Ich fuhr zum Arbeiten nach Norden, in die Kälte und die Einsamkeit. Deine Mutter gab mir Dosenfleisch, Honig, Öl vom Eisenholzbaum, eine Wolldecke und dicke Socken mit. Sie verstaute das alles wortlos im Kofferraum des Autos. Das war ihre Art, an mich zu denken und mich vor dem bösen Blick, vor Kälte und Entbehrungen zu schützen. Ich hatte es eilig, nach Frankreich zu kommen und in der Arbeit und der Routine Vergessen zu finden. Der Weg war lang; ich machte fast keine Pause. Es war, als wäre ich auf der Flucht, eure Gesichter verfolgten mich und gingen mir Tag und Nacht nicht aus dem Sinn. Ich kam einen Tag vor Arbeitsbeginn in Paris an und fiel ins Bett wie in ein Grab. Im Schlaf fand ich euch wieder. Wenn ich an dich dachte, sah ich dich seltsamerweise immer heiter und war unbesorgt. Aber wenn ich an Driss dachte, wurde mir jedesmal bang ums Herz. Ich wußte, daß dieser Junge zart war, daß seine Geburt ein Unglück für meine Schwester Slima gewesen war, an der ein Leiden zehrte, das schlimmer und stärker war als alle körperlichen Krankheiten. Ich wußte, ihr Fluch würde eines Tages über euch kommen. Ich muß dir heute gestehen, daß Slima nicht meine Schwester ist. Sie ist ein Mädchen, das Reisende auf unserer Türschwelle aussetzten. Meine Mutter hat sie adoptiert, das heißt in unsere Familie aufgenommen. Im Islam gibt es keine Adoption. Man kann ein Kind annehmen, hat aber nicht das Recht, ihm den eigenen Namen zu geben. Als Slima klein war, hat sie gelitten. Es hieß, sie sei aus einem schädlichen Regen geboren, sie sei die Frucht des Gewitters. Kinder sind böse. Sehr früh hat sie sich mit andern geprügelt. Gewalt ist ihre Art zu sprechen und zu leben. Ich habe sie nie als meine Schwester betrachtet. Das nahm sie mir übel. Nach dem Tod meines Vaters – zu der Zeit, als die Typhusepidemie grassierte – ist jeder seiner Wege gegangen. Ich nach Frankreich, meine beiden anderen Brüder nach Agadir, meine beiden Schwestern zu ihren Männern. Slima wurde im Stich gelassen. Ihr Mann war lange vor mir zum Arbeiten nach Frankreich gegangen. Sie blieb allein; sie hatte in aller Ruhe Zeit, ihre Rache vorzubereiten. Aber woran wollte sie sich rächen? Am Leben, an uns, an den anderen, an allem. Mein Töchterchen, heute ist das alles Vergangenheit. Wir leben nicht mehr im Dorf. Hier haben wir keine Erinnerungen. Wir können nicht so leben, als wären wir noch im Dorf. Ich habe dich in der Schule angemeldet. An dem Tag war ich stolz. Aber ich muß dir auch gestehen, daß ich eine schlaflose Nacht verbracht habe. Für mich war das eine Revolution. Ich hatte Angst, und zugleich hatte ich nicht das Recht, dir die Schule vorzuenthalten. Ich möchte deinetwegen keine weiteren schlaflosen Nächte verbringen, weil du uns Sorgen machst, indem du schneller voraneilst, als wir imstande sind mitzukommen. Du eilst zu schnell voran. Ich weiß, daß Paris eine Stadt ist, in der sogar die Großen vom Weg abkommen.

Du mußt wissen, daß unsere Moral, unsere Religion anders sind als die deiner Schulkameraden. Wir werden nicht unser Leben lang in diesem Land leben, wo wir Fremde sind.

Damit will ich dir sagen, daß du mein Augapfel bist.»

Diesen Brief hörte, las und las ich die ganze Nacht. Alles stand in den tiefen Augen meines Vaters geschrieben, auf seiner breiten Stirn, in seinen Handflächen. Ich beobachtete ihn und las seinen Kummer und seine Verwirrung in jeder seiner Gesten.

Durch diesen Brief fühlte ich mich seiner Sorge nahe, aber ich begriff auch, daß die Schwierigkeiten erst anfingen. Ich haßte die Vergangenheit und alles, was sich auf das Dorf bezog, die Hauptursache all unserer Rückständigkeit.

Unser Land hat uns vielleicht deshalb nicht halten können, weil eine unglückliche Hand eines Tages die Saat der Zwietracht und Rückständigkeit ausgesät hat.

NEUNTES KAPITEL

Das Meer. Mit schwarzem Stift gezeichnet, von einem roten Strich durchbrochen, mit dem Radiergummi Marke «Spécia» ausradiert, in einem von Blau überschwemmten Bilderbuch vergessen und wiedergefunden. Das Meer. Eine seltsame Gestalt meiner Träume. Bald ein zwischen Himmel und Erde gespanntes, von den Winden geblähtes Leintuch; bald in der Vorstellung das Rauschen von Wellen, die erschauern lassen. Das Meer. Eine Verheißung, um in seinem Tosen das Dorf mit seinem Vieh und seinen immer gleichen und verwüsteten Gesichtern zu ertränken. Das Bild von einem unter seine Wolken auf die Erde herabgestiegenen Himmel, der in Blau die Wörter «Ebenen» und «Straßen» malt.

Wasser, in aufeinanderfolgenden Wellen, vom Wind herbeigetragen. Seine Farbe wechselt je nach den Tageszeiten. Dunkel gegen Ende des Tages. Nachts schwarz mit ein paar silbernen Glanzlichtern. Am Tag transparent, von der Sonne durchschienen, steigt und sinkt es und bricht sich an roten Felsen.

Das Meer. Seit meiner Ankunft in Frankreich war es eine fixe Idee. Ich sprach nicht darüber. Ich wußte, daß ich es eines Tages entdecken würde. Ich wartete geduldig. Ich hatte Angst, nicht mehr von ihm zu träumen, wenn ich es gesehen hätte.

Ein Strudel aus Licht und Wasser trug mich in einem Taumel zwischen Getöse und Gemurmel davon, und ich befand mich auf einmal allein in einem nur vom Vollmond beleuchteten Fischerboot. Das Meer war mehr ein Gedanke als ein Bild, ein losgelöstes Stück Himmel, ein Spiegel, der mein Bild festhält, während ich in einem Brunnen hänge, um seine Tiefe zu messen und die Wände zu säubern. Ein Feld mit hohen Toren hinter meinen Lidern. Ein Schauer, nicht vom Wind, sondern von dem Wunsch, auf diesen Wogen dahinzutreiben und auf einer Insel zu stranden, die wie eine Gnade in den Händen eines uralten Mannes ruht, vielleicht meines Ururgroßvaters, desselben, der den Schatz im Gebirge vergrub. Das Meer konnte nur dieses mehrfach hundertjährige, heitere und schöne Gesicht sein, das, stolz auf seine Wurzeln, seinen Glauben und sein Land, das gegebene Wort hielt. Als Visionär wußte er, daß seine Kinder und die folgenden Generationen seines Geheimnisses und seiner Güte unwürdig waren. Das Meer war also da, in dem rechten Handteller, aufgezeichnet, in Bewegung, und führte auf untergründigen Umwegen zu der Stelle, wo der Schatz lag. Seit meine sterbende Großmutter mir das Geheimnis undeutlich ins Ohr geflüstert hatte, wußte ich, daß mir über kurz oder lang der Weg in der Stille und der Sammlung gewiesen würde. Ich würde geblendet und Gefangene dieses Lichts sein. Ich brauchte nur, unmittelbar vor der inneren Trance und der übermächtigen Freude, die sich in Tränen und Erschütterung äußert, die rechte Hand auszustrecken, die Innenfläche dieser auserwählten Hand zu öffnen, um darin das Meer auf dem nachsichtigen und gütigen Gesicht dieses Ahnen zu sehen, der stärker war als die Zeit. Seine sanften, von Erinnerungen überfließenden Augen würden sich auf die Stätte richten, die Insel oder eine unterirdische Grotte, und ich würde mit der Gewandtheit einer Seiltänzerin auf den von seinem Blick vorgezeichneten Wegen wandeln, bis meine Füße auf einen glühenden Fels treten, vielleicht das Zentrum eines erloschenen Vulkans oder der Körper eines von seiner Mannschaft vergessenen Seemanns mit von der Sonne und dem Licht gegerbter Haut.

Der Schatz müßte dasein, in meiner Hand. Ich werde den Tag, die Stunde, die Jahreszeit und den Mond abwarten, um diese Hand über einem durchsichtigen Wasser zu öffnen, dessen Bewegungen schon mit meinem Atem und Puls übereinstimmen werden.

Deshalb war ich an dem Tag, als mein Vater beschloß, mich ans Meer mitzunehmen, blaß und unruhig, befangen und etwas verschlafen. Es war an einem Tag im Februar. Die Straßen waren menschenleer, der Himmel unfreundlich. Daß ich niemanden mehr auf der Straße sah und einen Schleier von Tristesse am Himmel wahrnahm, lag an mir. Tief in meinem Innern hatte ich Angst, etwas nicht Wiedergutzumachendes zu tun, die Schönheit, die mein Geheimnis umgab, aufzustören, es womöglich zu verraten oder zu verlieren, es einer stürmischen Welle gleich, die an einem Felsen zerschellt, zerbrechen zu sehen. Das Meer war in mir, tief, geschützt, willig. Ich durfte ihm nicht einfach sonntags einen banalen Besuch machen, ohne Vorbereitung, ohne innere Sammlung. Ich hatte Angst, alles zu verlieren.

Es war weder blau noch silbrigschwarz, sondern grau. Es war nicht da. War abwesend. Es hatte sich zurückgezogen, fern von unseren Blicken. Sand war schon da, aber kein Meer. Der Himmel war von einem sonderbaren Blau. Der Himmel hatte das Meer getrunken, und niemand hatte es bemerkt. Ich war erleichtert. Mein Vater war enttäuscht. Er stotterte entschuldigende Worte. Ich wußte, daß auch er das Meer noch nie gesehen hatte. An jenem Tag beschloß ich, alles zu tun, um es ihm zu zeigen, um ihn in meinen Traum einzubeziehen. Vor allem durfte nichts überstürzt werden. Ich mußte es der Zeit überlassen, das übrige zu tun.

Da der Spaziergang an der Küste ausfiel, nahm er mich mit ins Kino. In unserem Viertel gab es wenige Kinos, und jahrelang liefen die gleichen Filme: Gewaltfilme mit Mord und Totschlag und Horrorfilme. Vielleicht verdiente das Viertel keine Liebesfilme. Ich sah mir die Plakate an und verstand nicht, warum man uns soviel Brutalität bot.

Der Film, den mein Vater aussuchte, war ein Karatefilm. Wir waren weit weg vom Meer. Im Dunkeln sah ich winzige Körper umherzappeln, und jeder Schlag, den sie versetzten, war von einem Pfeifen begleitet. Auf der einen Seite die Guten, auf der anderen die Bösen. Eine Schlangenfrau war dabei, die ihren Gegner im Sprung mit den Beinen erwürgte. Für mich waren das keine Bilder. Alles geschah hinter dem weißen Leintuch, das unten im Saal gespannt war. Den Zauber des Kinos sollte ich erst viel später kennenlernen.

Am Abend war ich müde und mitgenommen, aber froh, weil es mir gelungen war, mein Geheimnis zu bewahren. Das Meer gehörte mir. Ich wagte nicht, meine rechte Hand zu öffnen. Ich behielt alles tief in mir vergraben. Das Meer war jener Garten, in dem ich mich eines Tages fern vom Getöse absondern könnte. Und doch entwickelte ich eine Leidenschaft für die Stadt. Mitunter saß ich stundenlang am Fenster und beobachtete das laute Getriebe auf der Straße. Unser Viertel war nach und nach von den Franzosen verlassen worden. Die Geschäfte gehörten Arabern. Die Bürgersteige verwandelten sich vom Morgen bis zum Abend in einen afrikanischen Souk. Senegalesen sangen und tanzten, um ihre Sachen zu verkaufen. Wenn ich sie beobachtete, wie sie lebten und lachten, fragte ich mich, ob auch sie tief in ihrer Seele ein Geheimnis, ein althergebrachtes Wort, ein von der Zeit erleuchtetes Antlitz oder einen riesigen Baum bewahrten, der sie beschützte und ihnen die Kraft gab, zu leben und das Exil zu ertragen.

Eines Tages, früh am Morgen, als alles noch schlief, wurde, wie im Film, das Viertel abgeriegelt, und Polizeiwagen drangen in die Straßen ein. Innerhalb weniger Minuten waren wir von einer Armee von Polizisten mit Maschinenpistolen in der Hand belagert. Sie gingen in die Wohnungen, durchsuchten alles, stürzten Tische um und warfen Sachen aus dem Fenster. Unser Mietshaus blieb von dieser Unordnung und Panik verschont. Frauen heulten. Polizisten schrien Beleidigungen. Kinder rannten in alle Richtungen. Auf dem Bürgersteig lagen zerbrochene Stühle, Sofas, Koffer, Säcke voller Wäsche, Kartons, Rahmen, Töpfe, Teller... Sie schmissen mit allem so wüst um sich, daß man meinen konnte, man sei mitten im Krieg. Vielleicht war es der Krieg. Wir waren dem Wahnsinn dieser Armee von Polizisten ausgeliefert, die sich wild über unsere Gebrauchsgegenstände hermachten. Sie waren gekommen, um alles kaputtzumachen. Wir mußten bestraft werden und wußten nicht, wofür. Was hatten wir denn getan, daß wir am frühen Morgen die Zielscheibe derartiger Gewalt wurden? Plötzlich kam ein vor Zorn heulender Mann im Schlafanzug aus dem Haus gegenüber. Die Polizisten hatten gerade den Koran aus seinem Fenster geworfen, nachdem sie auf ihm herumgetrampelt waren. Der Mann war verrückt geworden. Sein Zorn versetzte ihn in Trance. Er riß seinen Fez herunter und zerfetzte ihn mit den Händen und den Zähnen. Er drehte sich auf der Stelle und wiederholte ständig dasselbe Wort: «Frevel! Frevel!» Dann sprach er zu der Menschenmenge:

«O Muslims! Ihr habt einem Frevel beigewohnt. Ihr seid Zeugen. Sie haben gewagt, das heilige Buch anzutasten! Die Söhne der Ungläubigen, die Christen, die Feinde des Islam; sie verachten uns und verhöhnen unsere Religion. Sie sind verrückt geworden. Gott wird uns Gerechtigkeit widerfahren lassen. Sie wecken uns mit Gewehren, schlagen unsere Türen ein, sehen unsere Frauen und Töchter und treten Gottes Wort mit Füßen. O mein Gott, welche Verkommenheit! Sie meinen, sie wären noch in Algerien während der Kolonialzeit. Mein Gott, was tun wir nur hier, in diesem Land, auf diesem feindlichen Boden? Warum sind wir ins Exil gegangen? Gott hat uns bestraft; wir haben ihn nicht richtig geliebt und angebetet. Heute dringen die mit Gewehren und Haß bewaffneten Christen in unser Heim ein, werfen unsere Sachen aus dem Fenster und besudeln unsere Religion. Gerechtigkeit! Gerechtigkeit!»

Ich erkannte El Hadj, einen Algerier, der meinen Vater aufgesucht und ihn gebeten hatte, sich mit anderen Muslims am Bau einer Moschee im Viertel zu beteiligen, deren Imam El Hadj werden wollte. Als guter Gläubiger machte mein Vater bei dem Unternehmen mit. Aber es wurde nicht genehmigt. Diese Geschichte hatte die Leute den ganzen Winter beschäftigt. Sie verrichteten weiter ihre Gebete in einem Schuppen, der früher eine Bar oder eine Schenke gewesen war. An der Wand über dem Eingang stand DIE FREUNDE DES GUTEN WEINES. El Hadj mochte kratzen und übermalen, DIE FREUNDE DES GUTEN WEINES waren immer noch da. Sie wachten. Der Innenraum war vollständig mit Matten und Teppichen ausgelegt. An die Wand wurden Fotos von Mekka und Kalligraphien von Allahs Namen und dem des Propheten Mohammed geheftet. Jeden Freitagabend wurde Paradiesweihrauch abgebrannt. Doch trotz allem roch der Schuppen weiter nach Alkohol. Die Wände und der Stein wahrten die Erinnerung an den «guten Wein».

Die Situation war grotesk. Manche Muslims, wie mein Vater, weigerten sich, an diesem «Ort des Lasters» zu beten. Den einen zufolge spukte der Geist der Ungläubigen in dem Schuppen, anderen zufolge war er der Ort aller dunklen Geschäfte. El Hadj fand einfach keine andere Räumlichkeit. Der Polizeieinsatz lieferte ihm die Gelegenheit, die Ungerechtigkeit herauszuposaunen, deren Opfer seine Gemeinde war. Diese Sache mit der Moschee berührte mich nicht. Dagegen spürte ich an jenem Morgen zum erstenmal, daß wir nicht zu Hause waren, daß Paris nicht meine Stadt war und daß Frankreich nie ganz und gar meine Heimat sein würde.

Die Polizisten gingen, wie sie gekommen waren, und ließen die Sachen der Leute auf der Straße liegen. Sie hatten Drogen gesucht und nur einen armen Mann gefunden, der dabei war, den Verstand zu verlieren. El Hadj hob das heilige Buch auf, küßte es mehrmals, kauerte sich in eine Ecke zwischen einem Lebensmittelgeschäft und einem Café und begann mit lauter Stimme im Koran zu lesen, als wäre er auf einem Friedhof. Er hörte niemandem mehr zu. Mit verstörten Augen wiegte er sich vor und zurück und las die Suren. Er war schon anderswo, weit, weit von der Goutte-d'Or, dort unten in Les Aurès oder in Tizi-Ouzou, seiner Heimatstadt. Wie ein Mystiker, der alles verloren hat, berührte ihn nichts mehr außer dem heiligen Buch.

Der Rausch des Entdeckens war mir vergangen. Ich war größer geworden und hatte gelernt, meine Gefühle zu mäßigen. In der Schule machte ich Fortschritte, wie die Lehrerin Madame Simone sagte. Beim Schreiben machte ich weiterhin Fehler, aber ich las korrekt. Mein Hauptproblem war der Gebrauch der Zeiten. Ich stand auf Kriegsfuß mit der Zeitenfolge. Ich brachte die verschiedenen Stufen der Vergangenheit durcheinander. Es gelang mir nicht, all diese Nuancen zu erkennen und richtig einzusetzen, die jener Sprache eigen waren, die ich liebte, die mich aber nicht liebte. Ich stolperte über das Imperfekt. Ich stieß mir den Kopf am *Passé simple* ein – so simpel war es gar nicht – und scheute vor dem *Passé composé* zurück. Um alles zu vereinfachen, setzte ich das Ganze ins Präsens, was unsinnig war.

Dann dachte ich an das Dorf zurück, an die immer gleichen Tage, an denen nichts geschah. Diese eingeebneten, leeren Tage erstreckten sich wie ein Seil zwischen zwei Bäumen. Die Zeit, das war diese gerade, gespannte Linie, die am Anfang, in der Mitte und am anderen Ende von drei Knoten markiert war, drei Zeitpunkten, an denen etwas geschah: der jeweilige Stand der Sonne. Das Leben waren diese drei Zeitpunkte, an denen man daran denken mußte, die Tiere hinauszuführen, zu essen, wenn die Sonne einem über dem Kopf stand, die Tiere in den Stall zu bringen, wenn sie unterging.

Meine Vergangenheit war wirklich simpel, durchsichtig, lauter Wiederholungen, ohne Überraschung, ohne Glanzlichter. Ich war in diese Zeit eingetaucht, ohne mich viel hin und her zu bewegen. Als ich nach Frankreich kam, erfuhr ich, daß das berühmte Seil eine Reihe von dicht aufeinanderfolgenden Knoten war und daß wenige Leute Zeit hatten, unter dem Baum haltzumachen.

Mein Vater hatte das Dorf nie verlassen. Sein Geist war dort für immer verankert geblieben. Für ihn war die Zeit etwas Künstliches, um die Arbeitsstunden in der Fabrik zu zählen. Innerlich jedoch lief weiter in aller Ruhe die Zeit des Dorfes ab, ohne große Aufregung, ohne ihm lästige Fragen zu stellen, wie es mir häufig passierte.

Ich konnte die Konjugation der Verben «sein» und «haben» auswendig, aber ich vertat mich dauernd, wenn es darum ging, sie in einem langen Satz zu gebrauchen. Mir wurde klar, daß ich mich vollständig vom Heimatland lösen mußte. Wie konnte ich das, ohne meine Eltern zu verwirren, ohne sie zu verleugnen? Ich konnte nicht einfach einen Strich ziehen und mich ohne Schwierigkeiten in den Mäandern einer anderen Zeit wiederfinden. Etwas hielt mich zurück; dabei hatte ich einen starken Willen. Ich war entschlossen, mich nicht mehr in den Konjugationen zu verirren. Doch das Dorf war immer noch da; es umgab mich, es strich um mich herum, foppte mich. Der Geruch der Gräser und der Tiere drang zu mir. Ich widerstand. Ich leugnete diese Gegenwart. Eines Tages betrat ich eine Kirche, um das Aroma des Dorfes nicht mehr zu riechen. Ich versteckte mich. Und doch konnte ich nichts dagegen tun; ich wurde von einer magischen Hand in das Dorf zurückversetzt und sah wieder das Seil mit den drei Knoten, das im leichten Wind schaukelte. Die Bäume waren noch immer da, der Landschaft treu. Die Steine waren noch immer im selben Zustand. Und ich saß wieder unter dem Baum, wartete, sah gebannt auf einen Baum und hoffte zu sehen, daß er sich von der Stelle bewegte und weit fortginge... Wenn er fortginge, würde ich mich an einen seiner Äste hängen und mich davontragen lassen. Aber der Baum rührte sich nicht. Seine Unbeweglichkeit verhöhnte mich. Seine Wurzeln waren tief und uralt. Ich konnte mein ganzes Leben vor diesem Baum verbringen, und er würde sich nicht bewegen. Das war seine Natur. Das war auch seine Aufgabe. Er hielt die Erde fest. Wären die Männer Bäume, hätte das Dorf sich nicht in so kurzer Zeit geleert. Die Männer meinten, die Erde müsse sie festhalten, sie davon abhalten, in die Fremde zu gehen. Doch die Erde hielt niemanden fest. Aus der Tiefe dieser dunklen Kirche vernahm ich die Litanei der Kinder der Koranschule und gewahrte für Augenblicke das Gesicht des *fqih*, der so tat, als lausche er der Sure. In Wirklichkeit schlief er. Auch ein Blinder muß zum Schlafen die Augen schließen. Die Sonne schien auf sein Gesicht, aus seinem halboffenen Mund rann ein durchsichtiger Speichelfaden.

Bei diesem von weither gekommenen Bild überlief mich ein Schauer: das war der Peitschenhieb, den ich brauchte, um mit der belastenden Gegenwart des Dorfes zu brechen. Ich fand es lächerlich, mich in einer menschenleeren Kirche, in der einige Kerzen brannten, zu verstecken.

Draußen genoß ich um so mehr das Getriebe der Stadt, den Benzingeruch, den Lärm der Métro und alles, was die Erinnerung an das Dorf in mir tilgte.

Von da an setzte ich mich aktiv dafür ein, die Zeitenfolge zu beherrschen. Ich machte Übungen und gebrauchte nicht mehr das Präsenz. Es machte mir Spaß, denn ich wußte, daß ich an dem Tag, an dem ich die Zeiten nicht mehr durcheinanderbringen würde, das Dorf wirklich verlassen hätte.

ZEHNTES KAPITEL

Die gute Madame Simone hatte Mühe, meinen Vater dazu zu bringen, mich mit der Klasse in die «Schneeferien» fahren zu lassen. Er verstand diese Sache mit der Schule außerhalb der Schule nicht; er glaubte, es sei ein Plan, aus der Familie auszubrechen. Meine Mutter erkundigte sich bei Nachbarn, deren Kinder auch in Schneeferien fuhren. Meine Eltern waren nicht gänzlich beruhigt und gaben nur widerwillig nach.

Ich war seltsam trotzig, nervös und ungeduldig geworden. Ich wollte unverzüglich alles kennenlernen, alles ausprobieren. Schnee war für mich ein Bild in einem Lesebuch. Ich mußte ihn sehen und anfassen. Er kam nie bis ins Dorf. Man konnte ihn als Haube auf den Bergspitzen sehen, aber nie stieg er bis zu unseren Füßen herab.

Mein Vater nahm Madame Simone beiseite und fragte sie, ob Jungen dabeisein würden.

«Die Mädchen wohnen in einem Chalet, die Jungen in einem anderen, und ich bin da, um zu verhindern, daß sie sich zu sehr verbrüdern.»

Sie hatte ein bißchen gelogen. Wir schliefen zwar nicht bei den Jungen, aber die meiste Zeit waren wir zusammen.

Dieses Ereignis verstärkte in mir das Gefühl, zweigeteilt zu sein. Eine Hälfte von mir hing noch im Baum des Dorfes, und die andere war, die französische Sprache radebrechend, in ständiger Bewegung in einer Stadt, deren Grenzen oder Ende ich nie sah. Ich erklärte meine Nervosität mit den Kämpfen, die sich meine beiden Hälften lieferten. Ich war nicht in der Mitte, sondern in beiden Lagern. Das war anstrengend. Wenn es zu lange dauerte, wurde ich nervös. Während der Schneeferien dachte ich an meinen Bruder und an unsere Spiele im Dorf. Wieder zu Hause, sehnte ich mich schon nach diesem Aufenthalt in den Bergen zurück, mit dem Kaminfeuer, den Liedern und Scherzen, den Spielen mit den Lehrern.

Genau zu diesem Zeitpunkt kam der Ramadan. Zum erstenmal mußte ich ihn mitmachen, ich war ja kein kleines Mädchen mehr. Meine Mutter nahm mich beiseite und sagte:

«Du bist kein Kind mehr. Du mußt fasten wie wir. Am Tag der Blutung darfst du essen. Du mußt auch wieder beten. Sonst gilt dein Fasten nicht.»

Ich hörte ihr zu und dachte dabei an die damit verbundene Veränderung. Meine religiöse Überzeugung hatte sich verflüchtigt. Ich glaubte an Gott, aber nicht so wie meine Eltern. Nachts sprach ich mit ihm, mal auf berberisch, mal auf französisch. Ich liebte ihn und bat ihn jedesmal zu verhindern, daß meine beiden Hälften miteinander kämpften. Ich brauchte Ruhe. Ich war bereit, meinen Eltern Freude zu machen. Ich ließ mich mitten in der Nacht für die Mahlzeit vor Sonnenaufgang wecken. Danach putzte ich mir die Zähne und konnte nicht mehr einschlafen. Sodbrennen hielt mich wach. Ich fühlte mich schwerfällig und kam halb schlafend zur Schule. Am dritten Tag hörte ich auf zu fasten und aß heimlich. Mein Vater wußte nichts davon. Ihm durfte kein Schock versetzt und Kummer gemacht werden. Mit leerem Magen arbeitete er hart und kam erschöpft nach Hause. Sein Glaube war unerschütterlich. Eine solche Festigkeit nötigte einem Bewunderung ab. Am meisten gefielen mir in diesem Monat die Abende, wenn sich die Goutte-d'Or in eine Medina verwandelte.

Die Menschen hatten das Bedürfnis, das zurückgelassene Stück Heimat wiederzufinden. Während ich alles tat, um das Dorf zu vergessen, stellten andere es künstlich wieder her. Manche lebten weiter, als hätten sie ihr Heimatland nie verlassen. Leider erinnerte Frankreich sie auf Schritt und Tritt daran, daß sie nicht zu Hause waren.

Für mich war Frankreich die Schule, das Wörterbuch, der elektrische Strom, die Lichter der Stadt, das Grau der Mauern und manchmal der Gesichter, die Zukunft, der Schnee, Madame Simone, das erste Buch, das ich las, dicht aneinandergedrängte Bilder.

Eines Morgens, als ich in meinem Bett gerade alle diese Sachen aufzählte, wurde ich jäh von einem Knall unterbrochen, dem der lange Schmerzensschrei einer Frau folgte. Es war der Schrei einer Mutter, deren Sohn gerade umgebracht worden war, Djellali, fünfzehn Jahre und einige Monate, schön mit seinen grünen Augen und seinen schwarzen Locken.

Es war zehn nach neun an jenem Sonntag, dem 27. Oktober 1971, als eine Kugel das Herz eines Kindes durchschlug, das in einem Lokal der Goutte-d'Or am Flipper spielte.

Ich kannte ihn nicht wirklich. Ich sah ihn in unserer Straße: lustig, im Vorbeigehen immer zu Scherzen mit den Mädchen aufgelegt, die letzten Schlager auf den Lippen, ein Französisch mit leichtem Midi-Akzent sprechend – er war in Marignane geboren. Er war fröhlich, aufgeweckt, optimistisch. Nun lag sein Körper auf dem Bürgersteig, ein ungläubiges Lächeln auf dem Gesicht, die rechte Hand umschloß ein paar Geldstücke; heiter, friedlich und die Augen gen Himmel gerichtet, als ob eine in ihm lebendige Kraft die großen Wolken befragen würde, die gleichmütig und stolz vorüberzogen.

Sein für einen Fünfzehnjährigen großer Körper verlor Blut, das sich mit dem Wasser im Rinnstein vermischte. Dieses Blut, von intensivem Rot, war unerschöpflich. Es sprudelte hervor, als wäre Djellali eine Quelle geworden, die das Unglück seines Todes in ein göttliches Wunder verwandelte und aus dieser Tragödie die Anmut eines vergessenen Sonnentages, das glückliche Lachen wiedererstehen ließe, das mit einem Riß mitten durchs Herz unterbrochen wurde. Zu Djellali stellten sich unendlich viele Fragen wie eine kaum sichtbare Membrane, ein Schleier, unter dem die Sorge zu drückendem Schweigen wurde, zu lähmend, um zu handeln, zu brutal, um zu verstehen.

Das Blut floß noch immer; Schmetterlinge flatterten über dem Körper, ein vorbeifliegender grauer Spatz hielt inne und trank einen Tropfen von diesem Blut. Aus allen Himmelsrichtungen zusammengelaufene Kinder bildeten einen Reigen um den Körper, kreisten mehrmals um ihn herum und forderten Djellali auf, sich zu erheben und mit ihnen in das Land zu gehen, in dem Kinder nicht ermordet werden. Wahrscheinlich waren sie Engel, die herbeigeeilt waren, um die Seele ins Paradies zu bringen. Dort würde er seine Partie Flipper fortsetzen, dann würde er in dem Fluß mit reinem Wasser baden, und junge Mädchen würden ihn mit ihren Armen und ihrem Lachen umgeben. Er wäre ihr Prinz, ihre Leidenschaft und hätte ungestört Zeit zu verherrlichen, zu lieben und ewig zu leben.

Wenn die Sanitäter, Feuerwehr und Polizei kommen, wird Djellali nicht mehr dasein. Sie werden nur eine Blutlache und Fliegen finden. Wenige Meter entfernt werden sie die Hülse des Geschosses auflesen, das durch den Körper dieses Kindes drang.

Die Trauer des ganzen Viertels konnte weder der Familie ihr Kind zurückgeben noch die Justiz gerechter machen, noch andere Schüsse verhindern. Die Trauer, das war unsere Art, zu einem Land zu sprechen, in dem man die Gewohnheit angenommen hat, Fremde leichtfertig umzubringen. Das Begräbnis war ein riesengroßer Schweigemarsch, bei dem die Arme von Franzosen Djellalis Porträt und Spruchbänder schwangen, auf denen der Rassismus angeprangert wurde.

An jenem Tag trat ich wie durch Zauberei in ein anderes Alter ein. Ich war um einige Jahre gereift. Ich war nicht mehr das kleine Mädchen, das von allem, was es entdeckte, hingerissen war, ich war ein junges Mädchen, das vom Tod eines Jungen, der ihr Bruder hätte sein können, ins Herz getroffen war. Ich hatte Jahre übersprungen und Bilder zerstört, die mich träumen ließen. Natürlich dachte ich an meinen Bruder Driss. Aber von diesem Sonntagmorgen an hatte das Leben einen bitteren Geschmack. Ich lernte den Sinn des Wortes «Rassismus». Wenn mich in der Schule jemand nicht mochte, hatte ich das bisher meinem Rückstand und nicht der Farbe meiner Augen und meiner Haut zugeschrieben. Nie hatte mir jemand vorgeworfen, berberisch zu sprechen und krause schwarze Haare zu haben. Ich hätte es nicht verstanden. Djellalis Tod ließ mich in eine komplizierte und härtere Welt eintreten.

Manche sagten: «Er wurde umgebracht, weil er Muslim ist.» Andere sagten: «Sie haben ihn umgebracht, weil er Algerier ist und der Algerienkrieg für einige noch nicht beendet ist.»

Driss wurde von einer Frau vergiftet, die uns Böses antun wollte. Das war im Dorf. An wem wollte man sich hier rächen, indem man Djellali tötete? Für wen war das Unglück bestimmt? Für seine Familie? Für Sophie, seine Freundin? Für die Gemeinde?

Mein Vater stellte sich all diese Fragen nicht. Er beschloß, so schnell wie möglich umzuziehen. Er wußte, daß Djellali wegen nichts getötet worden war. Er war Araber und jung, schön und respektlos, lebhaft und verführerisch. Und außerdem brauchten Mörder keine Gründe.

Im Viertel herrschte Angst. Die Gouttte-d'Or war ein ideales Jagdgebiet für jene, die uns in diesem Land nicht haben wollten.

Madame Simone kam uns besuchen, ganz erschüttert von dieser Tragödie. Sie sagte, sie schäme sich, daß manche in diesem Land die Gewohnheit angenommen haben, Menschen zu verachten, die nicht so sind wie sie, die nicht dieselbe Religion haben. Sie weinte und erzählte uns ihre leidvolle Geschichte: «Als der Krieg begann, war ich zwanzig. Mein Vater war Arzt, er wurde von einem Kollegen als Jude denunziert. Die Polizei, die mit den Deutschen zusammenarbeitete, verhaftete ihn, und wir haben ihn nie wiedergesehen. Er wurde mit Zehntausenden anderer Juden in die Todeslager deportiert.»

Sie erklärte mir den Wahnsinn der Menschen, den Haß, die Zerrissenheit der Herzen, das Wüten des Bösen.

Danach sagte ich zu ihr:

«Jetzt verstehe ich! Meine Tante ist rassistisch!»

«Nein. Sie ist verrückt.»

«Ja, um rassistisch zu sein, muß man verrückt sein.»

Einige Tage später holte sie mich ab, um mir einen Film zu zeigen.

«Ich hoffe, es ist kein Karatefilm!»

«Nein. Leider ist es ein wahrer Film. Was du bei deinem ersten Kinobesuch gesehen hast, war ein Spiel. Die Darsteller spielten, sie taten nur so. Was wir heute sehen, ist ein furchtbares Dokument, das zeigt, was der Rassismus im Zweiten Weltkrieg angerichtet hat.»

Wir gingen in einen Saal, der kein Kino war. Viele Schüler zwischen dreizehn und fünfzehn Jahren waren da. In einer kleinen Einführung wies Madame Simone uns auf das Gewalttätige dieses Films hin und darauf, daß man viel Mut brauche, ihn bis zum Ende zu sehen. Wenn wir es nicht aushielten, könnten wir hinausgehen.

Es wurde dunkel im Saal, und ein drückendes, unruhiges Schweigen trat ein.

Über ein von Schnee oder von Licht weißes Land ziehen sich schwarze Stacheldrahtzäune. Der Himmel ist bleigrau, und mit Blei versiegelt sind die Waggons, aus denen sich menschliche Körper mit riesigen Augen ergießen, Augen voll von Kristallen unterdrückter Tränen, in denen der reine Schrecken wohnt. Nackte Frauen, nur noch Haut und Knochen, versuchen ein Stückchen ihres Körpers zu schützen. Männer, die sich kaum noch auf den Beinen halten können, gehen auf ein Loch zu, aus dem sie nie wieder herauskommen werden. Kinder, die nur noch aus Augen bestehen, gehen mit erhobenen Händen. Männer und Frauen, nur mehr Gerippe, sind in Schuppen zusammengepfercht, in denen der einzige helle Punkt in den Verbrennungsofen führt. Wieder ziehen Stacheldrahtzäune vorbei. Ein Berg von grauen, schwarzen, weißen Haaren. Weitere Waggons warten mit ihrer Ladung. Soldaten, mechanischen Hampelmännern gleich, brüllen Befehle. Eine Fahne weht über dem Lager. Sie ist schmutzig, an ihr klebt der Ruß des Rauches. Auf dem Stück Stoff ist Asche, die Asche eines Menschen, der wegen seiner Rasse verbrannt wurde. Die Fahne flattert nicht gut, sie ist beschwert mit der verbrannten Seele eines Mannes oder einer Frau. Stacheldraht bei Nacht, und immer wieder, als einziges Licht, das Licht der Flammen. Ein Massengrab ist angefüllt mit Lebenden und Liegenden. Der Himmel ist gleichgültig. Die Wolken haben sich aufgelöst. Trotz allem leuchten ein oder zwei Sterne. Es sind die ersten Nächte des Mondes. Er schweigt wie die Menschen. Augen fallen zu. Knochige Hände klammern sich an einen Grashalm oder einen Stein. Die Soldaten laufen hektisch umher. Zuviel eintreffendes Menschenmaterial. Andere bleiben stehen, um den Tod zu nähren, der ein riesiges Maul hat. Er verschlingt alles. Menschen in gestreiften Schlafanzügen stehen Schlange für eine Kelle schwarze Suppe. Wissen sie, daß sie sterben werden, lebendig in einem Ofen verbrannt oder in einer Kammer vergast?

Sogar die Sonne läßt sich blicken. Ein Kind hebt den Kopf gen Himmel und versteht nicht, was die Sonne in dieser Hölle zu tun hat, an diesen Tagen, da die Glut des Hasses ein wütender Vulkan ist, den kein Himmel löscht. Mit unendlicher Geduld vereinen, sammeln sich die Knochen und zerfallen auf einem vom Unheil, dem Hüter des Lagers und des Wahnsinns, geschwärzten Boden zu leichter Asche. Aufgehoben sind die Morgendämmerung, die Morgenröte und die Abenddämmerung. Nur die Nacht breitet ihre einenden Arme aus und karrt die vergessenen Körper zusammen, um sie in der Grube des Todes zu ersticken, der vom Hungerleiden und einigen himmlischen Worten ausgezehrt ist. Nacht der nutzlosen Opfer, in der die verstörten Blicke brechen. Ein verlorenes, rasch mit dem Tod vertraut gewordenes Kind hebt die

Hände wie bei einem Kinderspiel. Es sieht uns an. Es sieht mich an. Ich schlage die Augen nieder. Meine Tränen glitzern. Das Bild bleibt stehen. Im Saal Schweigen und Dunkelheit. Niemand spricht. Nacht und Nebel.

An jenem Tag war ich nicht mehr dreizehn, sondern tausend Jahre alt.

ELFTES KAPITEL

Wir verließen Paris, genauer gesagt die Goutte-d'Or – Paris war nicht die Goutte-d'Or – und zogen nach Les Yvelines. Für mich war es schon das Ende der Welt, weiter als das Dorf, fremder als das Gebirge. Mein Vater hatte in einer Gegend, die bereits als ländlich galt, eine Sozialwohnung bekommen. Es gab Bäume und grüne Felder. Fehlten nur noch Skorpione und die Koranschule. Es war ruhig, für mich zu ruhig. Die Angst vor einer verirrten Kugel hatte sich etwas gelegt. Man dachte nicht mehr so oft daran wie früher, aber man erfuhr, daß andere Araber getötet wurden.

Es war ein dunkler Sommer mit unheilvoller Hitze. Ein mit schwarzem Rauch bedeckter Himmel. Es war der Sommer neunzehnhundertdreiundsiebzig. Ich lernte Ausdrücke wie: «Menschenjagd», «Jagd auf Araber», «Bimbo», «Kanake»... Ich begann alles darüber aus der Zeitung in ein Heft einzutragen:

«Abdelouhab Hemaham, 21 Jahre, ist im Vieux Port von Marseille von einem jungen Franzosen umgebracht worden.»

«Saïd Aounallah, 37 Jahre, acht Kugeln in Kopf und Unterleib.»

«Hammou Mébarki, Schädel eingeschlagen.»

«Lounès Ladj, drei Schüsse in den Rücken.»

«Saïd Ghilas, Schädel eingeschlagen.»

«Bensaha Mekernef, Schädelbruch. Gestorben am 2. September.»

«Mouzali Rabah, 30 Jahre, erschossen.»

«Ahmed Rezki, 28 Jahre, Schuß in die Brust. Gestorben am frühen Morgen des 29. August.»

«Mohand Ben Bourek, mit einem sieben Kilo schweren Stein beschwert, eingedrückte Rippen und Leberdurchschuß.»

So fing mein erstes Tagebuch an. Namen von Personen, die ich nicht kannte, wurden darin verewigt wie auf einem Friedhof. Ich sprach mit leiser Stimme ihre Namen nach und malte mir das Leben aus, das sie gehabt hatten. Ein kurzes Leben, abgebrochen wie ein brutal ausgerissener Grashalm, was niemanden kümmerte. Ich gab ihnen lächelnde Gesichter, einen Schönheitsfleck auf der Wange, ein Grübchen im Kinn. Sie hatten mal schwarze, mal blaue Augen. Sie erhoben sich vom feuchten Boden und gingen zu einem Brunnen mit klarem Wasser. Ihnen folgten Bäume, deren Äste voller Gegenstände hingen. Schmetterlinge wiesen ihnen den Weg. Ihre nichtsahnenden Kinder warteten nach der Schule auf sie. Eine weißbehandschuhte Hand nahm sie in einer weitausholenden Bewegung auf. Grundlos Gestorbene, Sommergewitter. Unnötig Gestorbene, die dieses Land obszön machten. Umsonst Gestorbene, oder um für die Schändlichkeit zu sorgen, die ein Teil dieser Gesellschaft brauchte.

Ich wollte es verstehen. Ich schlug das Wörterbuch auf, doch darin erfuhr ich nichts. Die in meinem Tagebuch stehenden Namen hallten beharrlich in meinem Kopf wider. Nachts trafen die Gesichter, die ich zeichnete, wieder zusammen, wie bei Einbruch von Nacht und Nebel Verirrte. Sie zogen vorbei wie die Stacheldrahtzäune, schwebten über anderen Leichen. Eine Egge erwischte sie und warf sie in das Massengrab. Sie wehrten sich nicht, sondern gingen in zerstückelten Leibern auf. Ich hörte Madame Simones Stimme mich bitten, sie zu retten. Wie hatten sich diese im Sommer, fern vom Krieg umgebrachten Körper mit anderen Körpern vermischt? Sie hatten sich Opfern mit verwandten Gesichtern angeschlossen, gemordete Erinnerungen. In meinem Kopf verging die Zeit zwischen Gegenwart und Vergangenheit schneller, hob Schranken, Daten und jede Logik auf.

Als Ursprung des Bösen hatte ich von Anfang an meine Tante ausgemacht. Nun mußte ich die hinzuzählen, die Juden und Roma verbrannt haben, sowie die Mörder von Djellali, Bensaha, Rezki, Mohand, Saïd, Ahmed, Mounès, Hammou, Salah, Mohamed, Dhebar, Dehili, Kabali, Chouach, Ali, Omar, Abdallah, Nouredine...

Ich fragte mich, ob ich mit meinen dreizehneinhalb Jahren, mit meinen Seiten aus dem Wörterbuch, meinem Ausreißen und Aufbegehren nicht auch Markstein und Quell des Bösen sei. Meine Eltern waren mit meinem Betragen nicht zufrieden. Ich war für sie die Hoffnung und der Schlüssel zur Außenwelt. Ich las ihnen Briefe vor, füllte Formulare aus, erläuterte ihnen die Zeitung und diente ihnen als Dolmetscher; ich war unersetzlich geworden, ich war nicht mehr von ihnen abhängig, sondern sie von mir. Meine Großmutter hätte gesagt: «Das ist die verkehrte Welt.» Das war nicht falsch. Meine Gefühle für sie änderten sich. Ich hatte zuviel Energie, zuviel Aufruhr in mir, um meinem Vater nicht böse zu sein, der das Leben erduldete, indem er wie ein Tier arbeitete und seine Jugend opferte. Nachts hatte ich Gewissensbisse, daß ich solche Gefühle hegte. Ich versuchte ihn zu verstehen, aber am nächsten Tag sprach ich französisch mit ihm, was ihn sehr aufregte und ärgerte. Er merkte genau, daß eintrat, was er am meisten befürchtete: er verlor mich. Ich entfernte mich von meinen Eltern, wurde verschlossen, sprach nicht mehr, und wenn ich den Mund aufmachte, redete ich in einer fremden Sprache zu ihnen. Eine feindliche Mutter stahl ihnen ihr Kind.

Dieser Kindesraub war im Begriff zu gelingen. In der Schule machte ich weiter Fortschritte. Ich war immer noch in Sonderklassen, übersprang Stufen, kam schneller voran als die anderen, führte Krieg gegen meine Vergangenheit und setzte mein Land, das ich Tag um Tag in mir aufbaute, gegen die Heimat.

Meine Mutter hatte aus dem Dorf ein Gewürz mitgebracht,

das so stark roch, daß es mich unweigerlich in mein früheres Leben stürzte. Ich hatte alles gemeistert oder fast alles. Nur die Gewürznelke war stärker als mein Wille, heftiger als meine Energie. Sie verströmt einen scharfen, anhaltenden Ambraduft. Meine Mutter verwendete sie ebenso als Gewürz für den Tajine wie als Parfum: sie steckte einige Körner in ihre Kleider. Die Wohnung stank. Ich konnte mir noch so fest die Nase zuhalten, der Geruch drang in mich ein, machte mich schwindelig, rief Übelkeit und manchmal ein seltsames Phänomen in mir hervor: mein Zimmer in Les Yvelines wurde mitten ins Dorf versetzt. Ich war darin eingesperrt, keine Tür und keine Fenster gingen auf. Und rund um mich herum wurde mit Gewürznelken vermischter Weihrauch abgebrannt. Es war nicht der Duft des Todes, es war nicht der üble Geruch eines kranken Körpers. Die Gewürznelke verleiht bestimmten Gerichten sogar einen sehr feinen Geschmack. Nein, meine Aversion hatte irgendwelche tieferen Ursachen, deren bestimmendes Element dieses Gewürz aufgrund seines Geruchs gewesen war.

Das führt mich noch heute sehr weit zurück, in die frühen Jahre meiner Kindheit. Ich mußte lange in meiner Vergangenheit forschen, um den Ursprung für diese Ablehnung zu finden.

Es hatte einen Zeitraum gegeben, in den meine Tante nicht allein schlafen konnte, die Zeit, als ihr Mann sie verlassen hatte, um nach Frankreich arbeiten zu gehen. Mein Bruder und ich schliefen abwechselnd bei ihr. Es gab nur ein Bett, und wir mußten dicht bei ihr liegen. Sie nahm mich in die Arme und bettete meinen Kopf zwischen ihre Brüste. Um den Hals trug sie eine Kette aus Gewürznelken. Ich hatte das Gewürz in der Nase. Der Schlaf ließ auf sich warten. Von diesen Ausdünstungen angeregt, begegnete ich Ungeheuern im Wald, während ich in den Armen einer Menschenfresserin war, die ihre Zähne noch nicht gefletscht hatte, um uns zu zerreißen und unsere Leber zu essen. Für meine Tante war die Kette ein Glücksbringer, ein Schutzschirm gegen den bösen Blick und die Verhexung durch den Feind. Aber welche Kraft müßte ein Blick eigentlich haben, um dem Fels zu schaden und ihm Unheil zu bringen?

Meine Abneigungen wurden immer eindeutiger. Nach dem Gewürz kamen die Goldzähne. Im Dorf hieß es, man trüge sein Vermögen im Mund. Wie viele schöne Frauen machten ihre Anmut mit einem Lächeln zunichte! Diese in der Sonne blinkenden Goldzähne zerstörten Scham und Schönheit.

Meine Eltern konnten sich keine Goldzähne leisten. Die Frauen gingen in die Stadt zu einem Zahnklempner, einem Pfuscher, der ihnen weh tat, der sie aber wohl mit seinen Augen eines Wüstenprinzen verführte. Er war bekannter für seine Schönheit als für seine Verschandelungen. Eines Tages verschwand er mit der ältesten Tochter des Paschas, und sie wurden nie wiedergefunden. Dieser Scharlatan war eigentlich ein Künstler, ein Poet und Abenteurer, ein Verführer, der Arbeit und Familie im Stich ließ, um im Verborgenen eine verbotene Liebe zu leben. Das machte ihn mir sympathisch; und ich wußte, daß viele Frauen davon geträumt hatten, eines Tages von dem Mann mit den glühenden Augen entführt zu werden.

Die Tätowiererin, die auch Hebamme war, starb ganz plötzlich an dem Tag, an dem sie mir ein umrahmtes offenes Auge auf die Stirn und einen Fisch auf das Kinn ritzen sollte. Meine Mutter war sehr verärgert, mir war es egal. Erst später entschied ich, daß ich diese Zeichnungen auf dem Gesicht nicht mochte. Solange wir in der Heimat unter uns waren, hatte ich zu diesen Praktiken nichts zu sagen. Die Frauen waren auf diese Weise gezeichnet. Man erkannte daran, zu welchem Stamm, welchem Dorf und manchmal sogar zu welcher Familie sie gehörten. Weil ich dieser Kennzeichnung entgangen war und mein Gesicht sich überall sehen lassen konnte, ohne erkannt zu werden, entwikkelte ich gegen Tätowierungen keine so ausgeprägte Abneigung wie gegen Gewürznelken und Goldzähne.

Meine Tante war der Ausbund meiner sämtlichen Aversionen; deshalb nannte ich sie «Kaputtes Gesicht». Ich weiß nicht mehr, ob ihre Tätowierungen schlecht gemacht waren oder ob die Zeichnungen durch ihre Grimassen, ihre nervösen Ticks und ihren Abscheu vor den anderen verzerrt worden waren. Linien durchkreuzten sich für nichts und wieder nichts; Punkte wechselten häufig ihren Platz. Ihr Gesicht war ruhelos, und das Böse machte es noch beweglicher. Selbst wenn sie schlief, bewegten sich Stirn und Kinn. Unter der Haut fand ein Krieg statt, und nur sie wußte es. Wir vermieden es, sie länger anzusehen; wir durften nicht zulassen, daß ihre Gebete und ihre Pfeile uns erreichten. Ich sah sie, mehr aus Angst als aus Scham und Achtung, mit gesenktem Blick an.

Eines Tages bat sie mich freundlich, ihr meine rechte Hand zu geben, um die Linien zu lesen. Ich hielt ihr die linke Hand hin und versteckte die andere hinter dem Rücken. Ich wußte intuitiv genau, daß sie die Linien meiner Rechten durcheinanderbringen wollte, damit der Schatz nicht von mir gefunden würde. Sobald sie meine Hand an sich zog, fühlte ich in der Innenfläche ein Brennen. Ihr starrer Blick strahlte Feuer aus. So versuchte sie, meine rechte Hand innen zu verbrennen, um für immer die Wege zu dem Schatz zu verwischen, den der Ururgroßvater lange vor der Ankunft der Franzosen in Marokko in den Bergen vergraben hatte.

Ich riß mich los und ergriff die Flucht. Zu jener Zeit war der Krieg noch nicht erklärt. Sie behauptete, in ein stürmisches Schicksal verstrickt zu sein, und erzählte uns von einem gewissen Khalil, einem Milchbruder, auf dessen Besuch sie seit Jahren warte. Mein Vater wußte nichts von dessen Existenz. Aber das war glaubhaft: in unserem Land stillt eine Mutter nicht nur ihre eigenen Kinder. Khalil sollte kommen. Er war der erwartete Mann, dessen Gesicht jedoch niemand kannte. Eines Tages, mitten im Winter, bat ein verschleierter, von dem Marsch, von Hunger und Kälte erschöpfter Mann um Aufnahme. Es waren nur Frauen und zwei Kinder auf dem Hof. Weder meine Mutter noch meine Großmutter wagten diesen Unbekannten einzulassen. Das «Kaputte Gesicht» kam aus seiner Hütte und sagte verbindlich:

«Wir werden ein Mitglied der Familie doch nicht draußen stehenlassen. Das ist Khalil, mein Milchbruder.»

Sie bot ihm ihr Zimmer an und schlief bei uns. Der Mann hatte helle Augen und sprach wenig. Seinem Akzent nach mußte er aus dem Norden sein. Er war verlegen und entschuldigte sich mehrmals für die Störung. Das «Kaputte Gesicht» war zufrieden. Ihr Lächeln hatte etwas Siegreiches. In jener Nacht nahm ich mir vor, nicht zu schlafen, tat nur so und wartete auf die kleinste Bewegung, um die Augen zu öffnen und zu beobachten, was vorging. Da ich mich nie hatte täuschen lassen, wußte ich, daß meine Tante nachts etwas unternehmen würde.

Dieser Mann durfte nicht bei uns schlafen. Die Tatsache, daß er die Geschichte mit dem Milchbruder nicht dementiert hatte, gab meinem Verdacht einige Nahrung. Mitten in der Nacht wurde ich von Panik ergriffen. Wenn dieser Mann nun ein mit einem Dolch bewaffneter Dieb war? Und wenn er nur ein Abenteurer auf der Suche nach wehrlosen Frauen war? Und wenn er einer der Händler war, die Kinder stehlen, um sie zu verkaufen?

Ich verfluchte meine Tante, daß sie ihn in unsere Nacht eingelassen hatte, und nahm es meiner Mutter übel, nicht schärfer reagiert zu haben. Alles schlief. Meine Tante schnarchte. Die Nacht war ruhig, zu ruhig. Kein Laut. Sogar die Tiere waren still. Meine Angst wuchs, umstellte mich, hüllte mich ein. Ich war von ihr belastet. Ich fühlte, daß etwas geschehen würde. Nichts geschah. Am Morgen hatte ich geschwollene, rote Augen. Ich ging schwankend. Der Unbekannte war bei Sonnenaufgang fortgegangen. Auf dem Strohsack hatte er einen Talisman an einem Bindfaden zurückgelassen. Wir wußten nicht, wie wir dieses Zeichen deuten sollten. Meiner Tante zufolge würde er wiederkommen. Meine Großmutter sagte: «Nächstesmal schläft er anderswo.» Meine Mutter sagte aus Angst vor den sarkastischen Bemerkungen des «Kaputten Gesichts» nichts. Noch halb schlafend sagte ich:

«Ein Mann war da. Ein verschleierter Mann. Er ist ein Unbekannter. Er muß im Besitz eines Geheimnisses sein. Schweigsamen Leuten muß man mißtrauen. Ich schlage vor, den Talisman in den Bach zu werfen. Bleibt er an der Wasseroberfläche, ist er heilbringend. Geht er unter, bringt er Unglück.»

Dies eine Mal hörte meine Tante auf mich. Sie nahm den Talisman und ging hinaus. Ich folgte ihr. An der Quelle versteckte sie sich hinter einem Busch. Ich stieg auf einen Baum. Sie sah mich nicht. Sie wartete. Ich auch. Der Mann, der plötzlich auftauchte, war nicht verschleiert. Er gab dem «Kaputten Gesicht» eine sehr heftige Ohrfeige. Sie stürzte sich auf seine Füße und küßte sie. Er schlug und beschimpfte sie weiter:

«Du bist nicht einmal würdig, eine Viper zu sein. Du bist nichts. Der Junge ist immer noch da, bei bester Gesundheit. Er hat mich angelächelt, als wollte er sich über mich lustig machen. Was machst du denn da?»

Meine Tante lag auf den Knien und drückte ihr Gesicht zwischen die Schenkel des Mannes. Sie machte eigenartige Bewegungen an seinem Unterleib. Es waren Küsse und Liebkosungen. Der Mann sagte nichts mehr. Er ließ sie gewähren. Der Busch war dicht. Ich konnte nicht alles sehen. Der Mann stieß einen Schrei der Erleichterung aus, ging fort und ließ das «Kaputte Gesicht», dessen Körper von Zuckungen geschüttelt wurde, auf der Erde liegen.

Es machte mir Spaß, sie zu Boden geworfen, verlassen, machtlos, mit aufgelösten Haaren und feuchten Augen zu ertappen. Sie schämte sich. Als sie mich sah, drehte sie sich um, versuchte aufzustehen, fiel hin, erhob sich dann mit Gewalt. Sie schäumte:

«Was machst du hier, du schwarzer Skorpion?»

«Nichts. Ich wollte den Talisman holen, um ihn ins Wasser zu werfen.»

«Was hast du gesehen?»

«Nichts. Ich habe nichts gesehen. Ich bin dir gefolgt; ich habe mich verlaufen; das ist alles.»

«Du hast ihn gesehen, nicht wahr?»

«Wen?»

«Meinen Bruder, meinen Prinzen, meinen Mann, meine Hoffnung.»

«Nein, ich habe niemanden gesehen.»

«Mein Vater untersagte mir zu seinen Lebzeiten, Khalil zu treffen. Er ist ein Gelehrter, ein großer Pflanzenkenner. Er behandelt Kranke. Er gibt den Verurteilten Hoffnung. Deshalb traf ich ihn heimlich. Er trifft sich nicht gern mit mir. Er lebt im Süden, in einem Marabut. Die Leute kommen aus dem ganzen Land zu ihm. Er ist begabt. Du wirst sehen, er wird noch ein Heiliger.»

Warum erzählte sie mir all das? Sie wußte, ich hatte sie gesehen. Sie gab mir den Talisman, und wir suchten eine Wasserstelle, die ruhig genug war. Dort warf ich den Talisman hinein. Er schwamm einige Minuten an der Oberfläche, verströmte eine schwarze Farbe mit roten Streifen und versank in der Tiefe des Wassers.

«Das ist ein schlechtes Zeichen», sagte ich.

Sie nickte:

«Du hast recht. Ganz sicher schlecht, aber für wen?»

«Für den oder die, der er bestimmt war.»

«Und dieses Schwarze, was er ausscheidet, ist das deiner Meinung nach nicht die Schwärze deiner Seele?»

Sie provozierte mich. Ich beschloß, genauso stark zu sein wie sie, und schlug den gleichen Ton an:

«Und diese rote Schliere, die das Schwarze durchzieht, ist das nicht ein wenig dein Blut? Bist du sicher, daß du nicht gerade dein Blut verlierst? Sieh dir deine Hände, deine Beine, deine Nase genau an. Sieh dich im Wasser an. Du wirst sehen, wie blaß du bist. Das Wasser bewegt sich. Und dein Gesicht trübt sich und trübt dieses reine Wasser. Wenn du dich noch lange darüber beugst, wird das Wasser von deinem Bild verschmutzt. Ich spreche nicht von deiner Seele. Sie prägt und hüllt dein Antlitz ein, auf dem nichts mehr an seinem Platz ist.»

Sie war wie vor den Kopf geschlagen, außer sich. Und ich war es noch mehr. Ich war nur ein kleines Mädchen, aber ich fühlte eine Stimme in meinem Innern sprechen. Diese Stimme kam von weither. Es war die eines alten Mannes, eines Weisen, eines Menschen, der vor sehr langer Zeit gelebt hatte und aus seinem Grab heraus weiterhin sprach. Ich empfing sein Wort und übermittelte es ohne mein Wissen. Ich bot dieser furchterregenden Frau die Stirn. In meiner Familie war ich die einzige, die es konnte. Es war eine Gabe, die mich von Zeit zu Zeit überkam. Alles in mir veränderte sich. Das «Kaputte Gesicht» löste sich unter meinem Blick auf. Trotz ihrer Gehässigkeit und Wut empfand sie im tiefsten Innern Achtung für mich. Ich war eine ebenbürtige Gegnerin. Nachts, in meinem Bett, zitterte ich, als ich an all das dachte, was ich ihr gesagt hatte. Gleichwohl würde ich ihr nicht erklären, daß ich nur eine Botin war, eine Stimme in einer anderen Stimme, ein auf zehn kleine Jahre zusammengedrängtes Jahrhundert. Schauer überliefen meinen Körper, und ich suchte nach einer Wiese zum Schlafen und Träumen. Ich flog über ein Feld mit Klatschmohn, dann über eines mit blühenden Sonnenblumen und dann über ein grünes Kornfeld; ich setzte mich wie ein Spatz auf die Äste eines mit Früchten überladenen Baumes. Meine Angst wich von mir. Sie legte sich so lange auf die Horizontlinie, bis sie den Baum und die Pflanzen zum Singen brachte. Diese Landschaften schläferten mich nicht ein, sie erregten mich im Gegenteil und machten mich schwindelig. Darauf öffnete ich in jener dunklen Nacht, in der kein einziger Stern funkelte, die Augen. Die Finsternis verwies mich auf die Schwärze des Talismans im Wasser. Die Nacht war die Komplizin des «Kaputten Gesichts». Sie setzte mir hart zu, zerrte an mir, stieß mich ins Dunkel, das alptraumhaft wurde, denn meine Wiese büßte ihre Farben, ihre Blumen und ihr Grün ein, wurde eine Illusion, ein grauer Fels mit welken Algen und Schimmel. Als ich den Fuß auf den vermeintlichen Klatschmohnteppich setzte, glitt ich aus, von einer starken Böe erfaßt, verlor das Gleichgewicht und fand mich am Ausgangspunkt wieder; von einer Metallhand geschoben, begann ich den Vorgang endlos von neuem.

Vielleicht wurde ich wegen dieser Bilder, die meine Nächte im Dorf heimsuchten, eine Zeitlang allergisch gegen den Schlaf. Sobald ich die Augen schloß, setzte sich diese ganze unheimliche Welt in Bewegung, um mich die Schrecken erleben zu lassen, die meine Tante von ihrem Strohsack aus befehligte, umgeben von ihren in Wasserschalen gefallenen Skorpionen und ihren Schlangen, die sie abrichtete. Vorläufig lagen sie zusammengerollt in einem alten Aquarium, das sie gleich nach dem Erdbeben in der Stadt auf dem Flohmarkt gekauft hatte, was die mit einer Art von grauem Mehl zusammengeklebten Scheiben erklärte. Das war der Grund für die Angst: das Dasein von etwas Polypenartigem, unsichtbar, blindlings, grundlos und unaufhörlich zuschlagend. Dieses Etwas hielt mich wach, während es mir zugleich tiefen Schlaf verhieß. Es stürzte mich hinein und riß mich wieder heraus, bis ich den Kopf verlor und Tag und Nacht verwechselte. Das Etwas, das ich Meereshund, Steppenwolf und Ödlandfuchs nannte, lief durch die Dunkelheit, gefolgt von einem kalten Hauch, bei dem ich eine Gänsehaut bekam.

Der verschleierte Mann wurde nicht mehr gesehen. Einen Monat später starb Driss.

ZWÖLFTES KAPITEL

Ich war fünfzehn Jahre alt und höchst beklommen, als wir ins Dorf zurückkehrten. Wir wurden von meiner Großmutter, den Cousins und Nachbarn erwartet. Manche hielten sich für verpflichtet, einen oder zwei schicksalsergebene, verzeihende Sätze über meine Tante zu sagen, die für die einen verschollen, für die anderen in einem Brunnen ertrunken und vom Satan geholt worden war, welcher sie in dieses Dorf geschickt hatte, um Unordnung zu säen und Böses zu tun. Mein Vater sagte nichts, er begrüßte die Leute, trank Tee und blickte zum Horizont und zum Mäuerchen, das den Friedhof umgab. Meine Mutter weinte in den Armen der Frauen. Ich betrachtete das alles wie eine Fremde. Ich vergoß keine Träne; ich beobachtete die jungen Männer und suchte nach Augen, die mich zum Träumen bringen würden. An diesem Tag entdeckte ich die Gleichgültigkeit. Ich war nicht im Dorf, und ich hörte keine Stimme; wie abgehoben war ich, oder auf einem Teppich über diesen Köpfen schwebend, die so hohl und nackt wie das Tal waren und nicht einmal Erinnerungen für Winternächte hatten.

Ich wußte, daß Gleichgültigkeit eine Form von Intelligenz ist, eine Macht über das Unsichtbare, ein kleines inneres Licht, das mich auf Abstand zu diesem Geschwätz und diesen überflüssigen Gesten hielt, die mehr von Heuchelei diktiert waren als von dem wirklichen Wunsch, etwas Wahres und Aufrichtiges zu sagen.

Ich sah meine Eltern in der Falle dieses Wiedersehens gefangen, bei dem jeder es so einrichtete, auf die aus der Fremde einen guten Eindruck zu machen, auf jene, die ausgezogen waren, um reich zu werden, und die mit Koffern, Paketen und Gegenständen aller Art beladen zurückkamen.

Ich hatte Mitleid mit ihnen. Dann erlosch das Mitleid, und es blieb mir nur das Nichts. Nicht einmal das Bedürfnis, ihnen etwas von meiner Auflehnung zu sagen, ihnen meinen Abscheu und meine Fremdheit mitzuteilen. Wenn die Leute mich anredeten, tat ich so, als verstünde ich nicht, und begegnete ihnen mit Schweigen und manchmal mit dem Lächeln derer, die sich über alles lustig macht und deren Herz weit weg ist von diesem grauen Staub, weit weg von diesen traurigen, leeren Gesichtern. Wenn sie nicht lockerließen, sagte ich irgend etwas auf französisch zu ihnen. Ich war weit weg und wünschte sie noch weiter weg von mir.

Am ersten Abend weigerte ich mich, auf dem harten, nach Urin, Schweiß und Gewürznelken stinkenden Strohsack zu schlafen. In eine aus Frankreich mitgebrachte Decke gehüllt ging ich hinaus und schlief unter freiem Himmel, als kampierte ich mit Freunden in den Schneeferien.

Zwischen ihnen und mir mußte alles unterbrochen bleiben. Sie waren noch immer da, an derselben Stelle, auf einem Stein oder einem Hocker, blickten zum Horizont der blauen Hügel, verrichteten zu festgesetzten Stunden ihre Gebete und zehrten die Zeit in geschmacklosen, weder gesüßten noch bitteren kleinen Happen auf. Doch auch die Zeit richtete sie zugrunde, indem sie sie jeden Tag etwas weiter in diese Erde eingrub, die sich senkte und auf ungeahnte Abgründe zurutschte. Sie waren da, dem Tag treu, dem Warten treu. Aber was erwarteten sie von den Bergen aus Stein, in denen nichts Belebtes mehr existierte? Diese Felsen aus Warten und Vergessen mußten sie faszinieren. Aus ihnen würden andere Leben, andere Schicksale entspringen, gewappnet mit Steinen, trockenen Grasbüscheln, mit Zorn und Wahnsinn. Die Berge überwachten sie, sahen sie Tag und Nacht an, ohne Ungeduld, ohne etwas von ihrer stummen Gewalt zu verlieren. Auch sie warteten.

Die letzten ausgehungerten Vögel verließen diese Höhen,

trugen in ihren Krallen ein wenig von diesem weißen Fels davon, aus dem das Leben gewichen war. Sie flogen anderswohin, dorthin, wo die Männer nicht auf Gerstensäcken sitzen und eingehend den Himmel betrachten, dorthin, wo die Frauen arbeiten, singen und lachen.

Hier war das leiseste Geräusch ein Bote des Lebens: das Rascheln von Laub, das Bimmeln eines Glöckchens, das Miauen einer tollwütigen Katze, das man für den Schrei eines Neugeborenen hielt, der Donner, das Prasseln der Glut, das Lodern des Feuers...

Nichts hatte sich verändert, und doch erschien mir alles uralt und ganz neu. Meine Augen waren nicht mehr dieselben, sie hatten anderes gesehen, andere Bilder hatten sich in ihnen festgesetzt, andere Gesichter hatten in sie Eingang gefunden. In mir war soviel Neues, daß mein Blick nur erbarmungslos sein konnte.

Diese Rückkehr war eine schmerzliche Prüfung. Ich lernte Langweile und Isolierung kennen. Ich hatte mich in einer Welt verschanzt, zu der niemand Zugang hatte, und begann ebenfalls zu warten. Auf das Ende des Urlaubs zu warten, um wieder abzureisen, wegzufahren, ohne mich umzusehen und nie zurückzukehren.

Sie hatte mandelförmige schwarze Augen, eine weiche, matte Haut und lebte abgesondert seit dem Tag, an dem sie infolge eines hohen Fiebers stumm geworden war. Nur ihre Augen hielten sie am Leben. Sie sah die Welt an und mochte sie nicht.

Wir waren etwa gleichaltrig, kannten uns aber kaum. Bei meiner Ankunft hatte ich sie in einer Ecke stehen sehen, in Träumereien versunken. Sie warf mir einen Blick voller Einverständnis zu. Ich beachtete es nicht. Ich hatte nicht die Geduld, alles von ihren Augen abzulesen, was sie mir gern sagen wollte. Und doch dachte ich an sie; ich schloß sie nicht in meine Auflehnung gegen die ein, die ständig herumsaßen und den Horizont betrachteten. Ich war nicht überrascht, als sie sich neben mich setzte und die Beine unter meine Decke steckte. Sie sah mich an. Ich lächelte. Sie lachte. Sie drückte sich an mich, als verlange sie Schutz von mir. Ich fühlte ihren schmächtigen Körper vor Kälte schlottern. Wir blieben eine Weile aneinandergeschmiegt liegen wie zwei Schwestern oder zwei verlassene Waisenkinder. Ich sagte nichts. Ich sah, wie ihre Augen zufielen. Sie schlief. Über ihrem Gesicht schwebte eine unermeßliche Traurigkeit. Ich hielt sie in den Armen wie ein verirrtes, aber zutrauliches Kind. Nach einer Weile wachte sie auf, weniger traurig. Sie starrte mich lange an; ihr ganzes Gesicht wurde von der Anstrengung rot und verkrampft. Sie wollte mit mir sprechen und versuchte ein Wort herauszubringen. Nach einigen Minuten platzte ihr erster Satz heraus:

«Ich bin nicht stumm! Ich heiße Safia.»

«Toll, du bist geheilt! Du hast die Sprache wiedergefunden...»

«Nein, ich hatte sie nie verloren!»

Sie stotterte, verwechselte die Wörter, war nervös:

«Nein. Ich, krank? Ja, krank. Das Fieber, stimmt. Aber nach dem Fieber beschloß ich, nicht mehr mit ihnen zu sprechen.»

«Warum denn nicht?»

«Nichts zu sagen. Ich führte auf dem Feld, allein, Selbstgespräche, ich glaube, um die Wörter nicht zu vergessen. Du bist der erste Mensch, mit dem ich Lust hatte zu sprechen.»

Sie nahm mein Handgelenk und bewunderte die Armbanduhr, die ich trug.

«Wie schön! Hier hat niemand so eine Uhr wie du. Unnötig. Red mit mir, erzähl mir von Frankreich... Seit ihr weg seid, denke ich jeden Tag an euch. Was für ein Glück! Du hast lesen und schreiben gelernt. Du weißt vieles.»

Ich erzählte ihr von unserer Fahrt, der Ankunft und dem Leben dort. Sie hörte hingerissen zu. Ich erzählte ihr auch vom Rassismus und von Djellalis Tod. Sie verstand es nicht. Dann, nach einem Augenblick des Schweigens, drückte sie sich an mich und sagte:

«Nehmt ihr mich mit? Ich träume davon wegzugehen, alle diese Leute zu verlassen.»

«Diese Leute oder dieses Land?»

«Nein! Nur die Leute.»

«Du weißt genau, daß das nicht geht. Du brauchst einen Paß, die Erlaubnis deiner Eltern...»

«Nein. Ich fahre mit euch, aber heimlich.»

«Das ist unmöglich.»

Sobald sie jemanden in der Ferne vorbeigehen sah, verstummte sie. Nicht mehr zu sprechen war das Beste, was ihr eingefallen war, um sich ihrer Familie zu entziehen. Und was für einer Familie! Ihr Ruf war bis in die Stadt gedrungen. Es gab Gründe genug, ein Kind nicht nur stumm, sondern auch taub und verrückt zu machen. Der Vater war ein Bauer, der Schlag auf Schlag mehrere Erbschaften gemacht hatte. Er hatte drei Frauen und siebenundzwanzig Kinder, von denen ein Dutzend im Kindesalter gestorben war. Alle lebten auf demselben Hof. Der Vater war drei Jahre hintereinander in Mekka gewesen und kannte seine Kühe besser als seine Kinder.

Das Gehöft bestand aus einem riesigen, von Wohnhäusern umgebenen Hof. Noch komplizierter wurde alles dadurch, daß zwei der drei Ehefrauen Schwestern waren. Die Kinder waren also Geschwister und Cousins. Tagsüber war der Hof ein Theater, dem nur das Publikum fehlte. Eine Zuschauerin gab es jedoch, die kleine Safia, die ihre Zeit damit verbrachte, dem Ablauf der brutalen, irren Unordnung stumm und ohnmächtig beizuwohnen. Schmutzige, schlecht angezogene Jungen rissen einem Besucher den Fez herunter und spielten damit Ball. Ebenso schmutzige Mädchen warfen sich junge Kätzchen zu, als wären es Puppen, während die Katzenmutter miaute und fuchsteufelswild wurde. Frauen prügelten sich bis aufs Blut um einen Topf oder einen Wassereimer, bis zur Rückkehr des Hausherrn, der seinen Gürtel abnahm und aufs Geratewohl zuschlug. Jugendliche verfolgten ihre Halbschwestern auf den Speicher und zwangen sie, ihnen ihre Brüste zu zeigen. Mütter schlugen rasend auf ihre Kinder ein. Wenn die Kinder sich nicht prügelten, spielten sie einer der Großmütter Streiche, vor allem einer alten Frau, die nicht mehr sehen konnte und die sie in eine Rinne voller Schlamm stürzen ließen. Manchmal floß Blut. Nie herrschte in diesem Irrenhaus Frieden.

Deshalb hatte die kleine Safia das absolute Schweigen gewählt, wobei sie auf die erste Gelegenheit wartete, dieser Hölle zu entfliehen. Der Vater war nicht Herr der Lage; er ließ alle gewähren und griff nur ein, wenn er selbst betroffen war.

Meine Tante war mit einer der Ehefrauen befreundet gewesen, der sie wohl viele Ratschläge und sogar einige Kräuter gab, um die Wachsamkeit der beiden anderen Frauen einzuschläfern. Meine Mutter wußte das alles und verbot uns, den «Hof des Irrsinns», wie sie ihn nannte, zu besuchen. Zum Glück lag er auf der andern Seite des Hügels.

An mich gedrückt bat mich Safia, ihr zu helfen. Sie hatte niemanden, mit dem sie sprechen und dem sie sich anvertrauen konnte. Nur ihre blinde Großmutter liebte sie, aber die verlor allmählich das Gedächtnis und hielt sie für eine andere. Safia flüsterte ihr ins Ohr, daß sie die Stimme verloren habe, aber nicht bei ihr.

Während meines Aufenthalts im Dorf wohnte Safia bei uns. Niemanden hatte ihre Abwesenheit beunruhigt. Die Zeit verging noch langsamer als vorher. Ich schenkte Safia meine Uhr. Sie weinte vor Freude. Einen Nachmittag lang brachte ich ihr die Uhrzeit bei. Gegen Ende des Tages sagte sie mir alle fünfzehn Minuten die Uhrzeit. Abends ging ich meine Großmutter besuchen, die allein aß. Ihr Gedächtnis war noch intakt. Sie hatte mir viel zu sagen.

«Nach deinem Fortgang ist die Kuh, die uns genug Milch gab, erinnerst du dich, die eine, die dich erkannte und sich nur von dir melken ließ, diese Kuh ist abgemagert und gab keine Milch mehr. Sie schlug aus, wenn man sich ihr näherte. Sie war deine Freundin, und du warst ihre Beschützerin. Sie hat deinen Weggang nicht ertragen. Wir mußten sie abgeben.

Etwas anderes, die Geschichte mit deiner Tante hat uns sehr geschadet. Ich glaube, sie ist verkommen, und ihr Weg hat ein schlechtes Ende genommen. Ich glaube, sie hatte es auf dich abgesehen und hatte nicht gedacht, daß Driss an jenem Abend essen würde. Gott hat sie auf Erden bestraft und wird uns dort drüben Gerechtigkeit widerfahren lassen.

Kleines, du bist groß geworden und hast dich verändert. Wohin du auch gehst, du bist die Tochter deiner Eltern und das Kind dieses Dorfes. Du kannst Sprachen lernen und Länder kennenlernen, doch dein Geburtsort, die Erde, die dich aufnahm, das Dach, das dich schützte, die Menschen, die dich liebten, die Hände, die dich nahmen, um dich an die Brust zu legen, der Wind, der dir im Sommer etwas Kühle brachte, der Baum, der dir Schatten spendete, sie werden dich niemals vergessen, wo du auch bist. Dies ist deine Heimat, dies ist ihr Antlitz. Glaube nicht, daß du sie loswirst, weil du studieren wirst. Deine Wurzeln sind immer noch da, sie warten auf dich, sie werden am Tag des Jüngsten Gerichts für dich Zeugnis ablegen.

Mißtraue dem Schein, den Bildern und den Spiegelungen im Wasser. All das wird vergehen. Bleiben wird dir in einem Winkel deines Herzens nur die Erde, auf der du das Licht der Welt erblickt hast. Wir gehören Gott, und zu Gott kehren wir zurück. Nun, Gott ist auch die Erde, wir gehören zu dieser Erde, zu ihrem Hügel, zu ihren Bergen, und zu ihnen kehren wir zurück. Geh, meine Tochter, lebe, studiere, lies, lerne rechnen, erlerne die Meere und die Bewegung der Sterne, geh und suche das Wissen, auch wenn es am anderen Ende dieses Kontinents zu finden ist, aber vergiß nie, woher du kommst, und sprich niemals schlecht vom Ort deiner Geburt. Liebe und achte ihn wie deine Eltern. Magst du auch ans Ende der Welt gehen, so wirst du diesen Ort doch nie verlegen können, ihn schöner, lieblicher machen können, als er ist. Wie du weißt, habe ich nicht lesen und schreiben gelernt, deine Mutter auch nicht. Du bist das erste Mädchen des Stammes, das zur Schule geht, und zwar nicht in irgendeine Schule, sondern in die der Christen. Doch weder deine Mutter noch ich sind hohl. Wir wissen andere Dinge, die man dich in der Schule nicht lehren wird. Unsere Hände zum Beispiel sind gebildeter als unsere Köpfe; unsere Füße kennen Orte, die kein Buch beschreibt; unsere Haut bewahrt die Erinnerung an soviel Sonne und Regen; unsere Sinne genügen uns, um das Neue vom Alten zu unterscheiden. Unsere Schule ist die Natur, ist das, was unsere Ahnen uns von ihrem Weilen hienieden, auf diesem Stück Erde, in diesem zwischen zwei Gebirgen eingezwängten Dorf überliefert haben. Und nun mein letzter Rat: mißtraue den Frauen, die dir aus der Hand lesen wollen. Geh getrost von dannen, ohne dich umzudrehen. Du hast meinen Segen!»

Ich hatte ihr mit gesenktem Blick zugehört. Ich küßte ihre Hände und schlief dann wortlos an sie geschmiegt ein. Nachts dachte ich wieder an die kleine Safia und wußte nicht recht, wie ich ihr Mut machen sollte, hierzubleiben ohne der Krankheit und einem langsamen Sterben anheimzufallen.

Ein paar Tage später suchte ich sie, um ihr zu erklären, daß ich ohne sie abreisen würde. Sie war verschwunden. Niemand hatte ihre Abwesenheit bemerkt. Fünfzehn ihrer Brüder und Halbbrüder machten sich auf die Suche nach ihr. Die einen in den Bergen, die anderen im Tal. Ich folgte meiner Eingebung. Das Herz war mir schwer; ich wußte, daß ihr Ausreißen kein Spaziergang war, bei dem sie sich nur verlaufen hatte. Mein ganzer Körper tat mir weh. Nachts im Traum hatte ich sie glücklich auf einem Schiff gesehen, das sich wie ein Pflug auf das Festland zubewegte. Sie lachte, und dieses Lachen hatte etwas Aufreizendes. Ich ging zum Brunnen und rief ihren Namen. Nur das Echo meiner Stimme antwortete mir. Ich kam auf die Idee, auf dem Friedhof nachzusehen. Sie war da, saß auf Driss' Grab. Sie zeigte keine Überraschung, mich zu sehen, schaute zum Horizont und sagte nichts. Ich trat zu ihr, nahm ihr Gesicht in die Hände und versuchte in ihren Augen zu lesen. Sie waren so leer wie ein verlassenes Haus. Ihre Hände waren kalt. Ich sprach mit ihr; sie zeigte keine Regung. Sie war nicht nur wieder stumm geworden, sie hörte auch nichts mehr. Ich erzählte ihr alles, was meine Großmutter mir gesagt hatte. Ihr Gesicht reagierte nicht mehr. Nichts berührte sie. Das Leben wich langsam aus ihr, und sie erwartete das Ende auf dem Grab eines Kindes, das ihr Freund hätte sein können, der sie verstanden und mit sich hätte nehmen können, weit, sehr weit fort von diesem Dorf.

DREIZEHNTES KAPITEL

Ein einäugiges Pferd mit Papierflügeln läuft im Hof eines Palastes aus Sand im Kreis. Bald von einem Kind, bald von einem Riesensperber geritten, richtet es sich hin und wieder auf, um einen namenlosen Prinzen zu grüßen, der in einem Bauwerk Zuflucht gefunden hat, in dem nichts geschieht, in dem spanische Soldaten seit hundertundzwei Jahren darauf warten, daß man ihnen erklärt, aus welchen Gründen sie hinter diesen Mauern eingesperrt sind, um jeden Morgen die Fahne zu hissen und abwechselnd auf Wache zu ziehen, dem Sand, dem Meer und den kahlen Bergen gegenüber, wo kein Grashalm wächst, wo sich nur Steine ansammeln, bis sie einen Felsen bilden, der beim nächsten Regen – vorausgesetzt, er ist sintflutartig – abbröckeln wird, was für die vergessenen Soldaten die einzige Gelegenheit ist, sich nützlich zu fühlen, ihre Spaten herauszuholen und den Schutt in dem Bauwerk wegzuräumen, wo für einen Tag die Zeit stehengeblieben ist, wo Berichte geschrieben und in zehnfacher Ausführung an den Generalstab von Andalusien geschickt werden, dem einfällt, daß er am anderen Ufer des Mittelmeers ein Bataillon stehen hat, um eine illusorische Anwesenheit zu sichern. Aber kein Offizier hatte vorhergesehen, daß diese Männer eines Tages Flügel herstellen und einem halbverrückten, einäugigen armen Pferd anheften würden. Soldaten, die es nicht mehr aushalten, das Meer zu bewachen, verlieren einer nach dem anderen den Verstand.

Äußerste Langeweile und Schönheit sind auf dieser von Spanien besetzten Halbinsel vereint. Badès liegt im Nordosten Marokkos, mein Dorf im Südwesten. Und doch verschmelzen sie heute für mich in ein und demselben Bild, in einer mit verschiedenfarbenen Fäden zusammengenähten Erinnerung, die aber denselben Eindruck hervorrufen, nämlich sich nutzlos zu fühlen, ohne andere Bindungen als jene, die so tief in die Erde gehen, daß sie sich verlieren.

Ich war das verrückte Pferd und das Kind, das auf ihm ritt. Die Insel und die Festungsmauer, die Langeweile und die Leere, die Schönheit des Abends und die Ewigkeit der Steine. Ich lief in jener letzten Nacht vor der Abreise wie eine Irre im Dorf im Kreise. Ich hatte keine Gewißheit mehr. Ich kam und ging. Ich hütete das Dorf, indem ich auf seinen Wegen schritt, die Toten auf dem Friedhof zählte, die Bäume markierte, von Haus zu Haus ging, den Himmel befragte und nicht meinen Stern auszumachen suchte, sondern den des Mannes, der kommen und mich erlösen sollte.

Ich war die Gefangene meines eigenen Körpers, in dem das Begehren, jene eigenartige Hitze, aufstieg, mich in Wallung brachte und dann wieder verschwand. Ich wartete stundenlang darauf. Ich mußte träumen, mich von diesem unergiebigen Ort lösen, an dem kein Mann imstande war, diese Hitze in den Eingeweiden und im Kopf abzukühlen. Ich träumte und sah den Fremden vor mir, der mir eine Flöte geschenkt hatte. Während ich mit der Hand über seinen Bart strich, musterte ich ihn, aber wenn ich ihn von ganz nahem ansah, veränderte sich sein Gesicht. Es war nicht mehr das eines jungen Mannes, sondern das x-beliebige eines Nachbarn, der schon Großvater war.

Ich begriff, daß diese Hitze nicht von der Gegenwart eines Mannes hervorgerufen wurde, sondern von der Natur, die nachts sehr sanft und noch geheimnisvoller wurde. Es war die Nacht, die dieses unklare Gefühl, diese unvollendete Empfindung in mir weckte. Die Nacht und der Wind, das Rauschen der Bäume und die Stille der Hügel.

Kein Mann würde in dieser langen, zärtlichen Nacht kommen, mich unter dem Baum in die Arme nehmen und mein Gesicht liebkosen. Keine Hand würde das Bedürfnis befriedigen, einen Menschen zu finden, um mich zu vergessen und in seinen Armen vertrauensvoll und glücklich einzuschlafen.

Das Bild des einäugigen Pferdes ging mir nicht aus dem Sinn. Jemand hat die spanische Flagge in sein Genick gestoßen und es im Hof laufenlassen. Es stürzt, steht wieder auf und läuft weiter. Wieder stürzt es und steht nicht mehr auf. Das Pferd ist müde, und ich weiß nicht, was ich mit dem Bild eines armen, auf der Seite liegenden, geifernden und mit einem Auge weinenden Tieres anfangen soll. Die kleine Safia erscheint. Ich weiß nicht, wie sie diesen Schleier beiseite geschoben hat und in das Innere dieses Sandschlosses eingedrungen ist. Sie nähert sich dem Pferd und streichelt seine Stirn. Mit energischer Hand zieht sie ihm die im Genick steckende Spitze heraus. Es versucht aufzustehen, es hat Schmerzen. Sie streichelt es wieder und murmelt ihm etwas ins Ohr. Mit einem Ruck stellt es sich wieder auf die Beine. Safia klettert auf einen Steinhaufen und steigt auf seinen Rücken. Es läuft im Kreis, bleibt stehen und verschwindet dann im Nebel des frühen Morgens.

Ich war erleichtert. Safia hatte einen Gefährten, eine Heimat und einen Traum gefunden. Und das Pferd war nicht länger das Spielzeug einer verrohten Bande, die in einem Bauwerk isoliert war, in dem nichts geschah.

Ich konnte also abreisen, das Dorf verlassen und nur noch an mein Geburtshaus denken, wo meine Wurzeln waren, aus denen eines Tages eine Blume oder eine Pflanze wachsen würde, die die Schwermut heilt.

Ich dachte an das zurück, was meine Großmutter mir gesagt hatte, aber ich wußte nicht, wie ich ein Stück Erde dieses Dorfes festhalten und es als Zuflucht oder aus Pflichtgefühl gegenüber dem Stamm bewahren wollte. Wie machten es die anderen, daß sie ihre Heimat jedem anderen Ort vorzogen? Warum hingen meine Eltern bis zum heutigen Tag an diesem Stück Land? Ich wurde wie Safia von dem Wunsch verzehrt fortzugehen, einerlei wohin.

Inzwischen hatten sich meine Träume geändert. Nicht mehr um leben zu lernen kehre ich nach Frankreich zurück, sondern um lieben zu lernen.

Meine Eltern hofften sehr, ich würde mich nach dieser Rückkehr in die Heimat ändern. Sie fürchteten in stummer Sorge den Augenblick, da umwälzende Erlebnisse in mein Jungmädchenleben traten. So viele Mädchen waren ausgerissen und hatten sich zugrunde gerichtet, andere hatten sich das Leben genommen, weil der Vater eines Tages beschlossen hatte, sie in die Heimat zu schicken und dort zu verheiraten.

Die Chronik unserer Gemeinde war voll von solchen Fällen von Gewalt. Das wußte ich, so wie ich wußte, daß meine Eltern mir nie etwas derart Brutales antun würden. Ich war nicht mehr darauf aus, sie zu provozieren, sondern überließ es dem Schicksal und dem Zufall. Schwierige Situationen zogen mich an, aber ich suchte sie nicht.

Mit fünfzehn denkt man nicht an das Leben; man träumt gern, baut gern Luftschlösser aus Seide und Musselin, dann reißt man alles nieder, um am nächsten Tag neu anzufangen.

Das Gesicht der Liebe sollte sich über mich beugen und mich davontragen, weit fort von dieser Stadt, die mehr und mehr einem wegen Bankrott geschlossenen Kaufhaus ähnelte, mit zerbrochenen Scheiben, durch die die Katzen hineinkamen, um sich in aller Ruhe zu paaren. Eine große leere Fläche oder ein unbebautes Grundstück voller Kanister und Tanks. Von dort würde die Liebe bestimmt nicht kommen. Sie würde nicht einmal diese staubigen Wege nehmen, wo die Lichter erlöschen wie im Gefängnis, um den Dingen Gelegenheit zum Schlafen zu geben.

Die Liebe würde ein Gesicht haben wie die Zeit, die Melancholie oder die Angst. Ich lebte mit diesem noch leeren Gesicht. Ich hegte eine Gewißheit: wenn ich lieben würde, dann mit einer solchen Leidenschaft, daß diese Liebe knapp am Tod vorbeiführen und Chaos und Wahnsinn säen würde. Ich war von dieser fixen Idee einer Schicksalhaftigkeit besessen, deren Tragweite mich nicht schreckte.

Dieses jungfräuliche, blanke Gesicht wartete in der Tiefe einer meiner Versenkungen auf mich. Ich konnte warten. Der Gedanke, eines Tages zu lieben, genügte mir, machte mich überglücklich und begleitete mich überallhin. Es war schon die Liebe.

Wenn ich damit beschäftigt war, diesem Gesicht einige Züge zu geben, kam es vor, daß ich mir meine Eltern ansah und mir die Frage stellte: haben sie sich geliebt? Lieben sie sich noch? Waren sie von Leidenschaft erfaßt? Haben sie sich vor der Hochzeit heimlich geliebt? Sprechen sie über ihre gegenseitige Zuneigung?

Während ich mir diese Fragen stellte, fühlte ich mich lächerlich, peinlich berührt von dieser Schamlosigkeit, dieser Neugier, die bei uns nicht üblich ist. Solche Fragen stellt man nicht, nicht einmal im stillen sich selbst. In dieser Beziehung liegt auf der Hand, daß der Mann und die Frau, vom selben Stamm, die dieselbe Sprache sprechen und dieselben Sitten befolgen, sich zutiefst lieben. Nur ist ihre Liebe natürlich, sie ist so klar wie das Tageslicht, das ein schlafendes Kind weckt, sie ist so einfach wie das Brot, das meine Mutter im Dorf buk, sie ist so sanft wie der leichte Morgenwind auf meinen bloßen Armen, sie ist so notwendig, so wichtig und unwillkürlich wie das Atmen. Diese Liebe ist einzigartig. Es wird nicht über sie gesprochen. Sie wird nicht beschrieben. Sie existiert, und sie bleibt jenseits der Worte. Sie lebt in ihrer Ewigkeit, in ihrer Unsterblichkeit. Jeder Blick, der sich auf sie richtet und versucht, sie zum Sprechen zu bringen, ist ein Eindringling, ist ein Blick zuviel, denn er ist schamlos und schändlich.

Mein Vater und meine Mutter hätten Cousin und Cousine sein können, aber sie waren vor ihrer Hochzeit nur Nachbarn. Ihre Familien gehörten demselben Clan an. In diesem Stamm ist das Wort «Liebe» nicht gebräuchlich. Man überläßt es dem oder

der, die verkommen sind. «Sie ist einem Mann verfallen.» Es geht um Absturz und Niedergang. Die Liebe ist kein Schauspiel. Man geht nicht Hand in Hand. Der Mann begrüßt seine Frau mit einem Händedruck. Der Kuß auf die Stirn oder auf die Wange wird nie vor anderen gegeben, nicht einmal vor den Kindern. Ich erinnere mich nicht, daß mein Vater meiner Mutter jemals einen Kuß auf das Gesicht gegeben hätte. Und doch ist ihre Liebe dauerhaft; ihre Kraft liegt in dieser inneren, diskreten, nie genannten Schönheit. Sie liegt ganz und gar in einer Geste: im gesenkten Blick.

Die Liebe, die ich erleben würde, wäre zwangsläufig anders. Weder dauerhaft noch ewig, aber stürmisch. Das Gesicht zeichnete sich sehr schnell ab, ging mir Tag und Nacht nicht aus dem Sinn, aber ich erblickte es nie. Wie konnte sich dieses Bild so sehr in mir einnisten, daß ich fest daran glaubte, dahinter stecke ein Körper, ein Name, eine schöne Geschichte? Was hatte ich getan, um in der Weise vom Blitz eines grellen Lichtes getroffen zu werden, das mir die Wege der Liebe wies? Ich suchte um mich herum nach diesem Gesicht, dessen Züge ich manchmal vergaß. Ich wußte nicht mehr, ob seine Augen blau oder grün waren, ob seine Stirn hoch oder niedrig war, ob es ein Grübchen in jeder Wange hatte oder nur im Kinn, ob das Haar blond oder braun war. Ein schillerndes Bild, ein verwirrendes Gesicht, aber der immer gleiche heitere, friedliche Blick mit einer hellen Flamme im tiefsten Innern. Dieser Mann, dieser schöne Unbekannte existierte nicht. Meine Illusionen, meine Phantasie halfen mir, die Betonmauern unseres Wohnblocks zu verlassen. Im Grunde war ich ein williges Opfer, glücklich über diese heißen Augenblicke und traurig, wenn ich in das enge Zimmer zurückkehren mußte, wo die Gestalten meiner flüchtigen Leidenschaften entstanden und verschwanden.

Ich liebte dieses Spiel bis zu dem Tag, an dem ich erkannte, daß das Gesicht der Liebe eine Maske aus Wachs ist, die, bei einem meiner Ausflüge im Dorf aus Versehen vergessen, jämmerlich in der Sonne der Heimat schmolz. Dieses arme Gesicht war nicht für das Leben in meinem Heimatland geeignet. Seine Züge wären nach und nach verlorengegangen und so verflacht, daß sie unkenntlich würden. Nur die Augen hätten sich vielleicht mit ihrem Licht gehalten. Es blieb mir nichts anderes übrig, als dieses Spiel aufzugeben und wieder zu lernen, lebendige Menschen anzusehen, ohne wissen zu wollen, ob sie dem Bild in meinem Herzen entsprachen.

Mein Kopf war müde. Ich hatte Brechreiz. Ich beschloß, mich ganz und gar dem Lernen zu widmen, zumal ich immer noch in den Sonderklassen war, im Rückstand und mit dem Gefühl, ihn nie aufzuholen.

Während ich ein Brettspiel spielte, dachte ich: ‹Die Liebe ist Zerstreuung, Kristalle in der Handfläche, eine im Körper kreisende Kristallnadel, ein auf Farn, auf ein Klavier hinausgehendes Fenster, eine Sonne, ein Auge in einer Stirn, ein funkelndes Meer, eine von unendlich vielen Sternen bedrängte Nacht, sie ist die Verzweiflung, die in altes Zeitungspapier eingewickelt ist...› Die Liebe schob sich weiterhin zwischen mich und das Lernen, mich und meine Eltern.

Ich hatte ständig das Gefühl, etwas wiederzufinden, was ich verloren hatte, die Gegenstände der letzten Zeit zusammenzuraffen und wiederaufzubrechen in ein Land hinter allen Ländern, in dem Unglück gegen Gold eingetauscht wird, in dem sogar der Tod mit sich handeln läßt und in dem sich das Gesicht der Liebe erfüllt, bestätigt und bewahrheitet, schön und grausam, eine Wasser- und Lebensquelle. Ein Gesicht aus Sand, das von ein wenig Wind entstellt, von ein wenig Wasser neu belebt wird, und meine Nächte konzentrieren sich in dieser Einsamkeit, um diesen leeren Körper zu umschlingen, bis ich mich als kleines Mädchen in einem Stück zerbrochenem Spiegel wiederfinde, dort, wo jedes Bild zittert, vom Leben erfaßt und die Worte singend, die mich auf die Welt gebracht und angetrieben haben, groß zu werden. Worte, die mich umringen und in einem Kreis um mich herumstreifen, der von der Feder eines Dichters gezogen wurde, welcher im vorigen Jahrhundert in diesem Land haltmachte, ehe er auf dem Stein den Abdruck seiner Lippen hinterließ und für immer in einem wenig gelesenen großen Buch verschwand.

Diesmal ist das Wörterbuch einem Vogel in die Falle gegangen, der seine Seiten an allen vier Enden der Insel verstreut hat; Silben springen über die Buchstaben, fliegen davon und stürzen dann in einen Haufen Glut. Alles geht in Rauch auf, dann fällt die Asche wieder in meine Hände, die hektisch zu schreiben begonnen haben, um diesen grauen Ruß abzuschütteln. Ich hatte genug auf der Haut, um einen Gedichtband zu verfassen, aber die Unordnung und der Wind haben mich schwindelig gemacht. Mit all diesen Silben gelangen dem Vogel seine sarkastischen Bemerkungen. Ich hätte einen Liebesbrief daraus machen können, ein langes Handschreiben, das im vorigen Jahrhundert abgefaßt und von dem Zugvogel mit dem geschädigten Flügel übermittelt wurde, aber ich war berechtigt, zu warten und diesen langen, unvollendeten Liebesbrief von einem Unbekannten zu bekommen, einem Mann vom Horizont, einem Mann aus den tiefsten Tiefen meines Schlafes, dem, der mich bei der Hand nimmt und mir in den Mund flüstert:

Licht über Licht
Traum meines Traumes
Quell von Wasser und Silben
Stille die den Tag heraufbeschwört
stoße diese Tür im Baum auf
dort ist unsere Wohnstatt
dort fallen die Falten des Himmels
und du machst daß Licht wird.

VIERZEHNTES KAPITEL

Kniza, Kniza, Kniza... Ich laufe durch das große Haus mit Blick aufs Meer, ich schaue in den sattblauen Himmel und wiederhole diesen Vornamen. Ich spreche ihn auf verschiedene Arten aus und warte in der Hoffnung, dein Gesicht aus dem Licht auftauchen zu sehen, das in die Mauern eindringt und um unsere Geschichte kreist, dicht über dem Sand.

Kniza! So werde ich dich nennen, weniger um an den vom Ururgroßvater in den Bergen versteckten Schatz zu erinnern, als vielmehr weil dieser Name, immer wenn ich ihn entwerfe oder im Dunkeln höre, deinem Blick gleicht, wenn du ein Wort oder eine Geste nicht verstehst und deine Augen mit dieser Verständnis heischenden Ironie leise zwinkern. Ich liebe diesen Namen ebenso wie die Spange, die du wie als Unterpfand der Kindheit an diesem Tag weiter im Haar trägst, an dem du zwanzig wirst und versuchst, deinem Gesicht einen Ausdruck von Strenge zu geben, die sich als Verzweiflung ausgibt. Dort sitzt du, eingeschlafen auf dem alten Sessel, die angewinkelten Beine mit den Händen festhaltend, auf die ein Sonnenstrahl scheint. Ich sehe dich inmitten der Lieblichkeit der Dinge und des Ortes und komme dir nicht zu nahe, aus Angst, deine Gedanken zu stören, die sich überschlagen, um Bilder eines kaum erfundenen Traumes zu werden, sogar ohne mich vorzubeugen, um die Stimmen dessen zu vernehmen, der dich zum Lächeln bringt. Ich sehe dich an, um dich zu erfahren, und verzichte vorläufig darauf, diesen in sich zusammengekauerten Körper zu malen; ich versuche, die ruhige Seele dieses von einem Strudel zahlreicher frischer Erinnerungen geschüttelten

Körpers zu erwischen, Erinnerungen, über die du eine Handvoll klares Wasser geschüttet hast, am Rande dieses Baches, in dem die Frauen singend und sich über den eingeseiften Stein beugend ihre Kleider waschen; ihr an den Schenkeln klebender nasser Serual ruft wahnsinniges, ungeahntes Begehren hervor, nicht bei dem Mann, der sie sieht – kein Mann kommt dort vorbei –, sondern bei dem, der sie sich vorstellt, wenn er Fetzen ihres mal fröhlichen, mal wehmütigen Gesangs hört.

Ich beobachte dich, bis dein Gesicht vor mir verschwimmt und ich auf einmal wieder allein bin an diesem Tag, an dem du dir, aus Versehen oder zufällig, Zugang zu meinem Atelier verschafft hast. Du hast die Tür aufgestoßen – sie ist immer offen – und bist auf Zehenspitzen hereingeschlichen, hast dich auf der Suche nach etwas Unbestimmtem, vielleicht nichts, vielleicht allem, umgesehen, und dann standest du vor mir, kaum erstaunt, kaum überrascht. Wenn man dich so sah, hatte man den Eindruck, daß du einen vertrauten Ort wiederfandest, an dem du einige Erinnerungen ausgestreut hattest und wo du für eine lange erträumte, geduldig erhoffte, nie genannte Begegnung verabredet warst.

Ein sanftes Licht begleitet dich, ein Zeichen dafür, daß der Tag ein besonderer wird, vielleicht ernst und ergreifend. Du weißt das alles nicht, und doch ziehen durch deine Augen ständig Fragen mit der kaum verhehlten Intensität der Gnade, jener Gnade, die oft der Ursprung bedeutender Werke oder entscheidender Ereignisse ist.

Seit mehr als sechs Monaten male ich nicht mehr, oder, genauer gesagt, bin ich nicht imstande zu malen. Jeden Morgen setze ich mich an meinen Tisch, wie ich es seit zwanzig Jahren tue, und versuche Zeichnungen, Skizzen zu machen. Stundenlang starre ich auf das weiße Blatt, bis ich zitternde, ungreifbare Bilder darauf sehe. Ich versuche sie aufzuhalten, festzuhalten, weniger, um sie zu malen, als um ihren Umriß und ihre Gestalt zu erkennen, aus Neugier und auch in der Hoffnung, meine Angst zu beschwichtigen.

Sechs Stunden Schlaflosigkeit, Gekritzel, Warten. Ich kann dir heute nicht sagen, daß ich dich erwartete. Du würdest mir einen Farbtopf an den Kopf werfen oder ein Glas mit schmutzigem Wasser, in dem die Pinsel weichen. Und doch ist es wahr. Als du vom Licht einer lauwarmen Sonne vorwärtsgeschoben ankamst, war ich nicht überrascht. Du glaubst es nicht und konntest es nicht wissen.

Als ich klein war, beobachtete ich manchmal lange die Sterne am Himmel. Ich war davon überzeugt, daß für jeden Menschen ein Stern ausersehen war. Ich machte meinen Stern ausfindig und folgte ihm die Nacht über bis zum Tagesanbruch. Jahre später quälte mich derselbe Glaube; deshalb schreibe ich die Anmut und das Licht um dich herum dem Stern zu, den du in dir trägst.

Mit der Zeit hast du es erfahren. Du sagst nichts. Wenn du mit mir sprichst, schlägst du die Augen nieder, als wolltest du ein Gefühl verbergen. Ich versuche, deinen Blick einzufangen und so lange wie möglich festzuhalten ...»

Dieser Mann wird nichts einfangen. Er meint, ich sei ein artiges kleines Ding, das man fest in die Arme nehmen und so lange behalten kann, wie man will. Er täuscht sich nicht nur, er ist auch ein schlechter Maler. Das alles ist meine Schuld, ich hätte anderswo haltmachen sollen. Ich dachte, ein Künstler wäre besser geeignet, mich zu verstehen. Aber Künstler sind Egoisten, sie sehen die anderen nicht, oder wenn, sehen sie sie nur in bezug auf ihre Bedürfnisse.

Ich habe den Künstler fallenlassen. Das hat ihn nicht abgehalten, mir weiter zu schreiben und zu glauben, ich sei für ihn ein Stern an seinem Himmel.

Die Häßlichkeit und Tristesse unserer Stadt konnten mich zu keinem Schicksalsweg anregen und mir keinen Ehrgeiz einflößen. Ich dachte nicht mehr. Das führte zu nichts. Dagegen wurde meine Fähigkeit zum Träumen immer umfassender.

Meine Stadt glich einer Fabrik ohne Farben. Es gab weder ein

Café noch ein Kino. Es gab einen Zeitungskiosk, der gleichzeitig als *Bureau de tabac* und als Kneipe diente. Auf der Suche nach einem Buch, irgendeinem, ging ich hin. Die Frau sagte mir, es müsse bestellt und die nächste Lieferung abgewartet werden.

«Welches Buch willst du?»

«Ich zögere. Irgendeinen Titel! Was ich will, ist ein Buch, ein Packen Blätter mit turbulenten Figuren, Verwicklungen, Gefühlen und Sonne...»

«Das alles sagt mir nicht den Titel.»

«*Der Blick des Stummen*... Genau... Eine wunderbare Geschichte.»

«Du hast es schon gelesen.»

«Fast...»

Die Frau notierte den Titel, verlangte eine Anzahlung und wiederholte verwundert und ungläubig: «*Der Blick des Stummen!* Was die sich einfallen lassen!...» Zufrieden und belustigt verließ ich den Kiosk. Der Titel ging mir nicht aus dem Sinn. Er stand auf den grauen Mauern, den verschlossenen Gesichtern, den Werbeflächen, auf denen die hirnverbrannte Werbung für ein Deodorant dem Stummen und seinem Blick Platz machte. Ich sah Figuren sich drängeln, sprechen und gestikulieren.

Endlich würde die Stadt als Szenerie einer von weither gekommenen Geschichte dienen. Meine Figuren durften das von mir vorgezeichnete Feld nicht verlassen.

«Gelebt haben, wie man schläft!» Die Zeile des Dichters drängte sich angesichts dieser hohen und breiten Mauer auf, die die Rückwand eines Wohnblocks bildete, in dem mehr als zweihundert Familien lebten.

Meine Geschichte würde von diesem Ort ausgehen. Ich wäre die einzige, die sie kennt und erzählt. Diese Mauer war mein Horizont, meine Wiese und der Stein, gegen den meine Bilder stießen.

Wäre das Gebäude nicht abgerissen worden, könnte man

noch heute den Stein abkratzen und alle meine Bilder vorbeiziehen sehen.

Nichts in dieser Geschichte ist ganz so, wie man es sich vorstellt, zwangsläufig nicht, da die Mauer meinem Fenster gegenüber nur unglaubliche Geschichten hervorbringt.

Victor ist untersetzt. Wenn er uns die Hand schüttelt, zerquetscht er sie. Es heißt, er sei sehr alt, aber seine Haut bekommt keine Falten. Anscheinend ist das eine Krankheit. Er sitzt auf einem Klappstuhl und wartet. Er wartet schon lange. Seine Augen werden durch ein System durchsichtiger Fäden offengehalten. Sie sind ganz rot. Er sagt nichts, raucht Zigaretten aus schlechtem Tabak und spuckt hin und wieder auf den Boden. Fliegen sind herbeigeflogen und bedecken seinen gelblichen Auswurf. Manche Fliegen sterben auf der Stelle, andere krabbeln in diesem Mikrobenschaum herum. Victor läßt keine Kippen übrig. Er raucht seine Zigaretten bis zum letzten Millimeter. Seine Unterlippe ist verbrannt. Sie ist nicht mehr rot, sondern bleich und schwarzgefleckt.

Ich weiß nicht, woher er kommt. Eines Tages, als ich an diese Geschichte dachte, ist er mit seinem Klappstuhl angekommen und hat sich niedergelassen, ohne eingeladen zu sein. Er hat sich ohne Entschuldigung und wortlos aufgedrängt. Seitdem kann ich ihn nicht mehr übergehen. Ich habe ihn wegen seiner Statur und seiner Traurigkeit Victor genannt. Meine anderen Figuren haben das Glück, ihn nicht zu sehen. Er sieht und kennt sie nicht nur, sondern er kann sie davon abhalten, zu flüchten oder sich aus meiner Geschichte davonzumachen. Tatsächlich ist Victor ein Wächter. Er bringt Ordnung in meine Gedanken. Neulich hat er zum Beispiel Rébecca gestoppt, die ausreißen wollte. Sie läßt sich Rébecca nennen, doch ihr wirklicher Name ist Rabia. Sie ist ein freches Mädchen. Sie ist gerade eben dreizehn, trinkt Bier, raucht amerikanische Zigaretten und verabredet sich in einer leerstehenden Autowerkstatt mit Jungen. Sie möchte Schauspielerin werden, die Rolle der

Femme fatale spielen und auf dem Gipfel des Ruhms sterben wie Marilyn. Sie ist imstande, diesen Traum zu verwirklichen. Vorläufig stampft sie vor Ungeduld und Wut mit den Füßen. Sie sagt, diese Geschichte sei nicht ihre Sache und sie habe anderes zu tun, als Statistin in einem schlechten Drehbuch zu sein. Um sie etwas zu beruhigen, leihe ich ihr mein Fahrrad. Sie fährt im Kreis und verausgabt so ihre Energie. Was sie will ist, Rachid entführen, einen schönen Zwanzigjährigen, der sich Richard nennen läßt, und mit ihm nach Amerika gehen. Aber Victor will das nicht. Mir ist es völlig egal. Dieses Mädchen geht mir auf die Nerven. Ich weiß nicht, wie ich sie loswerden soll. Ich habe sie an Ort und Stelle vorgefunden. Am Anfang foppte sie mich, schlug Teller und Gläser kaputt. Dann habe ich sie in einer Ecke vergessen. Victor kümmert sich um sie.

Am anderen Ende der Mauer lebt Yacine von seinen Träumen. Er läßt sich Yac nennen, klebt an sich selbst und folgt dem Schatten auf der Mauer überallhin. Seine Träume gehen nicht sehr weit: er möchte reich sein, in einer Limousine mit Chauffeur umherfahren, Nachtclubs besitzen, die er durch den Lieferanteneingang betreten würde, um all den hübschen Frauen auszuweichen, die da sind, um ihm für einen kleinen Job als Animierdame ihre Reize anzubieten, er möchte nur nachts schwarz gekleidet ausgehen, mit einem bloßen Blick oder allenfalls mit einem Fingerschnipsen Befehle geben. Er würde großartige Reisen machen und in Miami eine Straße kaufen, und der Name der Straße würde geändert; sie hieße Yac Street... Er hat einen Haß auf seine Rasse, seinen Stamm, seinen Clan. «Sie sollen alle umkommen!» sagt er wieder und wieder. «Warum bin ich hier geboren, zwischen zwei Betonplatten, im Schatten dieser endlosen Mauer, die sich wie ein Berg erhebt, um mich vom Leben abzuhalten und davon, ein reicher und mächtiger Mann zu werden. Warum hat mein Kaffer von Vater nicht Amerika gewählt? Er ist hierhergekommen und hat sich in diesem Massengrab vergraben, in dem man nie jemand wird, in das man nur tiefer und tiefer versinkt. Mich werden sie jedenfalls nicht kriegen. Ich spucke auf ihre Schulen, ihre Fabriken, ihre Hunde. Ich habe einen Plan. Er ist solide. Auf jeden Fall stimmt was nicht. Ich sollte nicht hier sein. Man soll mich an meinen Platz zurückstellen, dorthin, wo ich nicht zu träumen und zu warten brauche.» Er schnipst mit den Fingern zu einer mit Kohle auf die Mauer gezeichneten Figur und erwartet, daß eine Hand vorschnellt, um seine Zigarette anzuzünden.

Victor beobachtet ihn, setzt ein Lächeln auf, dann spuckt er wieder auf den Boden.

Moh träumt weder, noch denkt er nach. Er hat sein Leben und sein Schicksal seit langem in Gottes Hand gelegt. Er hat sich einen Bart wachsen lassen, hat einen kleinen Teppich aus Acryl gekauft und verbringt seine Zeit mit Beten. Das ist alles, was er kann. Er bedauert, daß es nur fünf Gebete am Tag gibt. Nicht nur läßt er keines aus, er betet sie den lieben langen Tag wieder und wieder.

Er hat Angst, in meiner Geschichte vorzukommen. Er fürchtet, der Ort könnte für das Gebet unrein sein. Er ist besessen von den Waschungen und von der Ausrichtung nach Mekka, die sein Gebet lenken soll.

Seltsamerweise scheint Victor ihn gern zu haben. Er findet ihn nicht störend, sogar umgänglich: ein Paket, das man verschicken oder an den Absender zurücksenden kann.

Nun, der Absender spricht nicht mehr. Man weiß nicht, ob er die Sprache verloren oder beschlossen hat, für immer zu schweigen. Er ist dem Alkohol und dem Schweigen anheimgefallen. Niemand spricht mit ihm. Mitunter, wenn er spät in der Nacht betrunken nach Hause kommt, schläft er im Flur. Er protestiert nicht; er klopft zwei- oder dreimal an die Tür, dann läßt er sich zu Boden fallen und schläft ein. Morgens zerrt ihn eine seiner Töchter – oft ist es Malika – in sein Zimmer und legt ihn ins Bett. Unterwegs fällt seine Perücke von einem verdächtigen Grau herunter. Er verliert sie häufig. Er kann sich nicht an sie gewöhnen. Sobald er zuviel getrunken hat, fängt er an, sie abzunehmen, als wäre es eine Mütze. Eine Prostituierte aus Paris hat ihn dazu überredet, so seinen kahlen Kopf zu verstekken. Er ist wirklich nicht schön. Hier und da stehen kleine Haarbüschel, als wäre sein Schädel verbrannt. Vorher hatte ihn das ungleichmäßige Ausfallen seiner Haare nicht besonders beunruhigt. Das gehörte zur allgemeinen Abnutzung. Er arbeitete bei einer Umzugsfirma. Es machte ihm Spaß, Wohnungen zu betreten und festzustellen, wie die Intimsphäre der anderen aussieht. Oft mußte er Klaviere transportieren. Dieses Instrument fasziniert ihn. Jedesmal denkt er, daß ‹die Franzosen zivilisierte Leute sind›, während seine Kindheit und sein ganzes weiteres Leben ohne Musik verliefen. Es gelingt ihm nicht, sich ein sauberes, gutgekleidetes Kind vorzustellen, das, auf einem Schemel sitzend, dabei ist, Klavier spielen zu lernen.

‹Dazu darf man keinen Hunger haben›, sagte er sich. ‹Dazu muß man seit mindestens einem Jahrhundert eingepflanzt sein... aber wir sind ja nur Sträucher, die nach Belieben versetzt werden... Hast du schon einmal einen Strauch musizieren sehen? Er macht Krach, er macht Aufsehen, er macht niemals Musik. Er lebt dem Wind ausgesetzt, der durch ihn hindurchpfeift und ihn niederbeugt. Er kann ihn sogar ausreißen oder ihn in einem Sturm zusammen mit gelber Erde in eine kalte Wüste treiben. Hätten unsere Eltern uns vom sechsten Lebensjahr an das Klavierspielen beigebracht, dann, das schwöre ich Ihnen, wäre keiner von uns ausgewandert. Ja, unsere Lage ist aufgrund eines Klaviers, das nie da war, so, wie Sie sehen. Ich wäre vielleicht nicht gerade Musiker geworden, aber ich hätte wenigstens gelernt, Musik zu hören und mich daran zu freuen; ich hätte meine Haare nicht umsonst verloren und weder mein Leben noch das meiner Kinder verpfuscht.

Malika wird es weit bringen, so weit wie möglich, so weit, daß ich winzig klein, unsichtbar oder durchsichtig werde, um sie nicht zu stören. Malika hätte Künstlerin werden können, sie ist sensibel. Sie erinnert mich an die Musik... Ihr Gesicht, ihr

Blick, ihr Schweigen, ihre Zärtlichkeit für einen heruntergekommenen alten Mann, einen geknickten, gebrochenen Strauch, der zu nichts mehr gut ist, nicht imstande, sein Gesicht und seinen Kopf zu zeigen, auf dem sich nur Grind breitgemacht hat. Es ist ungeheuerlich, was ich mir alles sage, seit ich beschlossen habe, nicht mehr zu sprechen. Ich trinke nicht viel; zwei Glas Bier genügen, um mich betrunken zu machen. Ich betrinke mich nicht, ich ziehe mich in eine Ausschweifung zurück, wo ich meine Ruhe habe. Wenn ich falle, dann aus Müdigkeit, nicht wegen des Alkohols. Ich tue nichts, und doch bin ich müde. Seit über einem Jahr arbeite ich nicht mehr. Sie glauben, ich sei verrückt geworden. Ich weiß, daß ich alles verloren habe, nur nicht den Kopf. Mein Verstand ist zuverlässig. Er steht abseits und beobachtet, was geschieht. Er hat mir davon abgeraten, mich ins Leere zu stürzen oder mich in der Küche aufzuhängen. Als Arbeitsloser habe ich die Prämie auf Rückführung der Leiche in die Heimat verloren. Wozu soll ich also meine Familie mit einem Kadaver belasten, der die feuchte Erde dieses Landes nicht vertragen hätte. Sogar die Toten lieben die Sonne. Die marokkanische Bank hat diese Prämie für ihre Kunden erfunden. Man muß eine Versicherung für den Todesfall bezahlen. Wenigstens wird dieser Körper nicht von den Tierchen der Ungläubigen gefressen! Mein Verstand hat mir eine glückliche Wendung vorgegaukelt, während ich mich als löchrige alte Socke in einer Schublade sah und weiterhin sehe. Deshalb wasche ich mich nicht mehr. Ich denke immer wieder an diese Bank, die sich Volksbank nennt; ich weiß, daß sie auf unserem Rücken ein Vermögen gemacht hat... Meiner hat ihr nicht viel eingebracht, aber der der anderen, all derer, die weder lesen noch schreiben können und die alles einem mürrischen Schalterbeamten überlassen, der sie wie Vieh behandelt... Von dem Tag an, an dem ich eine Socke in einer Schublade geworden bin, habe ich alles gesehen und alles verstanden. Ich habe nichts mehr zu verlieren. Keine Arbeit, keine Verantwortung, kein Wort mehr. Durch die Löcher in der Socke mustere ich die Welt. Nicht schön. Erbärmlich und schmutzig. Mein Verstand wiederholt mir unaufhörlich, geduldig zu sein, schweigend das Ende von etwas abzuwarten, dessen Wesen und Zweck mir unbekannt sind. Also warte ich in mich selbst verkrochen, in dieses alte, verbrauchte und von den anderen mit Füßen getretene Gehäuse. Auf dem Weg der Anlage, wo ich, wenn es nicht regnet, ein gut Teil des Tages verbringe, begegne ich oft einer Frau, die weder schön noch häßlich ist, um die Fünfzig, in einen blauen Mantel gehüllt. Sie geht, ohne nach rechts oder links zu blicken, auf einen fernen Punkt starrend. Sie bringt den Katzen und Tauben auf dem Platz Futter. Sie spricht mit niemandem. Ihr Rücken ist leicht gebeugt. Das macht die Last der Einsamkeit. Ihr Rücken hat die gleiche Form wie meiner. Wahrscheinlich sind die Tiere ihre einzigen Freunde. Wenn sie fertig ist, faltet sie ihre Tasche zusammen und geht wieder, ohne jemanden anzusehen. Dann spreche ich mit ihren Katzen und Tauben. Ich sage ihnen, sie heiße Violette, sie lebe ganz allein und arbeite in einem Trödellager. Ich weiß, daß sie nie von einem Mann gestreichelt wurde. Den Bräutigam, mit dem sie korrespondierte, hat sie nie getroffen. Es war ein Greis, der seine letzten Tage in einem Altersheim verbrachte und sich, um die Langeweile zu bekämpfen, darauf verlegt hatte, Zeitungsannoncen aufzugeben. Sehr gut formuliert, war die Annonce verlockend. So hatte er ein Dutzend Bräute, bis die Briefe eines Tages unbeantwortet in einem Briefkasten liegenblieben, den niemand mehr öffnen kam. Der alte Mann war gestorben und mit ihm einige Hoffnungen auf ein glückliches Leben. Die Frauen haben nie die Wahrheit erfahren. Manche haben noch lange mit dem Traum gelebt, eines Tages von ‚einem gebildeten Mann im besten Alter, der klassische Musik, Reisen und die einfachen Freuden liebt', entführt zu werden. Dies ist die Geschichte von Violette. Ahnt sie die meine? Das ist nicht schwer. Meine Geschichte kann man von meinem Gesicht, von meinem gebeugten Rücken, von meinen plumpen Händen ablesen...›

Victor ruft mich zur Ordnung: «Was du erzählst, ist eine Geschichte, kein Leben.»

Ich stelle jeden auf seinen Platz zurück. Die Mauer ist groß genug für alle. Jetzt versucht es der Maler – nennen wir ihn Mario –, sich in diese Geschichte einzuschleichen. Er ist ein schöner Mann, etwas zu sentimental für meinen Geschmack. Er besitzt die Freundlichkeit der Schwachen. Das ist die schlimmste. Sie sind bereit, in allem nachzugeben, um zu gefallen. Er geht mir auf die Nerven. Er malt Vögel und Frauen ohne Kopf.

An dem Tag, als er seine Hand auf meine Brust gelegt hat, wäre ich fast in Ohnmacht gefallen. Ich saß verträumt auf dem Sofa. Es war heiß. Mein Hemd stand halb offen. Man konnte meine kleinen Brustwarzen sehen. Er hatte sich mir auf Knien genähert und mich mit stark glänzenden Augen angesehen. Seine Hand zitterte. Diese Berührung wühlte mich auf. Mario hatte Angst. Er entschuldigte sich wie ein Kind. Ich stieß ihn mit dem Fuß zurück. Er fiel auf den Farbtopf. Ich verließ dieses Atelier, nachdem ich alles, was in Reichweite war, umgeworfen hatte.

Ich hörte lange nichts von dem Maler. Eines Tages erhielt ich einen Brief, in dem er mich um die Erlaubnis bat, mir zu schreiben! (Nette Männer sind so: unentwegt entschuldigen sie sich und fragen dich nach deiner Meinung...) Aus Neugier antwortete ich mit einem einzigen Wort, einem kleinen «Ja» mitten auf einem großen Blatt Papier.

Daraus ergab sich ein seltsamer, ungleicher Briefwechsel. Er schrieb mir von seiner Mutter, ich erzählte ihm von dem Garten meiner Geburt. Ich weigerte mich, ihn wiederzusehen, aber es gefiel mir, wenn er mir Zeichnungen schickte; auch wenn ich ihren Sinn nicht verstand, machten mich all diese Farben auf der Stelle glücklich.

Diese Geschichte sollte auf natürliche und brutale Weise enden. Dieses Spiel, das mich manchmal amüsierte, mußte aufhören. Ich empfand kaum Bedauern. Ich hatte genug von diesem Mann, der mich mal für seine Tochter hielt, mal für die Frau, die er gern geheiratet hätte. Er faszinierte mich, aber seine Existenz störte mich, da er häufig meine Träume durcheinanderbrachte und sich in die Geschichten einmischte, die ich entwarf.

Victor, mein Schutzengel und Ratgeber, mochte die Einmischungen dieser Person nicht besonders.

Die Entscheidung war gefallen. Mein Vater hatte es sich genau überlegt. Eines Abends rief er uns zusammen und sagte:

«Morgen fahren wir.»

Diese drei Worte fielen wie drei Wassertropfen auf den rasierten Schädel eines Gefolterten. Sie spritzten über unsere vor Benommenheit verkrampften Gesichter.

«Wohin?» fragte ich.

«In die Heimat.»

«Es ist deine, nicht unsere Heimat.»

«Senk den Blick, wenn du mit mir sprichst.»

Wenn mein Vater mir befiehlt, den Blick zu senken, kann ich mich nicht widersetzen oder etwas anderes tun. Mein Blick senkt sich von selbst. Ich kann es nicht erklären. Ich weiß nur, daß es der Ausdruck eines Paktes zwischen uns beiden ist. Die Liebe ist in erster Linie die Achtung, die sich in dieser Geste äußert. Man braucht nicht sehr lange zu suchen.

Als ich klein war, hieß es, ich sei keck; ich sah den Leuten ins Gesicht und hielt ihrem Blick stand, bis sie es leid waren und es aufgaben, mich mit ihren runden, bösen Augen einzuschüchtern. Nur vor meinem Vater war ich bereit, den Blick und den Kopf zu senken. Er hatte auf natürliche Weise diese Macht über mich, ohne auf Drohungen oder Einschüchterungen zurückzugreifen. Ich wurde wieder ganz klein, wehrlos und gefügig. Er nutzte es nicht aus; er vertraute mir, und das schmeichelte meinem Stolz.

Er erinnerte mich an unseren Pakt. Zu spät, um den Schnitzer wiedergutzumachen. Er war ein beleidigter Mann. In die

Heimat zurückzukehren war die einzige Antwort, die er einer unerträglich gewordenen Situation entgegensetzen konnte.

Ich sah die Gegenstände ringsum an, die mitgenommen werden sollten, weniger weil sie nützlich waren, als weil sie ein Leben resümierten, ein Leben in der Schwebe, zwischen zwei Abreisen, ein Leben im Wartestand, als wären wir dazu verurteilt, nur jene Momente zu kennen, in denen gearbeitet wird, um später zu leben, aber wenn man aufhört zu arbeiten, ist man verbraucht, erschöpft und hat zu nichts mehr Lust, dann täuscht man vor zu leben, man reist, man wechselt den Ort und das Klima, man macht eine Fahrt in einem alten Auto, in das man alles Zusammenklappbare hineinstopft, alles was sich angesammelt hat, man beginnt mit dem Packen der Koffer, man legt Hemden, Hosen, mehrfach geflickte Laken, sehr fadenscheinige Handtücher, Decken, Plastik- oder Porzellannippes hinein, man wickelt die kostbaren Dinge in Lumpen, man hängt die Uhr ab, man packt das Fernsehgerät wieder in seinen Originalkarton, der für diesen Augenblick im Keller aufgehoben wurde, man ordnet die Fotos in ein großes Heft ein, man zählt die Messer und Gabeln, es fehlen welche, die mit den Apfelsinenschalen in den Abfall gewandert sind, man nimmt alle Gläser mit, sogar die angeschlagenen, Winterschuhe, Tiegel und Töpfe kommen in eine Kiste, zwischen die Gegenstände wird Zeitungspapier gesteckt, damit es nicht klappert, die Kinder sammeln ihre Hefte und Bücher ein, nehmen die Bilder ihrer Idole von den Wänden, meistens Sänger oder Fußballer, nie Gelehrte oder Dichter, die Fotos werden gefaltet und sorgfältig in ein Rockmusikmagazin gelegt, am wenigsten Platz nehmen die Stühle ein, sie sind klappbar, Gastarbeiter kaufen nur Klappstühle und zerlegbare Möbel, das ist normal, sie sind für mehrere Umzüge, mehrere Reisen vorgesehen, wenn man ein Auto kauft, nimmt man einen Kombi oder einen kleinen Lieferwagen, man beachtet das zulässige Gesamtgewicht, das ist überaus wichtig, das zulässige Gesamtgewicht, unseres liegt bei 4261 kg, diese Zahl wußte ich schließlich auswendig, jedes

Jahr wiegt man die Sachen und rechnet 20 kg für die Kinder, einen Durchschnitt von 60 kg für die Erwachsenen, man irrt sich ein bißchen, aber man darf das zulässige Gesamtgewicht nicht überschreiten, dieses Jahr wird es bestimmt überschritten, man wird unterwegs aufpassen, hoffentlich ist es nicht windig und gibt es keine Polizeikontrolle, alle Rechnungen für den Zoll sind in einem gelben Umschlag, man trägt weiter Gegenstände zusammen, ach, dieses Bett muß dableiben, man könnte es den Nachbarn schenken, aber sie werden es nicht wollen, es ist demütigend, die Überbleibsel zu verschenken, dann dieser Schrank vom Flohmarkt, er ist alt, aber zu schwer, man könnte ihn im Keller stehenlassen und einen Freund beauftragen, ihn zu verkaufen, schwierig loszuwerden, ein wackliger alter Schrank, dessen Holz innen von Würmern zerfressen ist, nein, man muß ihn aufgeben, am besten stellt man ihn auf den Bürgersteig, es wird sich schon ein Interessent finden, man hat sich immer darüber gewundert, was die Franzosen wegwerfen, wir werfen nichts weg, das ist ein Prinzip, sogar der Küchenherd reist mit, er ist schwer, eine gute Marke, er funktioniert noch, der Kühlschrank ebenfalls, das waren die ersten Gegenstände, die in den Lieferwagen geladen wurden, das übrige wird drumherum untergebracht, der kleine Gaskocher muß in Reichweite sein, um unterwegs das Essen warm zu machen, ausgeschlossen, mit dieser Ladung haltzumachen oder ins Hotel zu gehen, das Hotel ist ohnehin Luxus, eine Nacht im Hotel für alle kann man sich nicht leisten, und außerdem, wer würde den Lieferwagen bewachen, bepackt, beladen, überfrachtet mit einem ganzen Leben? Nein, wir fahren durch, das sind wir gewohnt. Die Kinder werden vor Erschöpfung schlafen, die Mutter wird die Augen offenhalten, die Wohnung ist leer, der Boden übersät mit alten Zeitungen und Glasscherben, Bruchstücken von Tellern, durchgebrannten Glühbirnen. Eine Rolle Toilettenpapier liegt herum, an der Wand hängt noch der Kalender der Feuerwehr vom vorigen Jahr, in der Küche haben die Geräte Flecken auf der Wand hinterlassen, wie von fettigem Staub gezeichnete Rahmen, wenn man den Finger darauflegt, fühlt es sich an wie schmutziger Leim, man hat alles mitgenommen, sogar den Telefonapparat, der Schrank thront in der Mitte, leer, alt, mit erblindetem Spiegel, eine Katze, die durch das Fenster gekommen ist, läuft ziellos herum, sie ist verloren, wahrscheinlich traurig über diese plötzliche Abreise, sie springt auf den Schrank und schläft ein, die Katze wird ihn bewachen, sie wird auf unsere Rückkehr warten, sie ist zuversichtlich, sie weiß, daß es ein falscher Aufbruch ist, übrigens wurden die Schlüssel nicht abgegeben und der Mietvertrag nicht gekündigt, der Keller ist noch voller Gegenstände, vielleicht wird man zurückkommen, um sie abzuholen und die übrigen unerledigten Dinge zu regeln, die Tür wird zweimal abgeschlossen, die Rollos sind heruntergezogen, das Gas ist abgedreht, der Strom abgestellt, die Nachbarn sagen «schöne Ferien und bis zur Rückkehr, wir schicken die Post wie üblich nach, vergeßt nicht, uns Lederschlappen und einen Tajine mitzubringen, vielleicht sogar einen kleinen Teppich aus dem Hohen Atlas, die sind phantastisch und nicht teuer, wenn ihr wollt, können wir euch das Geld vorlegen, nein, nicht nötig, auf Wiedersehen, auf bald...».

Es regnet wie gewöhnlich. Ich werfe einen aufmerksamen Blick auf die Rückwand unseres Wohnblocks. Vom Regen ist die Mauer fast schwarz. Ich erblicke Victor, der aufsteht, seinen Stuhl zusammenklappt, ein letztes Mal ausspuckt und im Grau-in-Grau verschwindet. Ich denke an meine unvollendete Geschichte. Ich sage mehrmals «der Blick des Stummen». Darauf tauchen nacheinander meine Figuren in Bühnenkostümen auf. Sie sammeln sich in einer Ecke der Bühne und warten. Yac sitzt in eine amerikanische Flagge gewickelt da und hebt die Hand zum V für *victory*. Rébecca geht auf und ab, sagt wieder und wieder: «Ich langweile mich, ich langweile mich tot, was für ein elendes Loch, was für ein elendes Loch! Der Weg zum Ausgang ist weit!» Richard steht am Straßenrand, als würde er

Autostopp machen. Moh spricht das Gebet jetzt rückwärts. Und der Vater lebt weiter in einem inneren Land, ganz glücklich, sein eigenes Herz schlagen zu hören.

Mein Vater ist Tag und Nacht gefahren. Im Morgengrauen des dritten Tages erscheint das in Nebel gehüllte Dorf vor uns.

Das Land ist eine Fiktion. Das Dorf hat sich nicht gerührt. Ewig unter einer bleiernen Sonne. Dieselben Alten sitzen auf denselben Steinbänken. Den Horizont beobachtend, käuen sie die immer gleichen Worte wieder:

«So ist die Zeit...»

«Ja, so ist die Epoche...»

«Nur die Sonne...»

«Aber Gott sei Dank der Regen...»

«Dank unseren Gebeten...»

«Er fällt auf die Steine...»

«Er fällt auf unsere Hände, auf unsere Köpfe...»

«Und hinterläßt sogar Löcher in unserem Kopf. Sieh dir meinen Schädel an, siehst du die kleinen Scharten, das war der Regen, der Regen Allahs, er ist heilbringend, er ruft uns die Gerechtigkeit des Himmels ins Gedächtnis.»

«Aber er fällt auf Steine, und dort hinterläßt er keine Löcher.»

«Weil unsere Köpfe weniger hart sind als Stein.»

«Nein, weil es in diesem Land Leute gibt, die nur Steine in ihrem Boden haben.»

«Wie wir.»

«Wir und viele andere.»

«Zeig mir deine Hände... sie sind wie meine, durch das Steinetragen sind sie plump und hart geworden.»

«Man wagt nicht mehr, einem Städter die Hand zu geben...»

«Also ist man da...»

«Man wird immer dasein...»

«Unveränderlich...»

«Bis zu dem großen Tag...»

«An dem unser Körper, so hohl wie der Stamm eines kranken alten Baumes geworden, in die Erde hinabsteigen und ein Stein unter Steinen werden wird.»

«An dem Tag werden wir den Horizont nicht mehr sehen.»

«Und unsere Erinnerungen werden mit dem Rauch des Morgens vergehen.»

«Sie werden in den Himmel aufsteigen.»

«Glaubst du?»

«Ja! Niemand ist mehr hier, sie zu sammeln, zu bewahren und zu erzählen.»

«Du hast recht... es ist niemand mehr da... in diesem Dorf sind nur noch Büsche, Steine und Alte.»

«Der Himmel und der Horizont sind da.»

«Kann man ihnen etwas von unseren Erinnerungen schikken?»

«Bestimmt, man kann es versuchen...»

«Welche Erinnerung soll man wählen?»

«Irgendeine, aber jeder soll eine Erinnerung zum Himmel schicken.»

«Ich warte auf eine Wolke, der ich sie anvertraue.»

«Weißt du, wenn alles gutgeht, wenn wir uns aufmachen zu Gott, werden wir unsere Erinnerung wiederfinden, und man wird uns anbieten, sie noch einmal zu erleben. Man muß also eine gute Wahl treffen.»

«Tatsächlich verschenkt der Himmel nichts. Er empfängt, was wir ihm schicken. Seine Gnade besteht darin, uns zu gestatten, uns unser Hab und Gut wieder zu nehmen.»

«Angenommen, es ist so, welche Erinnerung hast du gewählt?»

«Ich schlage dir vor, dir meine Erinnerung anzuvertrauen, und du verschickst sie, dann erzählst du mir deine, und ich lasse sie abgehen.»

«Sag ja nicht ‹wie einen Brief mit der Post›! Sie wird nie ankommen.»

«Meine Erinnerung ist sehr kostbar und alt. Sie ist in Farben, Musik und Lieblichkeit eingehüllt. Ich wage sie nicht zu erzählen, aus Angst, sie zu verlieren.»

«Hab Vertrauen. Ich höre dir sehr aufmerksam zu. Ich betrachte nicht mehr den Horizont. Fang an, lieber Freund, hab keine Angst.»

«Aber es ist die Erinnerung an eine Sünde. Glaubst du, der Himmel wird mir erlauben, sie noch einmal zu erleben?»

«Was auf Erden Sünde ist, ist es im Himmel nicht mehr. Hier sind wir Gottes Sklaven. Dort werden wir freie Wesen sein. Das Böse hat dort keinen Platz. Auf jeden Fall haben wir nichts zu verlieren. Fang an!»

«Es war an einem herrlichen Regentag. Ich arbeitete dort drüben, jenseits des Horizonts, in dem kleinen, saftig-grünen und fruchtbaren Tal als Pächter. Ich arbeitete bei Christen. Gütigen Leuten. Ich war jung und stark. Ich war fünfzehn oder sechzehn Jahre alt. Es muß mein vierter Ramadan gewesen sein. Ich war also ein Mann. Beinahe jede Nacht träumte ich von Frauen. Morgens war meine Hose besudelt. Ich wusch mich im Bach. Wegen all dieser Geschöpfe, die mir Lust verschafften, mochte ich den Schlaf sehr gern. Es waren Frauen ohne Gesicht; oder, genauer gesagt, ich erinnerte mich nicht an ihr Gesicht. Es war, als würde jemand sie mir schicken und bei Sonnenaufgang verschwinden lassen. Madame Gloria war jung. Sie war eine großgewachsene Christin – nicht wie bei uns, wo die Frauen klein sind –, mit Haaren, so blond wie das Korn bei der Ernte. Ihre Brust war fest. Ihr Ehemann war ebenso jung wie sie. Er war ein schöner Mann, sehr herrisch, nicht böse, aber er gab Befehle und lächelte nie. Ich wagte nie, Madame Gloria anzusehen. Auch sie gab mir Befehle, aber sie lächelte. Eines Tages bot sie mir ein Glas Wein an. Ich sagte, meine Religion verbiete es mir. Sie lachte und legte ihre Hand auf meine Schulter. Meine Schulter war nackt. Diese Berührung ihrer Hand weckte Freude und Erregung in mir. Das Weinglas in meiner Hand zitterte. Ihr Mann rief sie. Im Gehen ließ sie die Hand über meine Haut gleiten. Da verlor ich den Kopf. Meine Hose wurde von der warmen Flüssigkeit durchnäßt. Wie du weißt, ist unser Blut heiß. Man kann sich nicht immer kontrollieren. Sie ging und ließ mich in einem Zustand zurück, in dem alle meine Glieder zitterten. Von dem Tag an kamen nach dem Einschlafen die Frauen nicht mehr mit mir spielen. Meine Träume waren erfüllt von Madame Gloria. Ich schlief ohne Hose, nur in einer Gandura.

In jener Nacht regnete es. Ich konnte nicht einschlafen. Ich hatte Angst, der Regen werde Madame Gloria davon abhalten, in meinen Traum zu kommen. Alle meine Träume spielten sich in dem Speicher über dem Stall ab. In jener Nacht begann der Traum in meiner Hütte, auf meinem Strohsack. Es war sonderbar. Ich konnte das Gesicht der Frau, die sich mir näherte, nicht erkennen. Ich weiß nicht mehr, wie es geschah, aber als ich die Augen öffnete – denn ich hatte höchst wirkliche Gefühle –, saß Madame Gloria leibhaftig rittlings auf mir, mein aufgerichteter ‹Salem› war tief in ihr. Sie lenkte mich, ihre Hände hielten meine Schultern fest, und sie bewegte sich mit einer Kunstfertigkeit und Technik, wie nur Christinnen sie besitzen. Sie stöhnte. Ihr Haar war auf meinem Gesicht, ihre Lippen und ihre Zunge auf meinem Mund. Ich erinnere mich nicht mehr, wie oft ich den warmen Saft in ihr Geschlecht spritzte. Jedesmal stieß sie einen Schrei aus. Ich hatte Angst, von dem Ehemann ertappt zu werden. Ich legte ihr die Hand auf den Mund. Sie nahm sie weg und sagte: ‹Komm! Komm, mein Geliebter!› Dann schrie sie, als ob sie einen Sieg davongetragen hätte. Nach dem Schrei löste sie sich aus mir und schlief wie ein schwerer Klotz auf mir ein. Meine Hände lagen auf ihrem Hintern. Ich hatte noch Lust, etwas warmen Saft in sie hineinzuspritzen. Ihr Hinterteil zog mich sehr an. Sachte wand ich mich unter ihr hervor und ritt mit aller Kraft auf ihr. Sie wachte auf, aber ich hielt sie gut unter mir fest. Ich spritzte viel Saft in sie hinein, dann fiel ich kraft- und furchtlos neben sie. Ich schlief ein. Als ich erwachte, war sie nicht mehr da. Noch heute frage ich mich manchmal, ob es einer meiner üblichen Träume war, oder ob es wirklich geschah. Sie hat mich nie wieder nachts besucht. Ich ließ die Tür auf, aber nur Katzen und Moskitos kamen in meine Hütte. Wenn ich sie auf dem Gut traf, schlug ich die Augen nieder, aber sie gab mir weiter lächelnd Befehle.

Ich brauche dir wohl nicht zu sagen, daß ich nie so eine schöne Nacht erlebte, nie so eine erfahrene und sanfte Frau kannte. Ich hoffe, auch Madame Gloria schickt diese Erinnerung zum Himmel, und wir finden uns so jung und so schön wieder. Wo ist sie heute? In ihrem Land, dort, wo es schneit? Vielleicht ist sie nicht mehr von dieser Welt, ist uns vorangegangen und erwartet uns in einem Eckchen des Himmels, in meiner alten Hütte...»

«Diese Erinnerung ist keine Sünde; sie ist eine Gabe der Natur, ein Geschenk der Jugend, ein weiches Bett für unsere alten Tage. Mit so einer Erinnerung wirst du dich nie langweilen. Du brauchst nicht mehr den Horizont und die Steine zu betrachten. Nur weiß ich nicht, ob man dir dort oben erlauben wird, diese großartige Tat zu wiederholen. Es ist gewagt, so die Frau eines anderen zu nehmen. Das ist verboten. Da es aber eine Christin ist, wird man sogenannte mildernde Umstände finden. Du hättest wenigstens versuchen sollen, sie zum Islam zu bekehren, dann hättest du auf allen Feldern gewonnen. Du hättest etwas für die gute Sache getan. Aber du hast sie ja nicht wiedergesehen. Dein ‹Salem› hat sich mit dem Pflügen zufriedengegeben, ohne an die Zukunft zu denken. Wohlgemerkt, es ist nicht deine Schuld. Schließlich ist sie zu dir gekommen und hat die Initiative ergriffen, diese herrliche Erinnerung zu fabrizieren. Wie versprochen, werde ich sie dem Himmel zukommen lassen, falls du unglücklicherweise als erster abtrittst.

Jetzt werde ich dir mein Geheimnis anvertrauen. Wie deine Erinnerung stammt sie aus meiner frühen Jugend. Mein Gedächtnis hat sie vollständig bewahrt, und jedesmal wenn ich mich an den Tag erinnere, fällt mir alles wieder ein, die Farben des Himmels und der Wiese, die Düfte der Erde und der Blumen, der Geschmack beim Anbeißen der Früchte, die trockene, heilsame Hitze, alles ersteht mit bemerkenswerter Genauigkeit wieder vor mir.

Meine herrlichste Erinnerung ist eine einfache Geschichte vom Wasser und von der Würde. Wie du weißt, kannst du in diesem Land Hektar über Hektar besitzen – wenn du kein Wasser zum Bewässern hast, sind deine Ländereien nichts wert, sie sind mit dir zum Sterben verurteilt! Wer über den Lauf des Wassers herrscht, ist damit Herr über das ganze Dorf. Damals wurde das Wasser vom Caïd verteilt. Doch Abbas, unser Caïd, ein unfreundlicher, gerissener kleiner Mann, arbeitete für die Kolonialherren. Er kollaborierte mit den Eindringlingen. Anscheinend hat diese Familie den Verrat im Blut. Wir hatten gutes, fruchtbares Land. Das Wasser floß mitten hindurch. Man konnte sich keinen besseren Wasserlauf wünschen. Wir lebten ruhig. Unsere Olivenbäume ergaben ein besonders hochwertiges Öl. Unsere Tiere konnten sich satt fressen. Uns selbst fehlte es weder an Gesundheit noch an innerem Frieden, wir waren von Gott und der Natur gesegnet. Bis zu dem Tag, an dem Abbas, um seinen fremden Herren zu gefallen und zu nützen, nachts eine Bande von Halunken ausschickte, die den Wasserlauf auf die Länder der Siedler umleiteten. Kein Tropfen Wasser kam mehr zu uns. Wir hatten zwar einen Brunnen, aber er reichte kaum für die Männer und Frauen des Stâmmes. Abbas hatte uns im Schlaf ruiniert. Was tun? Die Männer taten sich zusammen und gingen sich beim Caïd beschweren, der sie empfing, nachdem er sie einen ganzen Tag hatte warten lassen. Nicht nur war das Wasser umgeleitet, er hatte außerdem bewaffnete Männer an der Quelle und den Bach entlang aufgestellt. Wir waren erledigt. Meine Mutter weinte. Mein Vater betete zu Gott, er möge eingreifen und uns von diesem Verräter befreien. Als ich Abbas von nahem sah, begriff ich sofort, daß diesem Mann nicht mit Gebeten beizukommen war noch mit den Worten von Männern und Frauen, die zur Dürre und zur Auswanderung verurteilt waren. Seine Augen glänzten. Sein Blick hatte etwas Schneidendes, wie ein Fallbeil; er war ein für Gerechtigkeit oder Mitleid unzugänglicher Mann. Er hatte die Machtausübung durch Gewalt und Verachtung gelernt, die Verachtung seiner Rasse und der Seinen natürlich.

Als er, von zwei unseligen bewaffneten Soldaten eingerahmt, auf der Schwelle seines Büros erschien, weigerte er sich, meinen Vater, den Dorfältesten, anzuhören, und brachte ihn mit einer Handbewegung zum Schweigen, in der ebensoviel Drohung wie Demütigung lag. Ich hielt die Hand meines Vaters, der vor Zorn bebte. Ich drückte sie, wie um ihm zu sagen, daß wir uns wehren würden und daß er jetzt ja nicht seine Beherrschung verlieren dürfte. Abbas hielt seine Rede, indem er in ein Ding sprach, das Ähnlichkeit mit einem großen Trichter hatte:

‹Bande von Faulenzern und Verblödeten, ihr habt immer im Elend gelebt, und wenn ihr heute ohne Wasser seid, ist das eure Schuld. Ihr habt nicht verstanden, es zu hüten, ihr seid rückständig, sehr rückständig, und ihr verdient dieses Land nicht, das ihr nicht einmal bestellen könnt. Mit euren alten Methoden büßt ihr viel Ertrag ein und vergeudet Wasser. Also habe ich mit unseren Freunden und Beschützern, die hier sind, um uns Zivilisation und Fortschritt beizubringen, beschlossen, die Bewässerung zu modernisieren, dafür haben wir Maschinen, aber da ihr Hinterwäldler seid, müssen wir uns um eure Ländereien kümmern. Wir werden sie mit eurer Zustimmung konfiszieren. Ihr arbeitet nach meinen Anweisungen, weil ich Bescheid weiß, und bekommt am Ende der Saison einen Teil der Ernten. Jetzt geht auseinander und bereitet euch darauf vor, hart zu arbeiten. Ich bin hier vom Pascha von Marrakesch, unserem Gutsherrn El Glaoui, eingesetzt worden, sowie von Hauptmann Monsouri von der französischen Armee!›

Keiner der Männer konnte ein Wort vorbringen. Ganze Familien waren so von einem Unmenschen enteignet worden, und alles, was ihnen zu tun einfiel, war, sich in der Moschee zu versammeln und zu beten.

Ich bin ein gläubiger Mann und habe nichts gegen Gebete; aber wie du weißt, haben wir die Kolonialherren nicht mit Gebeten vertrieben. Ich beschloß zu handeln. Allein natürlich. Mit fünfzehn war meine einzige gute Eigenschaft, glaube ich, der Mut. Ich konnte diesen vorsätzlichen Diebstahl nicht hinnehmen. Soviel Demütigung war unerträglich für mich.

Nachts ging ich mit einem scharfen kleinen Messer, weißt du, diese Messer, mit denen man Schafe zerlegt, zum Haus des Caïd. Zwei Posten standen Wache. Hinter dem Haus war ein ziemlich hoher Baum. Ich kletterte hinauf und stieg über das Dach ins Haus ein. Ich war barfuß, schwarzgekleidet, und hielt das Messer fest in der Hand.

Abbas mochte keine Frauen. Ich wußte, daß er nachts Knaben empfing. Er ließ die Terrassentür immer offen. Ich klopfte an seine Tür. Er fragte: ‹Ist da Nordine oder Kamal?› Ich antwortete nuschelnd: ‹Nordine.› – ‹Mach die Tür auf... Ich habe auf dich gewartet, du Hurensohn, du hast dich verspätet, los, komm!› Im Dunkeln trat ich an sein Bett. Er war nackt und lag auf dem Bauch. Ich sprang aufs Bett, warf mich mit aller Kraft auf ihn und stieß ihm das Messer ganz tief in den Nacken. Das Kopfkissen erstickte einen kurzen Schrei. Er lag in seinem Blut. Ich nahm denselben Weg zurück nach Hause. Unterwegs vergrub ich das Messer. Die Franzosen leiteten eine Untersuchung ein, gaben aber schnell auf. Das Dorf war von dem Tyrannen befreit. Das Wasser floß wieder seinen natürlichen Lauf. Niemand wußte, wer Abbas getötet hatte. Viel später hörte ich den Mann meiner Tante erzählen, wie er mit der blanken Waffe gegen den Caïd gekämpft und ihn besiegt hatte. Manche glaubten ihm wegen seiner Narbe am Hals. Ich wußte, woher diese Narbe stammte: meine Tante hat ihm mit einem Küchenmesser einen Schnitt am Hals beigebracht, zur Strafe dafür, daß er bei den Huren im Tal gewesen war. Ich habe immer geschwiegen. Das war vor einem halben Jahrhundert. Du bist der erste, der mein Geheimnis erfährt. Wenn ich vor dir sterbe, schick nicht das ganze Geheimnis zum Himmel. Was ich noch einmal erleben möchte, ist der Tag, an dem die Quelle befreit wurde und der Bach wieder durch unser Land floß. Die Kinder bespritzten sich mit Wasser, die Frauen tanzten in glitzernden Kleidern am Wasserlauf entlang, die Männer schlachteten ein Rind und sangen mit den Frauen. Es war ein unvergeßlicher Festtag; das hatte nichts von den traditionellen Festen. Es war ein Fest der wiedergefundenen Ehre und Würde. Ich war bewegt. Ich weinte vor Freude. Diesen Tag möchte ich noch einmal erleben. Am Abend ging ich hinunter ins Tal und lag zum erstenmal zwischen den Beinen einer schönen Hure. Sie brachte es mir bei und ließ mich nicht bezahlen. ‹Nicht beim erstenmal›, sagte sie. Ich erinnere mich, daß sie auf der Stirn ein Auge und auf dem Kinn ein Sternchen tätowiert hatte. Ich aß geröstete Mandeln und trank einen Tee, dessen Geschmack ich nie mehr wiederfand.

Und jetzt mache ich dir ein Geschenk: hier ist das berühmte kleine Messer der Befreiung. Trag es bei dir. Es wird dir beim Durchqueren der Wolken nützlich sein.»

«Ich schäme mich! Deine Erinnerung ist edel. Die meine hat keinerlei Bedeutung. Du bist mutig gewesen und hast deinen Stamm gerettet. Ich habe nur ein tierisches Verlangen befriedigt. Es wäre mir eine große Ehre, wenn du mir wirklich auftrügest, dein Geheimnis mit in den Himmel zu nehmen. Ich würde stolz und glücklich dort oben ankommen.»

«Du brauchst dich nicht zu schämen. Auch ich habe fremde Frauen gekannt, die wegen ihres heißen Blutes und meiner schwarzen Augen ihre Männer betrogen. Die Erinnerungen, die man noch einmal erleben möchte, sind nicht zahlreich. Diejenige, die man wählt, ist vielleicht nicht die wichtigste. Man weiß nicht, warum man an ihr hängt. So ist die Zeit. Gleichgültig, schwierig im Umgang. Sie ist immer da. Wir sind nur vorübergehend. Wir durchschreiten die Epoche und ihre mal blauen, mal weißen Wolken. Wir haben nur noch diese Steinbank, um über das Leben und seine Ungerechtigkeiten nachzusinnen. Siehst du den Mann, der dahinten auf einem Esel vorbeireitet? Seit dem Tag, an dem sein Sohn, auf Arbeitssuche in der großen Stadt, in eine Demonstration gegen die teure Lebenshaltung geriet, verhaftet und zu zwölf Jahren Gefängnis verurteilt wurde, ist er nicht mehr zurechnungsfähig. Der Sohn ist dabei, den Verstand zu verlieren. Er weiß nicht, wie ihm geschieht. Man beschuldigt ihn, der Gewerkschaft anzugehören, und er wiederholt immer wieder, er kenne weder diesen Stamm noch dieses Dorf. Er nennt seinen Namen, den Namen seines Dorfes und seines Stammes. Die Polizei glaubt, er wisse vieles, und prügelt ihn weiter, damit er gesteht. Je heftiger er leugnet, ein ‹sadika› zu sein, und je öfter er wiederholt, er sei vom Stamm Aït Sadik, desto mehr Schläge bekommt er. Er wird als gefährlicher Anführer betrachtet, der seine Karten gut versteckt und unter der Folter nicht gesteht. Die Polizei mißtraut jungen Männern, die ihr widerstehen. Der Ärmste! Er, der nie in der Schule war – den Koran kann er jedoch auswendig –, ist im Begriff verrückt zu werden, und sein Vater folgt ihm ins Unglück... Ach, da ist Radhia, die Hebamme, die sich, weil es keine Geburten mehr gibt, auf das Waschen und Einkleiden von Verstorbenen umgestellt hat...»

«Manchmal hat sie auch das Zweite Gesicht. Sie erklärt, warum in diesem Dorf niemand mehr geboren wird. Sie weiß, was geschehen ist und wer alle Frauen unfruchtbar gemacht hat. Wir könnten sie bitten, uns ihre Erinnerung anzuvertrauen...»

«Ich bin Radhia, die nicht mehr weiß, was sie mit ihren Händen tun soll. Ich verstecke sie hinter dem Rücken, ich stecke sie in die Tasche, ich lasse sie Steine tragen, sie halten nie still. Sie bewegen sich hektisch, suchen einem Leib Erleichterung zu verschaffen oder wollen auf dem Markt Obst entwenden. Seht nur, wie groß und flink sie sind. Sie können alles, ein Neugeborenes herausholen und einen Körper, der uns verläßt, in ein weißes Laken hüllen. Sie sehen, sprechen und tanzen. Sie sind Zeugen aller meiner Erinnerungen. Aber heute langweilen sie sich. Sie halten die Langeweile nicht mehr aus. Das Land ist seit dem Tag verflucht, an dem die blaue Viper zu sprechen begonnen hat.»

«Das ist der Tag, an dem der Tod Brahims den Tod Kacems verursacht hat, der wiederum den Tod Fatoumas nach sich zog...»

«Sie hat nicht nur den Tod verursacht, sie hat in diesem Dorf Unglück gesät und ist dabei, eine ganze Familie zu versprengen, die aus dem Land des Gedeihens und des Glücks zurückkehrt... Ein Lieferwagen ist unterwegs... Ich sehe ihn... Ich habe gerade noch Zeit, euch zu erzählen, wie die Viper dreimal zugeschlagen hat, wobei sie sich zweimal irrte.»

FÜNFZEHNTES KAPITEL

Alles hat mit Fatouma angefangen, die behauptet, an Gott zu glauben, aber mehr an Hexerei und Scharlatane glaubt. Ihr wirklicher Name ist Slima, doch aus unklaren Gründen nennt sie sich Fatouma. Seit ihr Bruder das Dorf verlassen und seine ganze Familie nach Frankreich mitgenommen hat, weiß sie nicht mehr, wo sie ihre unheilbringende Macht ausüben soll. Für mich hegt sie einen erschreckenden Haß, weil alle Kinder des Stammes durch meine Hände zur Welt kommen und sie nie ein Kind bekommen konnte. Aber sie kann mir nichts tun. Ich kenne sie zu genau, mir kann sie nicht übel mitspielen, es sei denn, sie beschließt, mich im Schlaf zu beseitigen. Da bin ich wehrlos, und ich weiß, daß sie zu allem fähig ist. Aber jetzt ist sie, wie ihr wißt, außerstande zu schaden. Sie ist in der Stadt im Gefängnis.

Erinnert ihr euch an die Geschichte mit jener armen Frau, die ihren Mann mit allen Mitteln davon abhalten wollte, zu anderen Frauen zu gehen? Sie war gekommen, um Fatouma um Rat zu fragen – ihr Ruf ging über die Grenzen dieses Dorfes hinaus –, und die heckte einen Plan aus, damit der unbeständige Ehemann treu und verliebt zu seiner Frau zurückkehrte. Sie verkaufte ihr eine Teigkugel, die eine Nacht lang im Mund eines Toten gelegen hatte. Das wirkt anscheinend. Wenn der Mann diesen Teig ißt, wird er an seine Frau gebunden und betrügt sie nie wieder. Deswegen ist dieses Zaubermittel so teuer. Die Unglückliche fuhr mit dem sorgsam verpackten Teig in die Stadt zurück und wartete auf die Rückkehr ihres Mannes. Aus dem Teig machte sie Crêpes. Spätnachts kam der Mann hungrig und müde nach Haus, verschlang seine Crêpes mit Honig und schlief ein. Das war seine letzte Nacht. Er wachte nicht wieder auf. Die Wirkung des Teigs übertraf alle Erwartungen. Die Frau hatte ihren Mann endgültig wieder ... aber im Grab. Sie fing an zu weinen und rief um Hilfe. Er war mausetot, vergiftet. Sie wurde von der Polizei festgenommen und erzählte ihre Geschichte, wie sie sie sich zurechtgelegt hatte. Die Ärzte meinten, der Mann sei von einer Viper gebissen worden, fanden aber keine Spur von einem Biß. Fatouma wurde geholt, die anfangs alles abstritt, dann aber gestand und schwor, sie habe in gutem Glauben gehandelt, und es sei nicht das erste Mal, daß sie dieses Zaubermittel gebrauche, um Männer, die ihre Frau betrogen, zu bezwingen. Nur hatte sie nicht gewußt, daß der Tote, der den Teig im Mund hatte, der arme Brahim war; ihn hatte die berühmte blaue Viper niedergestreckt, die Reinkarnation eines von den Affen des Atlas entführten jungen Mädchens, das sie inmitten von Schlangen in einen Käfig gesperrt haben sollen. Brahim hatte diese Viper gekauft, um sich auf dem großen Platz als Schlangenbeschwörer vor Touristen sein Geld zu verdienen. Jedesmal wenn Fatouma von jemandes Tod erfuhr, eilte sie in das Haus des Opfers und richtete es ein, etwas Teig in seinem Mund unterzubringen. Am nächsten Tag, nach einer Nacht, in der das Grab ausgehoben wurde, holte sie ihn wieder. So hatte sie einige Zaubermittel auf Vorrat. Wußte sie, daß Brahim noch Gift zwischen den Zähnen hatte? Vielleicht nicht. Auf jeden Fall hatte sie keine derartigen Skrupel. Fatouma war die einzige Person im Dorf, die sich über den Tod anderer freute. Natürlich, denn jeder Tote brachte ihr Geld ein!

Brahim ist tot. Kacem, der unbeständige Ehemann, ist tot. Fatouma ist im Gefängnis. Und Khadija ist wahnsinnig geworden, weil sie alles verloren hat.

Der Mann, der heute in dem mit Sachen und Kindern vollgeladenen Lieferwagen in sein Dorf zurückkommt, hat mit Fatouma, seiner Schwester, seiner Feindin, seinem Fieber und seinem Unglück, eine Rechnung zu begleichen. Er weiß nicht, daß der Zufall sie auf seinen Weg führen wird. Augenblicklich fährt er, ohne ein Wort zu sagen. Vielleicht denkt er an sein Dorf, wie man an einen Garten denkt, in dem alles blüht. Die Not, in der wir sind, stellt er sich nicht vor, kann er sich nicht vorstellen. Das Dorf ist kein Dorf mehr. Es ist eine leere Hülse, eine verlassene Kasbah, ein Sterbehaus für uns Alte, eine Beleidigung für die Jungen, ein Nest wildgewordener Skorpione, ein gefundenes Fressen für Scharlatane und Hexen. Nichts wächst hier mehr. Nur die Esel tun weiter so, als wären sie auf einer Wiese. Der Friseur findet keine Köpfe mehr zum Haareschneiden. Wie ich ist er Totenwäscher geworden. Der Muezzin steigt unerschütterlich fünfmal am Tage hinauf, um zum Gebet zu rufen; die Steine bewegen sich, die Menschen nicht. Das einzige Telefon im Dorf ist außer Betrieb; es ist kein Telefon, sondern ein Apparat, um die Post in der Stadt anzurufen; der Krämer ist in Sorge: es gibt keine Kinder mehr, denen er seine Bonbons verkaufen könnte. Wir sind dreiundvierzig von allen vergessene, im Stich gelassene Menschen; dreiundvierzig Leidensfälle, die von zurechtgemachten, erfundenen Erinnerungen leben. Selbst die Hunde laufen nicht mehr durch die Straßen. Aber die Steine sind da, der Erde und dem Himmel treu. Unter den Steinen warten die Schlangen auf den Tod des letzten Dorfbewohners, um herauszukommen und um das Feuer zu tanzen. Heute, im Jahre 1409 der Hedschra, dreiunddreißig Jahre nach Erlangung der Unabhängigkeit, hat das Dorf keine Elektrizität; seit zehn Jahren legen wir zusammen, damit die Masten und die Drähte, die Licht bringen, hierherkommen, und jedesmal gehen die Vertreter der Stadt mit dem Geld auf und davon und kommen nicht mehr wieder. Ach, die Elektrizität, was für ein unmöglicher Traum! Seit eine Gasflasche explodiert ist, benutzen wir nur noch Kerzen, anscheinend hat das seinen Zauber. Das fehlte uns am allermeisten, der Zauber! Dem von allem entblößten Mann bietet man einen Ring an, um ihn zu bekleiden, man streicht die Außenwände der Moschee neu und läßt das Aas der Katzen im Innern verwesen. Der Himmel ist gleichgültig, und man hält Ausschau nach dem Postbeamten, der einmal im Monat kommt und ein paar Geldanweisungen aus Holland und Frankreich verteilt. Man unterzeichnet mit dem Daumen und nimmt das Geld an sich, das man nicht mehr zählen will. Im Sommer kommen die Männer zurück und bringen Geschenke mit, die nur mit Strom funktionieren: die Gegenstände häufen sich an; Ratten fressen die Kabel; Spinnen weben ihre Netze; Maschinen stapeln sich auf Maschinen, und die Steine, schwerer und schwerer, kommen aus der Erde, wachsen und machen den Boden rissig, Grabsteine, Lebenssteine, erstarrt, mit einem gelblichen Flaum bedeckt, von nutzlosem Gras umwachsen. Man setzt sich darauf, um die Horizontlinie zu beobachten, um zu sehen, ob eine Staubwolke sie durchbricht, und um zu glauben, das Leben werde sich ändern. Man sitzt auf diesen Steinen, die nicht einmal Schatten spenden, man glaubt, es seien Bänke, wo es doch, senkrecht aufgerichtet, unsere Gräber sind, gleichsam um unsere Nichtswürdigkeit zu bezeugen, diese zur Krankheit gewordene Geduld, die unsere Kinder und die Kinder unserer Kinder in die Flucht schlägt, bis die Schöße der Frauen so unfruchtbar werden wie diese Steine. Unsere vom Trachom zerfressenen Augen können nicht mehr sehen, öffnen sich auf eine Wüste. Die Wüste ist in uns, und wir setzen sie an die Stelle der Steinsäulen, der seit langem abgestorbenen Bäume, der Männer aus der Ferne, die, sobald sie hier sind, kehrtmachen und in ihrem Blick ein wenig von unserem Tod mitnehmen. Sie gehen fort, ohne zu wissen, warum. Der Instinkt leitet sie und nötigt sie, ihr Lager anderswo aufzuschlagen. Sie gehen und vergessen diesen Ort, den sie nicht zu benennen wagen. Im übrigen hat dieses Dorf keinen Namen; man sagt wohl das Dorf Aït Sadik – doch ist das ein Heiliger oder ein Übeltäter? Dieser Sadik, unser Ahnherr, unser Vater, war ein Irrtum, und dieses Dorf war nicht das seine, er war, wegen Gotteslästerung und Ungehorsam gegenüber dem Vater von seiner Familie verjagt, zum Sterben hierhergekommen. Es ist das Dorf derer, die die Stadt ausstößt,

Exil für die, die Meister sind im Austausch von Haß und Fieber, für die, die vom Bösen leben, für die, die das Böse zu ihrer Religion und zu ihrem Vaterland gemacht haben. Es ist das Dorf Fatoumas, die verschwunden und dann wiedergekommen ist, die der Justiz und der Anstalt für geistig und seelisch Kranke entkommen ist. Fatouma ist immer noch da, auch wenn ich weiß, daß sie im Gefängnis sitzt, sie treibt sich, ihrer Berufung treu, unermüdlich, ewig, um uns herum, denn sie wird das letzte Lebewesen in diesem Ort des Unheils sein.

Wir sind dreiundvierzig und zwei Frauen, die sich nie zeigen. Anscheinend gehen sie nachts, wenn der Mond von dunklen Wolken verdeckt ist, aus dem Haus. Sie treffen sich auf dem Friedhof und machen neue Pläne zur Verteilung des Wassers. Es heißt sogar, sie würden sich verschwören, würden eine Strategie entwickeln, um uns loszuwerden, so etwas wie eine allgemeine Vergiftung oder ein Vergiften der Brunnen. Fatouma soll ihr Idol, ihre Seele und ihre Herrin sein. Es sind Frauen, von denen die eine keinen Mann gefunden hat und die andere gleich in der Hochtzeitsnacht verlassen wurde. Nur der Rachegedanke und der Geist des Bösen halten sie am Leben. Sie sind ständig in Trauer, in Trauer um ihr eigenes Leben, um ihren Blick, der auf Steine und trockenes Gras trifft. Ich bin die einzige, die sie kennt und die sie identifizieren kann. Aber ich werde sie nie verraten. Sie haben keinen Namen, kein Alter und keine Familie. Keine stammt wirklich aus Aït Sadik. Sie kommen von weither, vielleicht sogar aus einem anderen Land, einem Land, in dem das Gute und die Barmherzigkeit Gottes unbekannt sind. Anscheinend laufen sie maskiert herum, in riesige Laken gehüllt, die ihren ganzen Körper verbergen, mit Handschuhen an den Händen und um die Fesseln Armbänder aus Silber oder vielmehr aus Eisen, als wären sie der Überrest einer Kette, die sie am Ausgehen hindern soll. Diese Geschichte mit der Kette ist natürlich falsch. Sie waren nie angekettet, nicht einmal von einem Herrn, einem Ehemann oder einem Fürsten der Finsternis eingesperrt. Sie sollen heimlich mehrere Skorpione und Vipern ins Dorf gebracht haben, die sie züchten und an Hexer und Räuber der Gegend verkaufen. Sie haben Fatouma einmal befreit, als sie nach dem verdächtigen Tod eines Kindes, eines Neffen, auf den sie eifersüchtig war, in die Anstalt gesperrt worden war.

So ist das Dorf: wenn es nicht vom Himmel verflucht ist, wird es von diesen Frauen vernichtet, in deren Seele eine zweiköpfige Spinne haust. In diesem Zustand wird der Emigrant mit seiner Familie, der in diesem Augenblick in einem Lieferwagen unterwegs ist, seinen Geburtsort wiederfinden, den er vor mehr als zehn Jahren wie Hunderte andere verlassen hat.»

Eine ruhige, feste Frauenstimme schallt vom Minarett herab. Die Frau hat die Abwesenheit des Muezzin ausgenutzt, um zu den Steinen und zu den dreiundvierzig Überlebenden dieser Katastrophe zu sprechen:

«Unsere Maske ist unser Gesicht, unsere äußerste Entblößung. Wir sind weder Gesandte des Unheils noch Würgerinnen mit Engelsgesichtern. Wir kommen von weither und sind ohne Gefühle. Das ist weder ein Gebrechen noch ein Mangel, sondern Reinheit. Wir sind unfähig, zu lieben oder zu hassen. Das ist unsere einzige gute Eigenschaft, unsere Kraft und euer Glück. Wir haben nichts zu verbergen, nichts zu schützen; wir besitzen nichts. Das Laken, das wir tragen, dient uns als Gewand und als Leichentuch. Die Ringe um die Fesseln sind unsere einzige Bindung an die Erde; sie führen uns und halten uns aufrecht. Wir sind alterslos, da wir weder Gefühle noch Empfindungen kennen. Seit wir den Befehl bekommen haben, unsere Marabuts zu verlassen und hinzugehen und dem Land Gerechtigkeit widerfahren zu lassen, schlafen wir nicht mehr. Es ist wahr, daß wir es vermeiden, tags aus dem Haus zu gehen. Eine reine Vorsichtsmaßnahme. Man hat uns davon abgeraten. Nachts versuchen wir, die Ordnung wiederherzustellen. Wir müssen alle hundert Jahre unsere Heiligkeit unter Beweis stellen; wir müssen sie uns neu verdienen, sonst kehren wir nicht in den Marabut zurück, sondern auf irgendeinen Friedhof: Tote unter Toten, den Würmern anheimgegebene Körper unter anderen anonymen Körpern, die zerfallen, bis sie Erde werden. In diesem geliebten Land ist die Gerechtigkeit der Menschen von Korruption besudelt; sie ist seiner Geschichte und seines Schicksals unwürdig. Wir können nicht alles Unrecht wiedergutmachen; dazu brauchten wir Zeit, oder man müßte alle Heiligen aus ihren Marabuts holen und sie in die Städte und Dörfer schicken, damit sie die Gerechtigkeit wiederherstellen. Moulay Idriss, der Begründer des Landes, derjenige, der den Islam und den Frieden gebracht hat, erkennt nicht mehr wieder, was er aufgebaut hat. Ihr seid nur eine Handvoll ratloser Männer und Frauen, Überlebende der Armut, der Dürre und des Unglücks, die euer Dorf menschenleer gemacht und seine Kinder in Länder verbannt haben, wo es kalt ist und wo sie die Seele und den Verstand verlieren. Wir sind durch Städte gekommen, in denen die Menschen immer nichtswürdiger werden und zu viele Kinder bekommen. Sie lassen sie irgendwo arbeiten, als Hausangestellte, Träger, Akrobaten, Touristenunterhalter; die Mädchen arbeiten in Webereien und werden nach einem Jahr, gerade lang genug, um Tuberkulose zu bekommen, wieder entlassen. Sobald sie können, nehmen sie die Arbeit wieder auf, diesmal in einer Teppichfabrik, wo sie zwei Dirham in der Stunde verdienen; für zwei Dirham bekommt man ein Brot und einen Löffel voll Butter.

Wir werden nicht alles aufzählen, was euch in diesem Dorf, wo kein Gebet mehr gesprochen werden kann, geraubt wurde. Wir kennen euch alle: Chicha, den Schuster, der barfuß läuft; Rahou, den unfruchtbaren Mann, der mit Ziegen kopuliert; Walli, den Schulmeister, der das Gedächtnis verloren hat; Rafik, den Metzger, der Eselfleisch als Rindfleisch ausgibt; Bziz, schlau wie ein Affe, wächst nicht mehr und lebt auf den Bäumen; seinen Bruder Baz, der jedesmal aufschreit, wenn der Muezzin zum Gebet ruft; Riha, die Frau, die mit Ratten schläft; Bourass, den Leichenschänder, der die Schädel an die

Fremden verkauft; Ghoul, den früheren Kinderschreck; jetzt macht er nur noch sich selbst angst; Lalla, den Mann, der sich für eine Frau hielt; er weiß nicht mehr, wer er ist; Zerzaï, den Mann, der Stricke verkaufte und der tief im Brunnen, am Ende eines seiner Stricke lebt; er sagt, da unten habe das Leben einen Sinn, und man versorgt ihn weiter mit Brot und Oliven; Barazite, die Frau, die sich für ein ausländisches Radio hält und versucht, den einheimischen Sender zu stören, indem sie zwischen den Zähnen pfeift; Ahmed und Mohamed, die zwei, die auf einer Steinbank auf den Tod warten und ihre Erinnerungen austauschen; Rquia, deren Sohn gefallen ist; er war ein tapferer Soldat und starb, ohne gekämpft zu haben; Salah, der nicht mehr von seinem Esel steigt, seitdem sein Sohn in der Stadt bei einer Demonstration verhaftet wurde: er schläft auf dem Esel und reitet im Kreise; Friha, die keine Zähne mehr hat, sitzt auf einer Bank und wartet; Rahma, die weiter Brot bäckt, als wäre die ganze Familie versammelt; Moulay, der behauptet, ein Nachfahre des Propheten zu sein, wo er doch nach einem Steinschlag im Dorf gelandet ist: Chrika, Moulays zweite Frau, die nur Gras ißt; Asser, den Holzfäller, der die meisten Bäume verbrannt hat... Die anderen sind biedere Leute, die nicht begreifen, was ihnen geschieht. Sie leben und begnügen sich mit wenig, während sie auf den Sommer und das Wiedersehen mit den Familienangehörigen warten, die in die Fremde gegangen sind.

Radhia, du bist die Klarheit und das Licht des Dorfes. Du wirst die letzte sein, die es verläßt. Du bist ihr Zeuge, ihre Vergangenheit und ihre Ehre. Du wirst uns helfen, Fatouma zurückzuholen. Nur ihr Bruder wird uns Gerechtigkeit widerfahren lassen können, das Böse in ihr ausrotten und sie als entgiftete Viper den Vipern mit all ihrem Gift überlassen.

Du hast geglaubt, wir seien Feindinnen, Komplizinnen von Fatouma und seien hier, um Böses zu tun. Wir haben das Minarett in Besitz genommen. Wir werden hier oben bleiben, regungslos, tagsüber unsichtbar, und über euch wachen. Wir werden, wie ihr alle, dabeisein, wenn Fatouma und ihr Bruder sich wieder gegenübertreten. Solange die Gerechtigkeit nicht hergestellt ist, wird der Fluch Gottes, seiner Propheten und seiner Heiligen auf dem Dorf liegen.

Schlaft heute nacht nicht. Kommt aus euren Häusern. Setzt euch auf die Steinbänke und wartet.»

SECHZEHNTES KAPITEL

Ahmed und Mohamed, die beiden Alten, mit den getauschten Erinnerungen, nahmen als erste auf ihrer Bank Platz.

«Worauf warten wir?»

«Radhia muß es wissen.»

«Was wissen?»

«Daß an diesem verfluchten Ort endlich etwas geschehen wird.»

«Etwas Gutes?»

«Gut oder schlecht, was macht das!»

«Ist dir die Farbe des Himmels aufgefallen?»

«Das ist die Morgenröte. Der Himmel hat die Farbe unserer Geduld...»

«Eine sanfte Farbe der Resignation.»

«Nein. Die Farbe eines Feuers, das bevorsteht.»

«O nein; ich würde sagen, ein erloschenes Feuer; wir haben seit langem auf alles verzichtet, was sich bewegt und vibriert. Wir haben nur die Farbe von dem in uns, was erloschen und erstarrt ist.»

«Weil wir sitzen, ist doch nicht alles in uns erstarrt.»

«Vielleicht. Warum wachsen sonst die Erinnerungen in uns, entstehen sie wieder und wieder wie Unkraut um Grabsteine?»

«Die Erinnerungen sind unsere Wahrheit; sie sind die Zeugen der Armut unserer Gegenwart.»

«So ist die Zeit!»

«So ist die Epoche, eine alte Spinne, die ihr Netz aus unseren müden und nutzlosen Worten webt.»

«Wir sind sehr allein!»

«Allein und verlassen; aber die Schuld können wir nur bei uns suchen...»

«Auch wenn wir nur Schatten sind?»

«Ja! Von der Zeit besiegte Schatten, die heute auf einer Steinbank sitzen und darauf warten, daß die Bäume sich neigen, daß die Gräber sich öffnen und die Ahnen am Ende der Nacht auftauchen und uns an unsere Nichtswürdigkeit erinnern...»

Da trat ein als Pirat verkleideter Mann auf, mit einem prächtigen Filzhut auf dem Kopf, einem Glöckchen an der rechten Seite und einem Monokel im linken Auge, der ein Holzschwert schwang. Beim Gehen strömte er roten, gelben, grünen, blauen und weißen Rauch aus. Er ließ das Glöckchen erklingen, um die Abwesenden an diesen seit langem verlassenen Ort zurückzuholen. Auf jeder Schulter trug er einen blinden Falken.

Dieser aus der Morgenröte aufgetauchte, von weither gekommene Mann kannte das Dorf genau aus der Zeit, als kein Fluch auf den Herzen der Menschen lag, aus der Zeit, als niemand in die Fremde gehen mußte, als die Frauen schön und glücklich waren und Kinder bekamen, als das Leben in einer wohltuenden Bewegung ablief, als das Jahr noch seine vier Jahreszeiten hatte, als das Dorf vom Quellwasser versorgt wurde, als Feste häufig und fröhlich waren, als selbst die Tiere in schönem Frieden lebten.

Der Mann war weder ein Pirat noch ein Clown. Es war der Frühling. Der Frühling mitten im Sommer. Vielleicht war es eine Vision der beiden halb schlafenden Alten, der Gnadenstoß für eine ermüdete Sehnsucht, für ein immer unsinnigeres Warten. Vision oder nicht, der Frühling sprach. Der Frühling, das war eine von den Bergen herabkommende Stimme, so klar wie eine Quelle; die Stimme eines Vorfahren, eines Gefährten von Scheich Ma El Aïnine, dem Rebell des Südens, der französische und spanische Generäle besiegt hatte.

Die Stimme war deutlich und sogar vertraut. Waren sie die einzigen, die sie hörten? Während der Frühling sprach, kamen die anderen Bewohner aus ihren Häusern, setzten sich längs der Straße nieder und bildeten ein Spalier für die Wörter:

«Ich bin Hammou Ben Mohamed Ben Omar Essadik, der, der in Tiznit an der Seite unseres großen Scheichs auf dem Feld der Ehre gefallen ist. Ich komme heute, von einem Kind alarmiert, zurück. Ich weiß, daß das Dorf von den Männern im Stich gelassen wurde. Sie haben es verlassen, um anderswo arbeiten zu gehen. Manche sind zurückgekommen, haben ihre Familie geholt und sind für immer verschwunden. Andere haben alles vergessen und irren als Bettler und Feiglinge durch die Städte. Das Dorf ist ein Schlupfwinkel für Schieber und Hexen geworden. Hier wird das Hirn von Hyänen verkauft, um andere zu verhexen und Unglück heraufzubeschwören; hier werden tödliche Zaubertränke gebraut; hier wird Brot gebacken, das nicht am Leben erhalten, sondern töten soll. Seit ein Kind starb, vergiftet von einer rasenden Frau, die sich eines unschuldigen Knaben bediente, um ihre Eifersucht und Rachsucht zu stillen, hat Gott diesen Ort verflucht. Es gab keine Geburten mehr; alle Frauen litten an Unfruchtbarkeit, und die Männer wurden von ihren Frauen ferngehalten. Deshalb gibt es hier nur noch Witwen und Alte, die die Hand nach dem Tod ausstrecken.

Ich bin zurückgekehrt, weil der vorherbestimmte Tag für die Entdeckung des in den Bergen versteckten Schatzes nahe ist. Die Hand, die würdig ist, uns die genaue Fundstelle anzugeben, ist nicht unter euch. Eure Hände sind leider nutzlos. Sie sind zu nichts mehr nutze; sind sind abgestorben, und ihr wißt es nicht. Es sind Hände, die nichts bringen und nichts empfangen. Sie sind plump und zittrig. Nur Radhia hat saubere Hände behalten. Sie rettet die Ehre und die Tugend dieses Ortes. Laßt uns warten, um jene zu empfangen, die das Dorf von dem Fluch befreien wird. Ein an einer klaren Quelle geborenes, heiratsfähiges Mädchen, das eine leidenschaftliche Liebe für die Erkenntnis und die Gerechtigkeit hegt.»

SIEBZEHNTES KAPITEL

Es war im Morgengrauen des dritten Tages. Ich liebe diese unwirkliche, fast traumhafte Atmosphäre, in der das Dorf uns erschien. Von weitem sah es aus wie ein weißer Friedhof mit einigen Marabuts. Mein Vater hatte vor Müdigkeit gerötete Augen; aber er war zufrieden, daß er drei Länder in Rekordzeit durchquert hatte. Er hatte es eilig anzukommen, sah häufig auf die Uhr, als hätte er eine wichtige Verabredung. Das war es also! Eine Verabredung mit dem Schicksal, der Abschluß einer alten Familienangelegenheit. Meine Mutter und die Kinder schliefen. Sie wurden vom Echo eines langen, schmerzlichen Schreis geweckt. Wir wurden vom Juchzen der Frauen empfangen, die sich längs des Weges zum Dorfplatz aufgestellt hatten. Die Männer standen ihnen wie Pflöcke aufgereiht gegenüber.

Grund genug, überrascht zu sein, aber dieser ungewöhnliche Empfang mußte von jemandem, den man nicht sah, vorbereitet worden sein. Die Männer und Frauen, gealtert und müde, sahen aus, als stünden sie unter dem Einfluß einer mächtigen und wahrscheinlich unsichtbaren Autorität.

Das Dorf war in einem solchen Zustand des Verfalls und des Mangels, daß man Mühe hatte, die Plätze wiederzuerkennen. Vielleicht hatten wir uns im Dorf geirrt; ermüdet vom Fahren war mein Vater wohl vom Weg abgekommen. Er wurde aus diesem Empfang nicht klug. Meine Mutter war mit den Kindern beschäftigt und wußte auch nicht, wo wir waren und was geschah.

Die wenigen Häuser, die noch standen, waren baufällig; der Boden war mit Unkraut und Plastikflaschen übersät. Ich blickte mich suchend nach unserem Haus um. An der Stelle lag nur ein Haufen Steine. Der Lebensmittelladen war geöffnet; in den Regalen standen nur einige Konservendosen. Er war der Schlupfwinkel für Katzen und Hunde.

Die Männer und Frauen sahen uns wortlos an. Manche hatten Bündel neben sich. Man hätte meinen können, diese Bewohner warteten nur auf unsere Ankunft, um fortzuziehen, ein anderes Leben anzufangen und vielleicht endlich dem Tod zu begegnen. Unsere Ankunft befreite sie von etwas, von der Last einer Schuld, einer Sünde oder einem Unglück.

Mein Vater, der zuerst entgeistert war von diesen Gespenstern aus einem Alptraum, brach in ein hysterisches Lachen aus. Meine Mutter, von ihren Kindern umringt, rührte sich nicht. Sie wartete im Auto. Ich folgte meinem Vater. Er ging zaudernd auf sie zu. Er begrüßte den einen oder anderen. Keiner antwortete. War es eine Falle? Waren wir in einem Irrenhaus oder auf einem Friedhof? Schimmelgeruch drang von fast überallher. Das war vielleicht der Geruch des Todes, des langsamen Todes, der sich einnistet, ohne Fieber, ohne Gewalt. Mein Vater lachte nicht mehr. Es gab kein Haus, keinen Bauernhof, kein Dorf mehr. Er erkannte einige Gesichter wieder, wagte aber nichts zu sagen. Als er auf gleicher Höhe wie die beiden Alten mit den getauschten Erinnerungen war, trat der eine auf ihn zu und fragte:

«Hast du eine Erinnerung zu tauschen, eine Erinnerung in den Himmel zu schicken, es dauert nicht mehr lange, bis ich fortgehe... Oder, wenn du willst, kannst du mir eine Botschaft an deinen Vater oder deinen Großvater anvertrauen; ich werde sie ihnen gleich nach meiner Ankunft übermitteln.»

Der andere Greis mischte sich ein:

«Weißt du, wir warten seit langem auf diesen Tag und diese Stunde. Endlich bist du zurückgekehrt, um das Dorf von dem Fluch zu erlösen.»

«Nein», widersprach Radhia, die auf der anderen Seite stand. «Nicht er wird uns erlösen. Sie wird es tun.»

Ihr Finger deutete auf mich.

Genau in diesem Augenblick erschien ein schneeweiß gekleideter alter Mann auf einem grauen Pferd. Hinter ihm stolperte eine Frau mit zusammengeketteten Händen und gesenktem Kopf her.

Der alte Mann hielt sein Pferd an. Mit einer Handbewegung hieß er alle sich hinsetzen. Nur die Frau in Ketten blieb stehen. Wir setzten uns auf die Erde und lauschten:

«Willkommen! Seid willkommen auf diesem Stück Erde, auf dem nichts mehr wächst, nichts mehr lebt. Wie ihr feststellen könnt, gibt es hier nur noch seelenlose Alte und Steine. Seit das Unheil sich der Herzen bemächtigt hat, wurde alles in Stein und Staub verwandelt. Seit du fortgegangen bist, mein Sohn, seit du deine Familie mitgenommen hast, nachdem du dein Kind, das Opfer eines furchtbaren Anschlags, begraben hattest, seit die Unschuld von den Händen des Hasses getroffen und entstellt wurde, hat alles, was es dem Dorf ermöglichte zu leben, ein Ende genommen. Alles ist verkommen, ist im Verfall untergegangen.

Wir alle werden diesen Ort verlassen. Wir überlassen ihn den Hyänen, den Schakalen, den wilden Hunden und dem Wind. Sag mir zuvor, ob du bereit bist, der zu vergeben, die die Ursache für soviel Unglück war?»

«Wer bin ich, daß ich Vergebung erteilen könnte? Ich bin weder ein Heiliger noch ein Prophet. Ich bin nur ein armer Mann, der arbeitet, um seine Kinder am Leben zu erhalten. Ich bin nur ein Bauer, der weder lesen noch schreiben kann, aber an das Gute, an Gott und an seinen Propheten glaubt: ein im Land der Christen zum Arbeiter gewordener Bauer. Ich bin hierher zurückgekehrt, weil das Leben dort schwierig ist. Ich habe Angst, daß das Land der Christen mir meine Kinder nimmt. Daher habe ich alles zusammengerafft und bin zurückgekommen, den Boden zu bearbeiten und meiner Familie ein besseres Leben zu ermöglichen. Aber das Dorf ist zerstört worden. Hat die Erde gebebt? Ist der Blitz vom Himmel gefahren? Hat es einen Krieg gegeben? Ich erkenne niemanden mehr. Was für ein Zusammenbruch! Was für ein Elend!»

Die Frau in Ketten warf sich meinem Vater zu Füßen, küßte sie wie toll und weinte:

«Erlöse mich, vergib mir, ich bin vom Teufel besessen, ich bin die Verkörperung des Bösen. Oh, du wirst in mir nicht deine Schwester wiedererkennen, die, die mit dir spielte, als wir klein waren. Ich war besessen, ich habe Unglück herbeigeführt. Jetzt werde ich sterben, aber ich möchte mit befriedeter Seele davongehen. Seele? Ja. Ich weiß, ich habe keine Seele, ich habe statt dessen einen Stoffetzen voller Teer und Fett, aber laß mich nicht im Haß sterben. Seit ich nicht mehr bösartig bin, leide ich, denn das Gift ist in meinem Blut. Ich vergifte mich selbst und lebe in der Hölle. Sogar die Erde hat mich ausgespien. Ich habe mich selbst begraben, um am Ersticken zu sterben, aber die Steine haben mich zurückgestoßen. Sie haben mich wie unerwünschtes Gras, wie fremdes Ungeziefer ausgestoßen. Ich habe versucht, mich zu erhängen, aber der Strick ist gerissen. Ich bin dazu verurteilt, im Leid zu leben. Erlöse mich, vergib mir! Du allein kannst mir den Tod geben, nach dem ich mich sehne. Dazu genügt es, daß du deine rechte Hand auf mein Haupt legst und folgende Formel sprichst:

Ich, der Bruder von Slima, die bekannter unter dem Namen Fatouma ist, tilge, indem ich die Hand auf ihr Haupt lege, den Fluch, den sie in sich trägt und überlasse sie den Händen Gottes, des Allmächtigen; er allein kann ihr die Strafe auferlegen, die sie verdient.

Sprich mir nach. Dein Wort, nicht meines, wird dort oben vernommen werden. Ich bin nur eine Verbrecherin und werde nie verstehen, warum ich so böse bin.»

Mein Vater legte die Hand auf Fatoumas Kopf und sprach die Formel. Einen Augenblick herrschte Stille, dann erhob sich der Körper der Frau langsam; sie richtete sich vor ihrem Bruder auf. Sie heftete den Blick auf ihn, wich einen Schritt zurück, spie ihm ins Gesicht und kreischte:

«Du bist nichts als ein Hund, ein Feigling, ein armer Kerl, der seine Familie von einem Land ins andere schleppt, und du hast geglaubt, alles zwischen uns wäre ausgelöscht, indem du treuherzig die Hand auf meinen Kopf legtest. Du mußt wissen, alter Knabe, daß das Böse eine unzerstörbare Kraft hat. Ich werde dich überleben und werde weiter das Land derer verbrennen, die fortgehen. Ich werde Leid in die Herzen bringen. Ach, du nichtswürdiger Bruder, du knetbarer Teig aus Güte und ranziger Butter; da bist du wieder, stehst vor einem Empfangskomitee aus alten Gerippen, aus Gespenstern, die nicht mehr wissen, welchen Körper sie beseelen, Wesen mit Augen, die die Falken des Ahnen ausgehackt haben. Die Heimat hat dich vergessen; du bist von der Liste gestrichen, du ebenso wie die anderen. Bring deine Nachkommen zurück in das Land des Sonnenuntergangs, dorthin, wo du sie mit Sicherheit verlieren wirst. Sie werden nicht mehr deine Sprache sprechen, nicht mehr auf deine Worte hören, nicht dieselben Gebete wie du sprechen oder gar keine. Sie werden dich verlassen; du wirst sie aufgeben; du wirst in die Heimat zurückkehren und auf der Asche des verbrannten Landes auf den Tod warten. So steht es geschrieben. Lebe wohl. Es war meine Pflicht, hier zu sein und dich zu warnen. Jetzt empfinde ich keinen Haß mehr für dich, nur noch Mitleid... Der Tag bricht an; ich verschwinde...»

Mit dem ersten Schein des Tages löste ihr Körper sich in der Luft auf; er wurde vom Licht verschlungen. Die alten Gerippe legten sich schlafen. Und wir blieben allein, verwirrt, erstarrt von diesem Empfang, einem Alptraum, der aus der Übermüdung nach einer so langen Reise erwuchs.

Gewiß, das Dorf existierte noch. Wir kamen aus einer anderen Welt. Unsere Augen hatten sich an andere Orte gewöhnt. Tatsächlich hatte sich das Dorf nicht so sehr verändert. Es war verfallener, das Leben hatte es nach und nach aufgegeben, es hatte sich geleert. Die es noch bewohnten, waren da, weil sie nicht anders konnten. Das Alter und irgendein Gebrechen hielten sie dort fest, wo sich nichts mehr regte. Man durfte weder einen Sinn noch eine Logik in dem suchen, was uns geschah. Übrigens war die Frau, die sich vor meinem Vater niedergeworfen hatte, nicht seine Schwester. Es war nicht Fatouma, jene, die meinen kleinen Bruder Driss tötete. Die Frau, die dagewesen war, sprach wie sie, hatte aber ein anderes Gesicht. Unsere Augen hatten gemeint, sie zu sehen, und unsere Ohren geglaubt, sie zu hören. Wir waren müde, von unseren Halluzinationen eingekreist, von unseren Sinnen getäuscht.

Unser Haus war noch da; die Sachen waren mit einer dicken Staubschicht bedeckt. Fast überall hatten Spinnen ihre Netze gewebt. Es roch nach Abwesenheit und Vernachlässigung. Meine Mutter packte ein großes Laken aus. Wir legten uns nebeneinander und schliefen unverzüglich ein. Nach drei durchwachten Nächten mußten wir in den Schlaf eintauchen. Mein Vater entlud das Auto nicht. Die Lust, alles auszupacken, war ihm vergangen. Er sagte nichts. Ihm war klargeworden, daß er einen Fehler begangen hatte. Die Pakete und Koffer durften nicht aus dem Lieferwagen geholt werden. Alles war verschnürt. Hätte man einen einzigen Gegenstand herausgezogen, wäre alles zusammengebrochen. Das war unser Leben, unser Hab und Gut.

Nachdem wir einen Tag geschlafen hatten, weckte mich mein Vater und bat mich, mit ihm zum Friedhof zu gehen, um an Driss' Grab ein Gebet zu sprechen. Er hatte mich ausgewählt, weil ich die Älteste war und wußte, wie dieses Kind umgebracht worden war. Schon unterwegs betete er. Sein Gesicht war ernst und schön. Er hatte einen Dreitagebart. Ich strich mit der Hand über seine Wangen, in die auf beiden Seiten eine senkrechte Falte eingeprägt war. Mein Vater war ein Mann, der immer gearbeitet hatte. Nie Erholung, nie Ferien.

Am Eingang des Friedhofs wurden wir von Radhia empfangen.

«Ich habe auf euch gewartet», sagte sie.

«Und warum?» fragte mein Vater.

«Weil das, was ihr sucht, nicht mehr da ist!»

«Wieso? Ist Driss' Grab nicht mehr da?»

«Dieses Kind ist ein Engel; sobald seine Seele es verlassen hatte, war es gleich im Paradies. Nun, ich sage dir damit nichts Neues. Du weißt doch, daß Kinder sich in Engel verwandeln, sobald der Tod sie ereilt.»

«Ja, aber sein Leichnam muß hier sein...»

«Eigentlich ja. Doch da man weiß, daß die Seele das Wichtige ist und nicht der Körper, wird das Grab am vierzigsten Tag nach dem Tod freigemacht...»

«Wie? Das ist illegal, das ist vom Gesetz verboten...»

«Von welchem Gesetz? Hier gibt es nur das Gesetz der Menschen; die Menschen aber sind, besonders hier, verdorben. Alles wird gekauft, alles verkauft, sogar eine Kinderleiche! Du hast doch gesehen, in welchem Zustand das Dorf ist; du hast gesehen, daß der Stamm fast nicht mehr existiert. Wir sind in diesem abgelegenen Ort, weit weg von der Stadt, weit weg von allem, an der Spitze des Bösen. Seit einigen Jahren überleben wir, ohne Moral, ohne Gesetz, ohne Religion. Und das ist eure Schuld. Ihr seid alle fortgegangen, einer nach dem anderen.»

«Aber wo ist das Grab meines Sohnes?»

«Es sollte dort sein, dort, wo man Hadj Mimouni begraben hat, den, der dreimal nach Mekka gepilgert ist und vorhatte, der Schutzheilige von Aït Sadik zu werden! Sprich dein Gebet: wo dein Sohn auch sein mag, er wird es hören; in jedem Fall wird Gott es vernehmen.»

ACHTZEHNTES KAPITEL

Seit dem Tag spielen alle meine Träume auf Friedhöfen. Im allgemeinen erlebe ich nur Schönes an diesen oft sonnigen Orten voller Blumen, Abenteuer, die gut, mit einem Lachen, anfangen und dann in der Schwebe, unvollendet bleiben. Ich finde sie nie wieder. Vielleicht handelt der schönste Traum, den ich über einen muslimischen Friedhof geträumt habe, von der Musik. Wie die meisten Kinder dieses Landes bin ich ohne Musik aufgewachsen. Wir hatten zu Hause weder ein Klavier noch ein Cello, noch eine Trommel, nicht einmal eine Mundharmonika. Die Musik drang in Fetzen aus den Radios von anderen zu mir. War das Musik? Schmalzige, schmachtende Litaneien, voller Refrains, die eine ganze Stadt zum Weinen bringen konnten. So etwas hörte ich, ohne hinzuhören.

Es war ein Frühlingstag. Ich sprang auf Zehenspitzen über die Gräber und lief umher, von einem angenehmen leichten Wind getrieben. Mit außergewöhnlicher Schnelligkeit errechnete ich das Alter der Begrabenen, indem ich einen bloßen Blick auf den Grabstein warf. In wenigen Minuten addierte ich die verschiedenen Alter, dann dividierte ich durch die Anzahl der Toten und kam so auf neunundvierzig Jahre, drei Monate und fünf Tage, das Durchschnittsalter dieses kleinen Friedhofs.

Das Orchester, das vor mir auftauchte, bestand aus achtundvierzig Musikern und einem Dirigenten, sehr jung und sehr schön, mit einem Stab in der Hand. Alle waren im Smoking. Der Dirigent bat die zwitschernden Vögel um etwas Ruhe, dann gab er den Musikern das Zeichen zum Einsatz, und sie spielten ein fröhliches, glückliches Musikstück, das vermutlich dem Frühling entsprach. Später erfuhr ich, daß es nur *Die vier Jahreszeiten* von Vivaldi sein konnten. Woran ich mich genau erinnere, ist der Augenblick, in dem der Himmel dunkel und die Musik traurig wird. Ich drehte mich um und sah die offenen Gräber. Neunundvierzig offene Gräber, aus denen weißer Rauch strömte. Ich fror und hörte die Musik nicht mehr. Ich war taub geworden, und meine Füße versanken langsam in der feuchten Erde. Ich klammerte mich an den Grabstein, aber eine starke Hand zog mich nach unten ins Grab. Ich heulte auf, aber kein Ton kam aus meiner Kehle. Als ich auf den Grund des Grabes schaute, sah ich märchenhafte Bilder vorbeiziehen: grelle Farben auf Kleidern, von Frauen aus dem Hinterland getragen, mischten sich mit Spruchbändern, die von Demonstranten geschwenkt wurden. Ich hörte immer noch nichts. Alles in mir wurde erschüttert, und ich war die Gefangene dessen, was meine Mutter am nächsten Tag, als ich ihr meinen Alptraum erzählte, den «Esel der Nacht» nannte.

Nach unserer Rückkehr nach Frankreich, die ebenso überstürzt war wie unsere Abreise, bemächtigte sich mein Heimatland meiner Nächte in Träumen, die sich in Nachtmahre verwandelten. Ich war von allem besessen: von den Landschaften, den Gesichtern, den Farben des Himmels, den Düften der Natur, den Gewürzen und Geräuschen. Und dann war da jenes Bild von dem in den Bergen versteckten Schatz, dessen Plan in die Linien meiner Hand eingezeichnet sein sollte.

Ich hatte einen Französischlehrer, einen sehr gebildeten Mann aus einer verarmten Aristokratenfamilie, der zu uns zu sagen pflegte: «Mein Vater war reich und berühmt; ich bin verarmt und noch nicht berühmt!» Dieser Lehrer hatte in Italien gelebt und gearbeitet; das hatte seine natürliche Eleganz und Großzügigkeit verstärkt. Er interessierte sich sehr für seine Schüler und erwies denen aus dem Maghreb besondere Aufmerksamkeit.

Dieser Mann hatte eine Gabe: er konnte aus der Hand lesen.

Ich hatte einen geheimen Wunsch: jemand Fremdem meine Hand zu zeigen, damit er daraus lese. Ich wollte wissen und vor allem nachprüfen, was meine Eltern und Großeltern glaubten. War ich wirklich der Schlüssel zu jenem in den Bergen versteckten Schatz? War ich es, oder war es ein anderes Mädchen, eine Cousine, die die glückliche Hand hatte, die Hand, deren Linien die geheime Fundstelle angab? Ich sagte mir, wenn Monsieur Philippe De... – so wurde er wegen des Adelsprädikats vor einem unaussprechlichen Namen genannt – diese alte Geschichte bestätigen würde, wäre ich nicht mehr Hüterin einer Legende, die eine Bürde für mich geworden war.

Monsieur Philippe De war eine originelle Persönlichkeit; von allen Lehrern unterschied er sich durch eine Pädagogik, deren Prinzipien das Spiel, die Anstiftung zur Neugier und der Kampf gegen die Langeweile war. Manche sagten von ihm: «Das ist ein Nonkonformist!» Wir verstanden den Sinn dieses Satzes nicht, aber wir konnten uns vorstellen, daß es kritisch gemeint war. Er unterrichtete uns in Literatur und Poesie. Er erzählte uns Geschichten, die ihm widerfuhren. Auf diese Weise bekamen wir eine schöne Lektion über Malerei aus Anlaß eines Gemäldes, das seine Eltern geerbt hatten und das bei einem Einbruch gestohlen worden war. Wir wußten nicht, daß ein Bild Millionen wert sein kann. Seither weiß ich alles über Matisse, über sein Leben, seine Farben, seine Passionen, seine Leidenschaften und seinen Aufenthalt in Marokko.

Monsieur Philippe De nahm uns mit ins Museum, ließ Schriftsteller in die Schule kommen, führte uns Filme vor und ließ uns Novellen schreiben. Ich erzählte meine Geschichte, oder genauer gesagt, die Geschichte einer kleinen Hirtin im Hohen Atlas, die von den Ahnen ausersehen war, einen in den Bergen versteckten Schatz zu finden. Ich erwähnte die Handlinien, die teilweise den Plan des heiß begehrten Ortes angaben. Vor allem beschrieb ich die Verwirrung und die Ängste dieses jungen Mädchens, das seine Heimat verlassen hatte und im Begriff war, seine Familie und seinen Stamm um eine Kiste voller Goldstücke zu bringen...

Am Ende der Stunde rief Monsieur Philippe De mich zu sich und fragte:

«Ist deine Geschichte wahr, oder hast du sie erfunden?»

«Ich habe sie erfunden, Monsieur...»

Er merkte genau, daß ich log. Er nahm meine linke Hand und betrachtete sie, dann meine rechte Hand; er verglich sie und sagte dann, da er sich etwas gestört fühlte:

«Hier ist nicht der Ort, um dir aus der Hand zu lesen. Ich muß mich konzentrieren. Ich sehe einiges, aber ich möchte sie mir lieber ein andermal in Ruhe anschauen. Ich sage dir, wann.»

Sein Gesicht war blaß geworden, und seine Hände zitterten. Er war erschüttert von dem, was er gesehen oder erahnt hatte. Er ließ mich verwirrt zurück. Eine Woche später ließ er sich bei meinen Eltern zum Tee einladen. Es war nicht das erste Mal, daß er zu uns kam. Er sprach gern mit den Eltern seiner Schüler. Die Familie mochte ihn. Er brachte meinen Geschwistern immer Bücher, Schallplatten oder Karten für die Sonntagnachmittagvorstellung im Theater. An jenem Tag hatte er zunächst der ganzen Familie aus der Hand gelesen. Er lachte und scherzte mit den Kindern, die ihn umringten und ihm ihre Hände hinstreckten. Für jedes hatte er ein freundliches Wort: Malika sagte er eine Zukunft voller Blumengärten voraus; Lofti sprach er von Liebe und von schönen, aber anspruchsvollen Frauen; für Nadia sah er einen Wagen voll Schokolade und Bonbons vor; und zu mir sprach er in strengem, ernstem Ton.

«Deine Lebenslinie und deine Glückslinie kreuzen sich an einem Punkt, wo die Linie der Gesundheit leichte Beunruhigung anzeigt. Ich muß gestehen, daß ich selten eine so reichhaltige, so komplexe Hand gesehen habe wie deine. Ich sehe viele Ereignisse kommen. Aber ich muß auch sagen, daß du vor ein paar Jahren ein Unglück erlebt hast. Ich sehe den Verlust eines dir Nahestehenden, und ich sehe ein riesengroßes Auge, das ihn verschlungen hat. Ich kann die Zukunft nicht lesen. Niemand kann das; aber aus der Vergangenheit kann ich vorhersagen oder erahnen, welchen Weg die Ereignisse nehmen werden. Deine Geschichte vom Schatz hat Spuren in dieser Hand. Ich sehe ein Geheimnis; es hat die Form eines Sternes; ein Stern ist beweglich; das Geheimnis ist schwer zu bewahren, mühevoll zu hüten. Tatsächlich bekommt es etwas von einem Schicksal. Sein Vorhandensein verhindert, daß du fröhlich und leicht bist. Du darfst dich von dieser Geschichte nicht erdrükken lassen. Du mußt dich davon freimachen. Ich habe vorhin, ganz kurz, die Hand deiner Mutter gesehen. Auch in ihr sind Spuren davon. Ich weiß nicht, wie sie es gemacht hat, sich davon zu befreien. Wahrscheinlich weiß sie es selbst nicht.»

«Aber was sehen Sie so Beunruhigendes?»

«Es ist nicht beunruhigend, es ist verwirrend, es ist phantastisch; es zeigt den Unterschied zwischen den Leuten aus den Bergen und den Leuten aus dem Flachland, zwischen denen aus dem Norden und denen aus dem Süden. Du bist ein Mädchen aus dem Süden, von dort, wo die Herkunft zweitrangig ist, wo das Schweigen, das Unsichtbare, der Schatten der Nacht, das Wasser und das Licht die eigentliche Essenz des Lebens sind.»

«Bin ich vom Weg abgekommen?»

«Nein! Der Mensch, der ein Geheimnis hütet, hat nicht das Recht, vom Weg abzukommen. Du bist jung, und doch bist du, deiner Hand zufolge, schneller gelaufen als die Zeit; als wärst du von einem Wind aus der Wüste getrieben worden, der dir hart zugesetzt hätte, wenn du dich gewehrt hättest. Du bist deinen Weg gegangen. Das mußtest du. Jetzt hast du eine Reife erreicht, die dich vor den Stürmen schützt.»

«Was ist das, dieser Schatz?»

«Ist es meine Sache, es dir zu sagen? Niemand ist imstande, dir bei der Beantwortung dieser Frage zu helfen. Ich habe Dinge gesehen, habe Schatten erblickt, habe Spuren entdeckt; das sind die zersplitterten Elemente eines Rätsels. Eines schönen Rätsels. Es enthält Geheimnis und Zweifel, Verwirrung und Faszination. Es ist an dir, die Fäden dieser großartigen Geschichte zu entwirren.»

Er wirkte erschöpft. Er stand auf und bat mich, ihn bei meiner Mutter zu entschuldigen. Monsieur Philippe De ging und ließ mich völlig ratlos zurück. «Eine großartige Geschichte!» Was für eine Geschichte? Wo beginnt sie? Wem widerfährt sie?

NEUNZEHNTES KAPITEL

Meine Geschichte – das was als meine Geschichte galt – war nicht banal. Sie stammte aus einem dicken Buch voller Märchen.

Es war Victor, die Figur mit den aufgesperrten Augen, der sie mir erzählte. Er saß auf seinem Klappstuhl, ich mit untergeschlagenen Beinen auf dem Boden, und so hatten wir die ganze Nacht, um die Straßen, Häuser und Paläste wiederzufinden, in denen sich diese Geschichte in einem fernen Jahrhundert abgespielt haben sollte:

«Du hießest Kenza und hattest eine Zwillingsschwester, die den Namen deiner Großmutter Zineb trug. Euer Vater war ein Scheich, ein Großgrundbesitzer, den mehrere Jahre der Dürre ruiniert hatten. Er war ein heiliger Mann, geliebt und geachtet von der Familie und vom Stamm. Er hatte zehn Kinder, ihr wart seine Lieblinge. Um euch Freude zu machen, war er zu allem bereit. Ihr wart nicht nur unzertrennlich, sondern man konnte euch so wenig ohne einander vorstellen, daß ihr schließlich nur mehr ein und dieselbe Person bildetet. Dabei saht ihr euch gar nicht so ähnlich. Zineb hatte helle Augen, deine waren schwarz. Du hattest kurzes, krauses Haar, Zinebs war glatt und lang. Du warst dunkelhäutig, Zineb hatte eine helle Haut. Ihr wart etwa gleich groß, hattet aber nicht den gleichen Gang. Soweit zum Körper. Was den Charakter betrifft, so ergänztet ihr euch auf erstaunliche Weise. Wenn die eine sich aufregte, bewies die andere Ruhe; wenn die eine krank wurde, blieb die andere gesund; nie wart ihr gleichzeitig verärgert, immer abwechselnd. Zu zweit war es euch gelungen, eine ideale Frau von außergewöhnlicher Intelligenz zu werden. Ein von der einen begonnener Satz konnte von der anderen leicht beendet werden. Nichts entging euch. Ihr hattet eure Geheimnisse, und niemand wagte sich für sie zu interessieren, denn ihr konntet Eindringlinge und Neugierige nicht ausstehen; ihr wart sogar imstande, Unglück bei denen heraufzubeschwören, die euch zu nahe traten.

Eines Tages präsentierte sich ein reicher und mächtiger Mann, vom Ruf eurer Schönheit in Aufregung versetzt, gefolgt von einer Karawane mit Geschenken, vor eurem Vater. Es war ein Heiratsantrag. Ihr wart gerade achtzehn geworden. Ihr wart die Blumen der Blumen, atemberaubend schön, boshaft und grausam, abenteuerlustig und bedenkenlos. Der Mann war alt, kahlköpfig und ziemlich dick. Ihr hieltet seinen Antrag für abgeschmackt. Um ihn zu bestrafen, habt ihr beschlossen, sein Angebot anzunehmen. Ihr sagtet zu eurem Vater:

‹Vater, dieser Mann ist gekommen, um uns zu kaufen, nicht wahr?›

‹Redet keinen Unsinn. Ihr seid unbezahlbar. Dieser Mann ist verliebt in die Schönheit; ich habe ihn empfangen und angehört; aber ich bin nicht so verrückt, ihm eine meiner Perlen zu schenken, selbst wenn er eine außergewöhnliche Mitgift bringt.›

‹Vater, weißt du, daß wir empfänglich sind für Männer, die die Schönheit lieben? Lehne seinen Antrag nicht ab. Wir, meine Schwester und ich, haben vor, ihm auf unsere Weise Ehre zu erweisen. Sag ihm, wir seien unzertrennlich, und wenn er Zineb begehre, müsse er auch Kenza heiraten... Da er ein Mann ist, der die Schönheit liebt, wird er überglücklich sein. Wir nehmen seine Geschenke und seine Mitgift unter der Bedingung an, daß er uns beide entsprechend dem Gesetz und den Vorschriften unserer geliebten Religion heiratet.›

‹Wißt ihr denn, daß er bereits verheiratet ist und Kinder in eurem Alter hat?›

‹Das stört uns nicht. Wir sind zu einem solchen Opfer bereit, um die Notlage zu beenden, in die die Trockenheit dich gebracht hat.›

‹Euer Vorhaben beunruhigt mich. Ihr seid jung und schön, warum wollt ihr euch im Haus eines Greises vergraben? Auch wie ihr lächelt, ist beunruhigend.›

‹Nein, nein, Vater! Dieser Mann braucht die Jugend, um zu leben. Wir sind bereit, ihm ein wenig von unserer Lebenskraft und Jugend einzuhauchen. Doch eines mußt du wissen, Vater: dieser Mann wird es über kurz oder lang bereuen, daß er um die Hand der Schönheit angehalten hat.›

Der Vater rief seinen künftigen Schwiegersohn zu sich und sagte:

‹Ich habe die Ehre, Euch mitzuteilen, daß Euer Heiratsantrag nicht nur von mir und meiner Gattin, sondern auch von Zineb und Kenza angenommen worden ist. Das einzige Problem ist, daß meine Zwillingstöchter untereinander einen Pakt haben, nämlich ganz und gar unzertrennlich zu bleiben. Folglich kann ich Euch die Hand der einen nicht geben, ohne Euch zu verpflichten, auch die andere zu nehmen. Würdet Ihr diese besondere Bedingung annehmen?›

‹Ihr erweist mir damit eine große Ehre. Doch sind sie einverstanden? Ihr wißt ja, um nichts in der Welt möchte ich ein junges Mädchen seiner Freiheit berauben...›

‹Sie sind nicht nur einverstanden, sondern sie verlangen es. Sie waren immer unzertrennlich... Die andere Bedingung ist, daß sie kein Fest haben wollen; alles soll diskret vonstatten gehen.›

Die Hochzeit fand an den folgenden Tagen statt. Ihr zogt bei dem Alten ein, der euch euren Spielen überließ und nur für eure Bequemlichkeit sorgte. Er war reich und häßlich, aber nicht dumm. Er betrat nie euer Zimmer. Die Ehe wurde nie vollzogen. Hin und wieder richtete er einen Liebesbrief an euch, in dem er sein Bedauern ausdrückte, daß er so wenig Zeit und Kraft hatte, sich um euch zu kümmern. Aus Ehefrauen mit dem Gedanken an Vergeltung wurdet ihr zu Gefangenen in einem Schloß, aus dem es keine Möglichkeit zur Flucht für euch gab.

Der Alte wurde krank. Er rief euch zu sich und übergab euch einen goldenen Schlüssel:

‹Meine Schönen, meine Perlen, meine schönsten Perlen, ich bereue, daß ich euch vernachlässigt habe. Danke, daß ihr dieser Wohnstatt das Leben gebracht habt, das sie brauchte. Seit eurer Ankunft hat sich mein Kapital verdoppelt; meine Geschäfte blühen, und meine Leidenschaft für das Leben ist eine schöne Revanche an der Zeit. Eure Anwesenheit hat meine langen Nächte erhellt, auch wenn wir sie nicht gemeinsam verbrachten. Der bloße Gedanke, euch in diesem Hause glücklich zu wissen, bereitet mir Freude. Ich habe euch heute abend zu mir gerufen, um euch anzubieten, eure Freiheit zurückzugewinnen. Ich habe euch gebraucht; jetzt ist es an mir, euch nützlich zu sein. Ihr werdet zu eurem Vater zurückgehen. Nehmt diesen goldenen Schlüssel; er öffnet ein Kästchen, in dem sich ein Teil des Schatzes befindet, den ihr mir geholfen habt zu finden. Ich weiß, ihr habt nicht die geringste Ahnung. Es wäre zu langwierig zu erklären. Ihr sollt jedoch wissen, daß es mir dank eurer Gegenwart an diesem Ort gelungen ist, mehrere Kästchen mit Gold zu füllen. Es ist ganz natürlich, daß ihr belohnt werdet. Das Kästchen wurde bei Nacht irgendwo in den Bergen vergraben. Der Lageplan ist mir unbekannt, ich hatte verbundene Augen. Niemand weiß, wo der Schatz liegt. In hundert Jahren wird ein Mädchen mit dem Plan in den Linien der rechten Hand geboren werden. Ihr werdet wahrscheinlich nicht dasein, um das Kästchen mit diesem Schlüssel aufzuschließen. Aber ihr sollt ihn von der Mutter an die Tochter weitergeben, bis zu dem Tag, an dem die erscheinen wird, die mühelos zu dem geheimen Ort findet, wo der Schatz vergraben ist. Nach meinem Tod müßt ihr wieder heiraten. Bekommt Kinder, die groß werden und ihrerseits Kinder bekommen, bis zu dem Tag, an dem die geboren wird, die die letzte Hüterin des Geheimnisses sein wird und den Stamm erlöst, der, von Gott und seinem Propheten verlassen, ein Gefangener seiner Legenden geworden sein wird. Mißtraut der Bosheit der Menschen. In dieser Geschichte wird es eine Frau sein, die der Familie Unglück bringt.›

So lautet das Rätsel; eine hundertjährige Geschichte, die dich heute verfolgt. Weißt du eigentlich, was mit Zineb geschah? Sie heiratete einen der Söhne des Alten, wurde vom Stamm verflucht und verwahrte den Schlüssel zum Schatz. Diese Ehe, vom Gesetz der Menschen, nicht von denen des Islam verboten, wurde die Ursache all euren Unglücks. Das Dorf wurde nach und nach von den Männern verlassen, die in der Fremde Arbeit suchen gingen; dann wurden keine Kinder mehr geboren; die Quellen versiegten, und nur die Steine blieben unversehrt. Ich glaube zu wissen, daß Fatoumas Urgroßmutter eine gewisse Zoubeïda war, keine andere als Zineb, deine Zwillingsschwester in der Geschichte. Der Schlüssel ging verloren oder wurde geraubt. Der Schatz existiert nur im Märchen. Du trägst vermutlich die Spuren dieser Geschichte in den Linien deiner Hand.

Jetzt bist du die einzige, die diese Geschichte begraben kann. Deshalb mußt du ins Dorf zurückkehren und es von diesem Fluch aus Aberglaube und Resignation erlösen.»

ZWANZIGSTES KAPITEL

Es kam für mich nicht in Frage, die Reise noch einmal zu machen. Das war nicht meine Angelegenheit; und außerdem war ich nicht mehr in dem Alter, an Geschichten von einem Schatz zu glauben, den ein wohlhabender alter Scheich irgendwo in dem Gebirge versteckt hatte, dessen Schatten unser unglückliches Dorf verdunkelt und niederdrückt. Ich denke oft, daß Not die Menschen dumm macht. Es ist unvorstellbar, was sie sich ausdenken und erfinden, um die Armut zu kaschieren und zu verleugnen.

Eines Abends, einen Tag vor meinem zwanzigsten Geburtstag, beschloß ich, das alles zu ordnen, zuerst in meinem Kopf und dann in allem übrigen. Mit einem Strich, sagen wir mit einer Handbewegung, schickte ich Victor fort und nahm seinen Klappstuhl an mich. Diese Figur existierte nicht mehr und sollte sich nicht mehr in mein Leben einmischen. Anfangs hatte ich ihn übernommen, weil er mich neugierig machte, weil er alles von einer Bühnen- oder Romanfigur hatte. Er war mir nützlich gewesen, aber dann hatte er sich Freiheiten mit der Geschichte herausgenommen, die er unter Kontrolle halten sollte. Statt sich als wachsamer Beobachter abseits zu halten, hatte er sich mit Malika befreundet und versuchte sie vom rechten Weg abzubringen, um aus ihr eine, wie er sagte, «Galeerensklavin» zu machen. Ich nahm es ihm übel, daß er mich in ein Märchen aus fernen Nächten und Tagen hineinversetzt hatte.

Victors Abschiebung war nicht leicht. Man kann eine Figur nicht so einfach loswerden wie einen alten Stuhl. Er kam oft zurück, vor allem nachts, ließ sich in meinen Träumen nieder und machte Alpträume aus ihnen. Er ließ mich wieder den Friedhofstraum träumen. Die Musiker hatten alle eine Säge und zersägten frisch beerdigte Leichen. Ich stand an einen Baum gelehnt und sah Victor an der Stelle des Dirigenten. Nervös dirigierte er das Ensemble. Hin und wieder drehte er sich zu mir um und beruhigte mich mit einer Handbewegung. Tatsächlich terrorisierte er mich. Wegen der Verabredungen, die er mit mir traf, begann ich die Nacht und den Schlaf zu fürchten. Am Ende jedes Alptraums beugte er sich über mich und sagte mit heiserer Stimme: «Bis morgen, meine Schöne; ich fühle mich im Dunkel deiner Nächte wohl; ich werde dich nie verlassen, denn du wirst dich nie von mir befreien können. Wir haben das ganze Leben, um uns zu lieben und zu hassen. Noch eine gute Nacht; bis morgen!»

Victor blieb böse. Als ich ihn in meine Geschichte holte, hatte ich nicht geglaubt, daß er sich so einnisten und Rache nehmen würde.

Eines Nachts erschien er mir ganz in Weiß mit einem großen Strauß Rosen in der Hand. Ihm folgte eine alte Frau in weißer Djellaba, die ein Tablett mit Seidenwaren trug. Hinter ihnen schwenkte ein junges Mädchen ein Weihrauchfaß. Dies eine Mal fand unsere Begegnung nicht auf dem Friedhof statt. Wir waren in einem großen Haus in andalusischem Stil. Victor kam mit seiner Mutter, um einen Heiratsantrag zu machen. Er war um einige Zentimeter gewachsen, und sein Gesicht hatte sich beruhigt. Sein Antrag wurde von meinem Vater abgewiesen, weil er weder berberisch noch arabisch sprach. Ich hatte kein Wort dazu zu sagen. Ich hätte ohnehin abgelehnt. Er sagte, er sei in mich verliebt und könne das Leben ohne meine Gegenwart nicht ins Auge fassen; er drohte sogar, sich meiner mit Gewalt zu bemächtigen; er sprach von Entführung und Einsperren; ich wußte, daß er dazu imstande war.

«Warum weist du mich ab, nachdem du mich erfunden hast? Du spielst mit Menschen, als wären sie Dinge. Ich fiel aus dem Rahmen. Du fandest mich wunderlich, ich war wunderlich. Ich sollte beunruhigend sein, und ich war es. Du reihtest mich unter die sonderbaren Dinge ein und glaubtest, ich hätte keine Existenz, keine Gefühle, kein Begehren, nichts; du dachtest, ich sei nichts als ein Bild, eine Schimäre, die du in eine Ecke stelltest, um die anderen zu überwachen. Aber ich habe Gefallen an dieser Arbeit gefunden und habe dir gern gehorcht; ich habe deine oft gemurmelten Befehle gern befolgt; ich las von deinen Lippen ab, wenn ich deine Gedanken nicht von deinem Gesicht ablas. Ich habe dieses Gesicht mit der hohen Stirn und den schwarzen Augen geliebt. Ich liebe deine Augen und dein Lächeln; ich liebe deine dicken, weichen Lippen; ich liebe deine zarten, kleinen Hände; ich liebe deinen Hals; ich liebe deinen Bauch; ich liebe deine Brustwarzen; ich liebe deine Stimme, sie kenne ich am besten. Ich mag nicht, wenn du dich aufregst und schreist. Das paßt nicht zu dir, und doch bist du so jähzornig, ich meine nervös. Ich liebe dein Leben, ich liebe deine Geschichte. Du bist eine Heldin. Bist du dir dessen bewußt? Noch vor kurzem warst du eine Hirtin, die nur mit den Ziegen und den Bäumen redete. Du hast alles sehr schnell gelernt. Du bist sehr tüchtig. Deshalb bin ich verliebt in dich. Ich werde alles tun, um bei dir zu bleiben, damit du wieder meine Freundin, meine Geliebte, meine Liebste wirst. Du glaubst, ich sei nur ein Wesen aus Papier, ein Schatten, der durch deine Geschichte gegeistert ist. Nein, ich existiere, und ich bin für dich entbrannt. Wenn du mich weiter abweist, werde ich dich überallhin verfolgen. Ich habe nichts anderes zu tun, als dich zu lieben. Ich gehöre dir. Und du wirst mir gehören, wo du auch bist, wohin du auch gehst. Ich werde dir überallhin folgen. Bis jetzt bin ich zurückhaltend. Ich erscheine dir nur nachts im Schlaf. Ich will die anderen nicht stören. Aber bald werde ich keine Hemmungen mehr haben und mich in deine Tage einmischen.

Ich dachte, du würdest verstehen, was ich selbst nicht verstehe. Was mir geschieht, quält mich und tut mir weh. Ich hatte mich ganz gemütlich im Schweigen und in der Dunkelheit eingerichtet. Und meine Existenz verdanke ich dir, also habe ich das Recht, Anspruch auf Leben zu erheben. Du kannst dir nicht sagen, daß es nur ein Spiel war und daß du nun zu etwas anderem übergehst. Ich lebte dank deinem Blick und dank der Aufmerksamkeit, die du mir widmetest. Die Erde, auf der ich wandelte, gehörte ebenso dir wie meine Sätze, meine Gesten, mein Speichel, meine Ticks, meine Schlaflosigkeit. Indem du deine Blicke abwandtest, hättest du mir fast einen tödlichen Schlag versetzt. Ich bin der Vernichtung entgangen, weil ich das Glück hatte, deine Stimme lebendig zu erhalten, da, in meinem Brustkorb. Wenn du sprichst, vibriert es in meinen Bronchien. Ich habe etwas von dir in diesem ungewissen Körper. Meine Füße haben nämlich nie den Boden verlassen, den du für mich bestimmt hast. Ich bin hellsichtig geworden und habe Ansprüche. Vorerst will ich allein dich für mich; aber wenn es schiefgeht, werde ich all die alarmieren, die du erschaffen und dann im Stich gelassen hast.

Ich bin kein Ungeheuer, auch wenn ich aus einer Laune, aus Papier, holprigen Worten und unharmonischen Noten gemacht bin. Mein Herz ist nun voll von dir, und ich weiß nicht, wohin; ich möchte vermeiden, dahin zu geraten, was ihr «Öffentlichkeit» nennt, da, wo jeder x-beliebige meine Bekanntschaft machen, unsere Zweisamkeit entweihen oder sogar die Seite herausreißen kann, auf der ich erscheine, weil ich kein sympathischer Mann bin und nie sein werde, irgendein Mann, der in der Menge untergeht und sein bescheidenes Leben lebt.

Ich bin auf der Schwelle all deiner Nächte und erwarte dich. Ich bleibe dir und mir treu.»

Seine nächtlichen Auftritte wurden immer dramatischer. Er ließ nicht locker, regte sich auf und drohte mir mit den schlimmsten Strafen. Ich bekam allmählich Angst. War ich verrückt, oder war ich im Begriff, es zu werden? Ich betrachtete mich im Spiegel und sah nichts anderes als ein von Schlaflosigkeit oder unruhigem Schlaf ermüdetes Gesicht. Und wenn die anderen Figuren es genauso machten? Wenn sie alle in unserer kleinen Wohnung ankamen und sich in unser Leben einmischten? Ich war froh, daß ich mir in meiner Geschichte keine Armee ungestümer Soldaten ausgedacht hatte.

Ich beschloß zu reagieren. Ich mußte diesem Treiben ein Ende machen und wieder ruhige Nächte bekommen. Wem sollte ich von meinem Problem erzählen? Der guten Madame Simone? Sie war Sozialarbeiterin und keine Psychiaterin! Meiner Mutter? Sie wäre imstande, Heiler ins Haus zu holen. Meine Studienkameraden konnten diese Geschichte nicht verstehen: sie würden mir ins Gesicht lachen und mich für verrückt erklären.

Ich zweifelte an mir selbst. Es kam vor, daß ich am hellichten Tag seine Stimme sagen hörte: «Liebling, ich bin keine Schimäre, kein in die Nacht verbanntes Gespenst. Ich liebe dich und nehme es mir übel, daß ich dich so tyrannisiere; ich existiere nur durch dich, und ich werde dasein, solange du atmest. Deine Verwirrung – ich sage nicht, dein Leid – tut mir furchtbar leid; ich würde dir so gerne helfen und dich anders als in Angst und unter Drohungen besitzen. Ich leide unter dieser verhinderten Liebe und kann nicht zulassen, daß das Unglück unsere Seele überwältigt. Du glaubst, du hättest mich ohne Seele gemacht, bloß ein Körper, ein zu Lebensechtheit aufgeblasenes Bild. Aber ich muß dir gestehen, daß ich gleichzeitig bei jemand anderem gedient habe, einem hervorragenden Menschen, der mich nicht im Stich gelassen hat. Es ist ein Künstler, ein Bildhauer, dem ich Modell gestanden habe. Ich sollte sagen: er war ein bemerkenswerter Mann, denn der Unglückliche ist tot, sein Kopf wurde von der Eisenskulptur zerschmettert, die umstürzte, als er die Füße polierte. Nicht ich habe ihn getötet, sondern mein Double aus Eisen. Trotz des ungefälligen Materials hatte der Künstler mir eine Seele verliehen. Ich bewahre sie sorgsam in mir. Übrigens habe ich am Tag des Unfalls beschlossen, zu dir zurückzukehren. Es besteht keine Gefahr, daß ich auf deinen schmächtigen kleinen Körper falle. Jedenfalls bin ich nicht mehr aus Eisen. Du hast mich aus Papier gemacht;

ich habe nur die Macht, deine Nächte zu stören. Mit einer kleinen Anstrengung werde ich mich in deine Tage mischen können. Damit warte ich noch ein bißchen. Liebling, du mußt wissen, daß ich keine Schimäre bin.»

Die Geschichte von dem Bildhauer, der von seiner Skulptur getötet wurde, war wahr. Es hatte in der Zeitung gestanden. Es war ein Unfall. Der Sockel stand nicht gerade. Zwei Katzen hatten gekämpft; die eine hatte sich an den ausgestreckten Arm der Skulptur gehängt, und als die andere auf sie sprang, stürzte der Eisenkörper mit seinem ganzen Gewicht auf den Kopf des Künstlers.

So kam ich auf die Idee, einen Schriftsteller zu fragen, wie man eine lästige Figur los wird. Die Autoren, die ich damals las, gehörten der Vergangenheit an und waren seit langem tot. Ich dachte, wenn Jules Verne noch lebte, hätte er mir bestimmt geholfen. Ich hatte auch Victor Hugo und Benjamin Constant gelesen. Mein Lehrer, Monsieur Philippe De, hatte sie mir empfohlen. Zu jener Zeit war ich nicht mehr seine Schülerin, sondern begann gerade mein Studium an einer Universität, an der Studenten ohne Abitur angenommen wurden. Ich ging an mein altes Gymnasium und bat um einen Termin bei Monsieur Philippe De. Er kam mich zu Hause besuchen. Ich erzählte ihm meine Geschichte, über die er sehr lachen mußte.

«Armes Kind, du phantasierst ja! Das sind reine Hirngespinste. Das spielt sich in deinem Kopf ab. Du willst uns doch nicht weismachen, daß dieser Victor existiert! Und selbst wenn er existierte, was könnte er tun?»

«Ich weiß, aber er kennt die Sache mit dem Schatz und behauptet, er werde mir zeigen, wo er versteckt ist, wenn ich ihn wieder in Dienst nehme... Andernfalls wird er mir ständig auf den Wecker fallen...»

«Aber du weißt doch genau, daß es ein Gleichnis ist... Der Schatz ist nicht in den Bergen vergraben; der Schatz, das ist das Leben, das Schicksal, die Liebe, die du erleben wirst... Aber doch keine Goldstücke! Du bist schließlich kein Kind mehr, du bist nicht mehr die Hirtin im Hohen Atlas. Deine Geschichte verdient, aufgeschrieben zu werden; du solltest aufhören, sie zu träumen. Wenn du sie aufschreibst, werden dich die Figuren merkwürdigerweise nicht mehr belästigen können. Deshalb solltest du mit jemandem darüber sprechen, der den Umgang mit solchen Figuren gewöhnt ist. Warum fragst du nicht einen Schriftsteller um Rat?»

«Ja, daran habe ich gedacht. Aber sie sind alle tot! Könnten Sie für mich einen Kontakt zu Jules Verne herstellen?»

«Aber ich bin doch kein Medium!»

«Dann stellen Sie einen Kontakt zu einem lebenden Schriftsteller her.»

Monsieur Philippe De nahm diese Bitte ernst. Er dachte, ich wollte eine Geschichte schreiben und brauchte Ratschläge von einem Romancier. Er gab mir ein Empfehlungsschreiben an einen berühmten Autor, den er gut kannte.

Ich ließ diesen Brief mehrere Tage in meiner Schulmappe liegen, weil ich diesen Schritt nicht zu tun wagte. Ich hatte Angst. Angst, mich lächerlich zu machen. Angst, einen stark beschäftigten Mann zu stören. Zuerst einmal las ich einige seiner Bücher. Ich war fasziniert von den Bildern, die er benutzte, aber ich verirrte mich in seinen Geschichten. In einer Zeitschrift fand ich ein Interview mit ihm, in dem er sagte, er habe, wenn er eine Geschichte beginnt, keine Ahnung, wie sie verlaufen und enden wird; er werde von den Figuren geleitet, die die Ereignisse ihres eigenen Dramas herbeiführen. Er sagte auch, die Figuren seien wie Freunde, Menschen, mit denen er lebt und von denen er sich schwer trennen kann.

Ich fand das, was er sagte, interessanter als das, was er schrieb. Ich schickte ihm folgenden Brief:

«Sehr geehrter Herr,
es ist das erste Mal, daß ich einem berühmten Mann schreibe. Bitte entschuldigen Sie mein Vorgehen, das Ihnen

sonderbar erscheinen mag, aber ich brauche Ihren Rat, und ohne die Ermutigung meines früheren Lehrers, Monsieur Philippe De, hätte ich mir nicht erlaubt, Sie mit einer kaum glaublichen Geschichte zu behelligen. Was mich letzten Endes bewog, Ihnen zu schreiben, waren Ihre Aussagen im *Magazine des lettres* vom vorigen Jahr.

Ich bin Marokkanerin; ich bin zwanzig Jahre alt; meine Kindheit verbrachte ich in einem Dorf im Hohen Atlas, wo ich mich um die Kühe kümmerte. Mit elf Jahren kam ich wegen eines Unglücks in meiner Familie nach Frankreich.

Wenn sie so freundlich wären, mir ein wenig von Ihrer kostbaren Zeit zu gewähren, würde ich mich gern mit Ihnen über ein eigenartiges Problem unterhalten. Monsieur Philippe De sagte mir, Sie seien ein hervorragender Mann. Ein letztes Wort: ich habe zwei Ihrer Romane gelesen; ich habe mich in einer Ihrer Gassen verirrt. Ich zähle auf Ihre Hilfe, aus dieser Medina herauszufinden.

Wenn Sie die Geduld hatten, bis zum Ende dieses Briefes zu gelangen, habe ich wahrscheinlich eine Chance, Sie zu treffen... etc.»

EINUNDZWANZIGSTES KAPITEL

Der Schriftsteller wohnte in einem kleinen Haus, in dem alles gut aufgeräumt war. Es war ein Ort, an dem nie ein Kind gespielt hatte. Die Dinge waren an ihrem Platz. Ein paar Bücher und Zeitungen auf einem niedrigen Tisch neben einem zweisitzigen Ledersofa vermittelten einen Eindruck von Unordnung. Nur die eine Seite des Sofas war abgenutzt. Der Schriftsteller hatte seine Gewohnheiten; er setzte sich zum Lesen und Fernsehen wohl immer auf denselben Platz. Aus einer Wohnung kommend, in der es wegen der Kinder zwangsläufig unordentlich war, glaubte ich eine kleine Kirche oder einen Bibliothekssaal zu betreten. Es war ein von der Stille bewohntes Haus, und dieser Mann brauchte zum Schreiben die Einsamkeit. Ich dachte: ‹Wo holt er nur alle seine Figuren her, Verrückte, Dichter, Bohemiens, Vagabunden und Exzentriker?› Neben der Küche fiel mir eine Falltür auf. Von dort aus stieg er in den Keller. Die Figuren konnten also nur da herkommen. Das mußte ihr Revier, ihr Universum und auch ihr Friedhof sein. Indem er sie an diesem dunklen Ort aufbewahrte, hatte er seine Ruhe. Vielleicht nur eine relative Ruhe, aber er sah so aus, als beherrsche er seine Geister.

Ich hatte das Gefühl, daß dieser komische Kauz, der zum zweitenmal Gläser mit einem neuen sauberen Geschirrtuch abtrocknete, beunruhigt war. Ich wagte es nicht zu denken, aber meine Gegenwart schüchterte ihn wohl ein; oder vielmehr mein Blick, der sich auf alles richtete und ungeniert seine Welt musterte. Während er Tee kochte, sagte er blasiert:

«So, so, Sie schreiben also!»

«Nein, Monsieur, ich schreibe nicht; ich träume und phantasiere.»

«Ich träume und phantasiere auch, aber ich behalte das alles nicht für mich. Ich mache mich davon frei, um zu leben. Stellen Sie sich vor, ich müßte all diese Bilder, all diese Geschichten einzig für mich behalten, dann wäre ich schon längst verrückt geworden.»

«Stimmt es, daß Ihre Bücher Ihnen von Ihren Figuren diktiert werden?»

«Es stimmt nicht ganz. Aber eine Figur ist zunächst einmal eine Freiheit. Sie können nicht darüber verfügen wie über etwas Biegsames. Sagen wir, das Schreiben wird zwischen dem Autor und seinen Figuren ausgehandelt. Ich erzähle gern Geschichten. Wenn ich eine anfange, bin ich unfähig zu sagen, was geschehen wird. Gerade das ist spannend. Wo bliebe der Spaß, wenn ich alles vorher wüßte? Den Spaß am Schreiben bereiten mir gerade die Überraschungen, die die Figuren mir vorbehalten. Manche spielen mir Streiche, andere enttäuschen mich, wieder andere verführen mich, und ich verliebe mich in sie und kann mich schwer von ihnen trennen, dann kommt es vor, daß ich ein Kapitel zerreiße, um sie wiederzufinden und noch einige Seiten lang mit ihnen zusammenzuleben. Manchmal nehme ich sie unter einem anderen Namen oder mit einer neuen Aufgabe in einem anderen Buch wieder auf. Im allgemeinen sind es Freunde. Man schenkt ihnen Leben und Dauer. Man kann sie nicht allein auf der Straße zurücklassen, die bis ins Unendliche geht. Es sind Wesen, die ich achte, weil ich ihnen meine Bücher verdanke, wenn ich sie auch selbst ausdenke. Freunde? Ja, aber man muß sich vor ihnen hüten...»

Dieser so stille, zurückhaltende Mann hatte sich nach dem Tee verändert. Er war liebenswürdig. Ich hörte ihm mit weit offenen Augen zu. Ich war von seinem Reden gebannt. Seine Hände bewegten sich, sein Gesicht war nicht mehr düster und unruhig. Auf einmal war Vertrauen zwischen uns. Ich sah das

Haus und die aufgeräumten Dinge mit anderen Augen. Ich fühlte mich wohl. Ich erzählte ihm meine Geschichte mit Victor. Er hörte mir, ab und zu ein kleines Lächeln andeutend, aufmerksam zu.

«Zum erstenmal sucht mich jemand wegen eines solchen Problems auf. Ich gebe zu, daß ich geschmeichelt bin. Um Sie zu beruhigen, muß ich Ihnen einen Traum erzählen. Danach werden Sie verstehen, daß es für Sie nur eine Lösung gibt, um da herauszukommen. Vor einigen Jahren war ich dabei, einen Roman über das Thema der Demütigung zu schreiben. Sie wissen ja, daß man in unserem Land die Leute leicht demütigt. Die Würde geht mehr und mehr verloren. Die Leute sind resigniert; sie nehmen die Verachtung hin, sammeln sie in sich an, bis sie eines Tages auf die Straße gehen und alles kaputtschlagen. Das ist in den letzten Jahren mehrmals vorgekommen. Die Polizei, dann die Armee laden und schießen auf die Menge. Gut, ich war von einem Kind ausgegangen, das geboren und ausgesetzt wird. Es wird von einer alten Frau und zwei Clochards gefunden, die auf einem Friedhof leben. Dieses Kind mußte zum Grab eines Mannes gebracht werden, eines Kämpfers, der sich durch drei Tugenden ausgezeichnet hatte: den Widerstand gegen den Besatzer, den Willen, in Freiheit und Würde zu leben, die Unerbittlichkeit im Mut. Ich sagte mir, daß dieses Grab das Symbol einer Rückkehr zum Ursprung für ein Neugeborenes war. Meine drei Figuren mußten eine Reise vom Norden in den Süden Marokkos machen. Das war für mich ein Anlaß, das Porträt eines Landes und seiner Probleme zu zeichnen. In Marrakesch angekommen, ließen sie sich auf dem großen Platz nieder. Es war Sommer und sehr heiß. Ich nahm mir ein paar Tage Ferien und hörte auf zu schreiben. Ich fuhr nach Essaouira, wo es kühler war und wo das Meer wunderschön ist. Eines Nachts hatte ich einen Traum: der große Platz in Marrakesch lag in der prallen Sonne. Alle hatten ihn verlassen. Das heißt, nicht alle. In der Mitte erblickte ich drei Vagabunden mit einem großen Korb, in dem ein Kind schlief.

Ich ging hin und erkannte meine Figuren: die alte Frau mit dem Kind, die beiden Männer, der eine ein Außenseiter der Gesellschaft, der andere ein schlichtes Gemüt. Dieser zog mich am Ärmel und sagte:

‹Entweder bist du böse oder gedankenlos! Warum hast du uns hiergelassen, unter dieser glühenden Sonne, auf diesem Platz, wo es weder einen Baum noch einen Unterstand gibt? Wir sind im Begriff zu schmelzen. Ich warne dich, wenn du uns noch ein paar Tage in dieser Hitze läßt, werden wir verschwinden, von der Sonne verdunstet, aufgelöst. Du mußt uns hier herausholen. Wenn du nicht weißt, wohin, wenn du nicht mehr inspiriert bist, wenn du auf dem trockenen sitzt, sind wir bereit, dir zu helfen... Ich kenne eine sehr schöne Stelle mit einer Quelle und viel Grün. Wir können nur hingehen, wenn du uns befreist. Darin besteht deine Macht. Wenn ich das gewußt hätte, wäre ich nie bereit gewesen, eine Figur bei einem Schriftsteller ohne großes Format zu werden, einem Autor, der mit seiner Inspiration am Ende ist, ohne viel Phantasie und der, statt sich den Kopf zu zerbrechen, ans Meer fährt!... Was für ein Elend! Wir sind mit einem aus Japan importierten Leim am Boden festgeklebt. Du mußt mit denen, die deine Bücher füllen, Mitleid haben. Ohne uns bist du nichts.›

In diesem Augenblick gebot die Frau ihm Schweigen und wandte sich in einem verbindlicheren Ton an mich:

‹Sie und ich, wir kennen uns gut. Mir scheint, ich komme in all Ihren Büchern vor. Manchmal als Statistin, aber dann führe ich die Gruppe an. Die Hitze macht mir keine Angst. Ich habe Schlimmeres erlebt. Was mir Sorgen macht, ist das Kind. Wir sollen es zum Grab von Scheich Ma El Aïnine bringen, nicht wahr? Jetzt holen Sie einmal eine Karte und sagen Sie uns, wohin wir gehen müssen. Notfalls, wenn Sie müde sind, warten wir auf Sie, aber nicht hier. Dieser Platz ist für Märchenerzähler, Scharlatane und Schlangenbeschwörer vorgesehen. Wir haben hier nichts zu suchen. Die Leute schleichen um uns herum und erwarten, daß wir ihnen eine Geschichte erzählen.

Wenn Sie uns nicht befreien, enthüllen wir am Ende noch die Geheimnisse dessen, was Sie gerade schreiben. Das Leben der Leute hier gefällt uns nicht. Wir haben eine Mission. Entweder wir gehen bis zum Ende, oder wir hören auf zu leben, zumindest für Sie.›

Während sie sprach, musterte ich aufmerksam ihr Gesicht. Sie war alterslos. Ihre Züge waren ebenmäßig und strahlten eine schöne Heiterkeit aus. Ich wollte mich ihr nähern, um ihre Hand zu berühren, aber alles rutschte in ein grelles Licht. Es war die Sonne, die in mein Hotelzimmer schien. Ich war von dieser Vision geblendet und verwundert. Es war mehr als ein Traum. Es war eine Erleuchtung. Ohne auch nur Kaffee zu trinken, machte ich mich an die Arbeit und setzte den Roman da fort, wo ich ihn liegengelassen hatte. Ich ließ die drei Marrakesch in aller Eile verlassen. Da ich nicht im voraus wußte, wohin mit ihnen, erfand ich ein Dorf für sie. Ich gab ihm einen Namen und eine Funktion, und meine drei Figuren setzten ihre Reise nach ihrem Belieben in einem Phantasieland fort.»

Ich hörte ihm etwas ungläubig zu. Ich fragte mich, ob er diese Geschichte nicht eigens für mich erfunden hatte, um meine Frage zu beantworten und mich ein wenig zu beruhigen.

Nach einem Schweigen sagte er:

«Jetzt wissen Sie, was Sie zu tun haben.»

«Was denn?»

«Schreiben. Im übrigen, wenn Sie zum Zeitvertreib Figuren erfunden haben, dann ist die Lust zum Schreiben vorhanden, Sie trauen sich nur nicht.»

«Wenn ich auch Lust zum Schreiben habe, ich will nicht... Ich mache Fehler, ich konjugiere die Verben falsch, ich verwechsle die Zeiten, und außerdem... ich bin zu ungeduldig.»

«Ja, aber wenn es nicht drängt, wozu dann schreiben und was schreiben?»

«Sie sind es gewohnt. Ich habe in einer Zeitung gelesen,

daß Sie zum Schreiben die Nacht abwarten und den Tag mit Nichtstun verbringen. Abends setzen Sie sich an Ihre Schreibmaschine, und auf geht's...»

«Nicht ganz so einfach. Tagsüber schreibe ich zwar nicht, aber ich arbeite; ich beobachte Menschen und Dinge, ich lese, ich informiere mich, ich laufe durch die Straßen und sehe mir an, wie die Leute leben. Manchmal verbringe ich einen ganzen Tag damit, in Archiven der Nationalbibliothek zu forschen. Schreiben ist ein Vergnügen, das mit Arbeiten vorbereitet wird. Die Tatsache, daß ich hier lebe, weit weg von meinem Land, nährt in mir eine große Neugier für alles, was die Geschichte, die Vergangenheit und Gegenwart meiner Heimat betrifft.»

«Sie sind nicht verbannt...»

«Nein, ich habe körperlich Abstand von meiner Heimat genommen. Nein, das Exil ist ein Unglück, ein Gebrechen, eine lange, endlose Nacht der Einsamkeit. Von einer Reise in ein sehr schönes Land, nach Schweden, habe ich ein sehr trauriges Bild in mir behalten. Das ist ein Land, das die Menschenrechte achtet und fast überall auf der Welt verteidigt. Die Einwanderungspolitik ist korrekt, und wenn es politische Flüchtlinge aufnimmt, garantiert es ihnen Sicherheit und Arbeit. Dort begegnete ich eines Tages zwei Arabern, die vor der Diktatur in ihrem Land geflohen waren, ich weiß nicht mehr, ob es der Irak oder Syrien war. Sie sprachen mich auf der Straße an, um sich mit mir zu unterhalten. Auf ihren Gesichtern lag so etwas wie Erschöpfung und Traurigkeit. Sie sagten mir, sie könnten sich über die Aufnahme nicht beklagen, aber ihre Heimat fehlte ihnen zu sehr. Der eine sagte, die Heimat, das seien nicht nur die Ebenen, die Berge und Bäume, sondern auch der Wind, die Hitze, der Staub des Herbstes, die Gerüche der Altstadt, die Aromen der Küche, die mit einem besonderen Akzent gesprochene Sprache und so weiter. Um die vom Exil aufgerissenen Breschen zu schließen, hatten beide Männer angefangen zu schreiben. Das Schreiben drängte sich ihnen zwanghaft auf.

Beide hatten ein Manuskript unter dem Arm. Sie spazierten durch die Straßen von Göteborg mit der Summe ihrer Melancholie, ihrer Ängste und Hoffnungen, verzeichnet in einem dicken Heft, in einer Sprache, die fast niemand in Schweden lesen kann. Dieses Bild hat mich lange begleitet. Darin lag eine Mischung aus Verzweiflung und Hoffnung. Schreiben! Schreiben, um nicht verrückt zu werden, um sich an seine Wurzeln zu klammern, um das lange, schmerzliche Schweigen zum Ausdruck zu bringen, das immer wieder unser Leben durchbricht.»

«Und Sie?»

«Ich? Oh, ich sage gern: ‹Ich schreibe, um kein Gesicht mehr zu haben!› Ich schreibe, um eine völlige Anonymität zu erreichen, in der allein das Buch spricht. Ich weiß, das ist anmaßend. Ich strebe nach einer gewissen Demut... Jetzt sind wir ganz vom Grund Ihres Besuches abgekommen.»

Ich hatte nicht gemerkt, wie die Zeit verging. Beim Sprechen starrte er manchmal auf meine Hände und schob einen Satz ein, wie: «Ihre Hände sind zart...» oder «Ihre Wimpern sind lang genug, um Ihren Blick zu schützen». Es war Nacht geworden. Für ihn war es Zeit, sich an seinen Schreibtisch zu setzen, und für mich, den Zug in meinen grauen Vorort zu nehmen. Er dankte mir für meinen Besuch:

«Kommen Sie wieder, auch wenn Victor Sie nicht mehr verfolgt; wir haben uns viel zu sagen. Nächstesmal müssen Sie reden...»

Tatsächlich verbrachte ich die Nacht mit dem Bild des Schriftstellers, nicht mit Victor, der wie durch ein Wunder verschwunden war. Die Bilder unserer Unterhaltung zogen die ganze Nacht lang an mir vorbei. Ich wußte nicht mehr, ob ich träumte oder wachte. Ich hörte wieder die Stimme dieses Mannes, der mich einschüchterte. Das Gesicht und die Worte vermischten sich; und ich irrte durch gewundene Gassen.

Am nächsten Tag, in der Universität, schlief ich während der Vorlesung über Verwaltungsrecht ein. Es war ein guter Schlaf, ohne Träume, ohne Wolken, ohne Worte. Als ich aufwachte, war niemand mehr im Hörsaal.

Diese Begegnung erinnerte mich an Mario. Er war auch Künstler, aber impulsiver und weniger zartfühlend als der Schriftsteller. Zu der Zeit zog mich die Malerei mehr an als die Männer. Sie machten mir angst.

Ich gäbe viel darum, wenn ich eine meiner schlimmsten Erinnerungen endgültig auslöschen könnte: Rahou, der älteste Sohn unserer Nachbarn im Dorf, der eine unglückliche Ziege zwischen seinen Beinen festhält und versucht, sein Glied hinten in das Tier einzuführen. Ich wollte im Stall Heu holen, als ich von diesem Anblick in Angst und Schrecken versetzt wurde. Der Ziege quollen die Augen aus dem Kopf, und sie stöhnte. Er hatte ihr einen Lappen ins Maul gestopft und bemühte sich, das Gleichgewicht zu halten, so heftig war der Vorgang. Ich wollte schreien, aber ich konnte nicht. Mir blieb die Luft weg, und ich hatte große Angst. Als Rahou mich sah, ließ er das Tier los, lief davon und versteckte sich im Stall. Ich weinte den ganzen Tag. Dieses Bild nahm in meinem Kopf ungeheure Ausmaße an. Es wurde immer größer und häßlicher. Ich war kaum zehn Jahre alt; ich werde diesem Unmenschen nie verzeihen, daß er mir das abscheulichste Bild meiner Kindheit geboten hat.

Warum ist es nicht möglich, in seinen Erinnerungen saubermachen! Wir würden nur die behalten, die wir lieben und die uns leben helfen. Ich mochte Marios Atelier sehr, seine Unordnung, die Paletten voller Farben, das Tageslicht am späten Nachmittag; aber seine Ungeduld, sein Ungestüm störten mich. Manchmal denke ich noch an ihn; ich war zu jung, um alle seine Empfindungen zu verstehen.

ZWEIUNDZWANZIGSTES KAPITEL

Auch ich wählte die Nacht zum Schreiben. Ich konnte nicht anders. Erst nach dem Abendessen, wenn meine Geschwister ins Bett gingen, war es ruhig und still. Ich machte den Eßtisch frei und schlug das große Heft auf, in dem ich alle meine Erlebnisse aufschrieb. Es war nicht eigentlich ein Tagebuch. Ich erzählte meine Geschichten, ich phantasierte, ich amüsierte mich. Ich befolgte den Rat des Schriftstellers und erfand für Victor ein heiteres Leben. Seine Abenteuer wurden eingeschränkt, und ich hatte meine Ruhe. Nach und nach verschwand Victor aus meinen Nächten. Er störte mich nicht mehr. Ich gab ihm den Auftrag, Rahou aufzuspüren: er machte sich auf die Suche; er sollte ihn erwischen und ihn aus dem Land meiner Kindheit vertreiben. Ich weiß nicht, ob es das Gesicht des Schriftstellers war, das den Platz in diesem Land einnahm, oder ob mein Dorf aus der Zeit vor dem Fluch mit seinem Schatten und seinem Duft dieser Begegnung beigemischt war.

Reglos in der Nacht starrte ich auf dieses Bild, bis es verschwamm.

Ich saß entschlossen in der Dunkelheit. Das Bild hatte sich verdunkelt, war Teil der Nacht, meiner Nacht geworden. Die zwischen ihr und mir stehende Wand wurde mit zunehmender Ermüdung meiner Augen schraffiert. Sie waren feucht. Ich war im getreulichen Warten auf die keimende Erinnerung erstarrt. Die Wand, ein in der Stille stehender, schwankender Stein. Das Gesicht war nur im Dunkel meiner geschlossenen Augen sichtbar. Ich kniff die Lider zusammen, bis Sterne auftauchten. Das war normal. Ich brauchte diese Dunkelheit, um das Porträt jenes Mannes herzustellen, dessen Stimme zu mir drang, warm und boshaft, heiter, aber von geheuchelter Sanftheit; die Stimme brachte mir die Gesichtszüge, den Blick und dann das Lächeln. In dem Augenblick wußte ich, daß ich keine Figuren mehr zu erfinden brauchte, um zu träumen und die Nacht zu ertragen. Plötzlich füllten sich die auf einen Stern vor schwarzem Hintergrund gerichteten Augen mit Tränen. Ich fühlte sie in meinem Innern fließen. Es tat weh. Zeichen des Kummers oder unsagbarer Freude – die feuchten Sterne lösten sich auf. Das Dunkel wurde grau, dann weiß. Ich sah nichts mehr. Ich brauchte seine Gegenwart. Jede Schimäre war mir unerträglich. Wo war er jetzt? Sein Haus entfernte sich in der Zeit. War er allein? Er war einer von denen, die allein schlafen. Manisch. Zuverlässig in seinen Gewohnheiten. Anspruchsvoll in seiner Art und Weise, die Zeit zu nutzen. Jene, die nachts schreiben, ertragen niemanden, der neben ihnen schläft. Das erfuhr ich später. Er hatte Angst vor der Nacht. Auch wenn er nicht schrieb, blieb er wach. Er sagte: «Entweder sie oder ich!» Oft gewann sie die Oberhand. Der Schlaf übermannte ihn unbemerkt. Wie oft schlief er auf seinem Stuhl, den Kopf auf dem Arbeitstisch, die Hand auf seinem Schreibheft. Manchmal ging er aus und lief stundenlang durch die Straßen. Bars mochte er nicht, aber er durchstreifte die Bahnhöfe auf der Suche nach im Nebel verirrten Personen, die sich im Land oder in der Epoche geirrt hatten. Er hatte die Gabe, sie aufzuspüren und anzusprechen. Er sagte, in seinen Romanen wimmele es von diesen vom Scheitern und vom Weltschmerz gezeichneten Geschöpfen. Er las aus ihren Gesichtern, wie Philippe De aus den Händen las, und erriet ihre Wunden und ihre Verstörtheit. Häufig geriet er an Gastarbeiter ohne Papiere, ohne Geld und ohne Wohnsitz. Half er ihnen? Bestimmt, aber unauffällig. Später gab er mir *Zinas Buch* zu lesen, das Tagebuch einer jungen Marokkanerin, die es ihm geschickt hatte, bevor sie sich das Leben nahm. In dem Heft war alles verzeichnet, auch das Intimste oder Unerträglichste. Er hatte mich gebeten, es aufmerksam zu lesen, bei ihm, in seinem Arbeitszimmer. Es war in einer feinen, peinlich sauberen Schrift ohne Verbesserungen geschrieben. Die Ereignisse waren datiert und in aller Schlichtheit geschildert. Ich schlug es aufs Geratewohl auf:

Mittwoch, 29. Oktober. Heute bin ich siebzehn geworden. Ich bin weder stolz noch glücklich. Meine Mutter ist schon wieder schwanger. Ihre Augen blicken traurig. Ich würde sie gern erlösen. Eine feine Klinge, die in ihren Leib führe, würde genügen. Aber mir graut vor Blut. Meines ertrage ich auch nicht. Ich mache die Augen zu, wenn ich meine Monatsbinden auswechsle; ich wickle sie in Papier und werfe sie in den Abfalleimer, ohne je einen Blick auf sie zu werfen. Das Blut der Lämmer soll das der Unschuld sein! Ist das ein Grund, es zu akzeptieren? Der Tag, an dem mein Vater ein Schaf für das Opferfest schlachtet, ist ein Tag des Jammers. Nun ja, so ist es eben.

(Ohne Datum) Es ist elf Uhr. Ich kann nicht schlafen. Neben mir schnarcht mein kleiner Bruder. Meine beiden Schwestern sehen sorglos aus. Sie wissen nicht, was sie erwartet. Ach, könnte ich doch mit ihnen reden, ihnen sagen, wie bedrückend die Undurchdringlichkeit der Nacht ohne Schlaf ist! Ist es nicht besser, außer Reichweite zu sein?

5. November. Mein Vater kommt spät nach Hause. Spricht nicht mit meiner Mutter. Er schläft in seiner verknitterten Hose auf dem Sofa. Sobald er sich zu stark bewegt, quietscht das Sofa. Ich höre ihn schnarchen. Das Haus ist voller Traurigkeit. Es ist nichts Neues passiert. Aber die Zeit wird, sobald er diese Wohnung betritt, schwer und klebrig.

Ende Dezember. Unsere spanischen Nachbarn bereiten die Feiertage vor. Ich hasse diese Feste am Jahresende, bei denen alle Welt sich verpflichtet fühlt, glücklich zu sein. Mein kleiner Bruder hat einen Weihnachtsbaum verlangt. Statt einer Antwort hat er eine Ohrfeige bekommen. Mein Vater redet immer noch nicht. Er schlägt zu. Mein Bruder hat einen Baum auf ein großes Blatt gemalt und Sterne darauf geklebt. Meine Mutter betet.

2. Februar. Er hat mir wieder zugesetzt. Er wartete vor der Schule auf mich. Er widert mich an. Er ist so häßlich, daß mir schlecht wird. Ich wollte auf der Straße schreien. Er gab mir eine Ohrfeige und rief die Leute als Zeugen an: Sie versagt ihrem Vater die Achtung! Ich habe gebrüllt: Das ist nicht mein Vater, das ist ein Sadist. Die Leute gaben ihm recht. Ich konnte entfliehen.

5. Februar. Die Erpressung hat begonnen. Heute morgen vor der Schule hat ein Kind mir einen großen beigen Umschlag gegeben. Darin war eine offensichtlich gut gemachte Fotomontage: auf den Körper eines nackten Mädchens hat er meinen Kopf montiert. Das Mädchen ist auf allen vieren. Ein weiteres Foto, keine Montage, zeigt ihn und mich neben einem Springbrunnen. Seine Hand liegt leicht auf meiner Schulter. Das war an dem Tag, an dem ich ihn zum erstenmal sah. Ich hatte ihm meine Gedichte mitgebracht, damit er sie liest und eventuell in seiner Zeitschrift veröffentlicht. Ich wußte nicht, daß er auf diese Weise junge Mädchen anlockt.

6. Februar. Ein zweites, noch obszöneres Foto steckte in unserem Briefkasten, dazu folgende Worte: «Sieh dir das an. Es ist nur eine Probe. Ich habe noch mehr Fotos aus der Zeit, als du für die Deutschen posiert hast. Komm am 10. Februar um 17 Uhr ins Büro der Zeitschrift.»

7. Februar. Ich würde mich gern bei der Polizei beschweren, aber mir fehlt der Mut. Ich habe Angst. Dieser Mann ist gemein und skrupellos. Anscheinend ist er selbst von der Polizei. Ich habe niemanden, mit dem ich darüber sprechen kann. Ich hätte vom ersten Tag an mißtrauisch sein sollen. Hakima, die ihn mir vorgestellt hat, sagt, er sei nicht gefährlich; wahrscheinlich hat sie auch bezahlt. Ich bringe ihn noch um.

8. Februar. Mein Vater hat meine Mutter geschlagen.

9. Februar. Meine Mutter hat meinen kleinen Bruder geschlagen.

9. Februar. Die Nachbarn haben sich geschlagen. Und ich muß mich allein mit einem kranken Sadisten, einem schleimigen alten Kerl herumschlagen. Ich beschließe, auf seine Verabredung einzugehen. Wie ist es möglich, daß ein Perverser meint, sich in einer Stadt, wo alles bekannt wird, alles erlauben zu können? Ich bin schön naiv. Ich hätte nie einwilligen dürfen, neben ihm ein angebliches Foto zur Erinnerung machen zu lassen. Wenn mein Vater es erfährt, verprügelt er mich. Meine Mutter ist zu unglücklich, um mich anzuhören. Heute morgen habe ich noch einen unter der Tür hindurchgeschobenen Umschlag gefunden. Zum Glück habe ich ihn entdeckt. Diesmal sitzt ein Mädchen (mit meinem Kopf) nackt auf dem Schoß eines ebenfalls nackten Europäers; er streichelt ihre Brüste. Die Montage ist gut gemacht. Es ist teuflisch. Das muß aufhören. Wenn es sein muß, werde ich mich opfern. Anscheinend ist er über jeden Verdacht erhaben. Ich muß ihn beschreiben: er ist dünn wie eine Bohnenstange. Er ist kurzsichtig und trägt eine graue Brille. Er ist über fünfzig. Die Farbe seiner Haut ist so grau wie seine Brillengläser. Mit seiner spitzen Nase, seinen nicht vorhandenen Lippen ist er ein dreckiger Schlauch. Er ist das abscheulichste Wesen der ganzen Stadt. Er ist das Böse schlechthin. Inzwischen weiß ich, daß er sich immer an sehr junge, arme und hilflose Mädchen herangemacht hat. In seinem Büro hängen Fotos an der Wand. Das sind seine Jagdtrophäen. Er hat die Gewohnheit, jemanden so lange zu erpressen, bis er sein Ziel erreicht. Das Leben jedes Mädchens, das in seine Nähe kam, ist für immer besudelt und verdorben.

Mit mir wird er diese Genugtuung nicht haben. Ich hinterlasse dieses Tagebuch als Zeugnis eines Unheils: ein Mann – eine Kröte – kann heutzutage, ohne behelligt zu werden, ein unschuldiges Mädchen in den Schmutz ziehen. Ich gebe Ihnen seinen Namen und seine Adresse an. Ihnen, dem Leser dieses abgebrochenen Tagebuchs, bleibt es überlassen, ihn der Gerechtigkeit zu überantworten. Ich gehe gleich zu ihm. Ich gebe ihm, was er im Tausch gegen die Fotos haben will. Danach schließe ich mich zu Hause ein und schlucke ein Röhrchen Schlaftabletten. Dieser Mann muß beseitigt werden. Er ist ein Verbrecher. Er hat zwei Wohnsitze, einen in Rabat, den anderen in Tanger. Ich opfere mein Leben, damit dieser Unhold unschädlich gemacht wird. Wenn die Justiz ihre Arbeit nicht tut, können Sie, der Leser, mich rächen. Ich kann mich nur wehren, meine Ehre retten und meine Tugend bewahren, indem ich mir das Leben nehme, auch wenn meine Religion es mir verbietet. Adieu!

DREIUNDZWANZIGSTES KAPITEL

Vor zwanzig Jahren habe ich das Dorf verlassen. Ich habe gezählt. Zwanzig Jahre und einige Tage. Seit einer Weile geht mir der Gedanke, dorthin zurückzukehren, nicht mehr aus dem Sinn. Ich denke daran und male mir aus, was auf dieser roten Erde wohl gewachsen sein mag. Wahrscheinlich noch mehr Steine, noch mehr Feigenkakteen. Ich erinnere mich an ein unermeßliches Stein- und Kieselfeld, das sich bis zum Fuß des Gebirges erstreckt. Dort gab es Bäume und ein wenig Wasser. Neben jedem Haus erhob sich ein kleiner Erdhügel. Man stieg hinauf, um weit zu schauen, um das Treiben der Frauen auf den Terrassen zu beobachten, um auf den Wind zu warten. Wenn er wütend war, konnte man ihn den Sand aufwirbeln und zu einer weißen Kugel formen sehen. Er war blitzschnell bei uns und stieß uns herum. Ich blieb auf dem Hügel, die nackten Füße in die Erde verkrallt. Ich sagte mir: nur dieser stürmische, tobende Wind ist imstande, mir Flügel zu verleihen. Ich breitete die Arme aus und versuchte mich im Gleichgewicht zu halten. Wie oft lag ich plötzlich auf dem Rücken, die Beine in der Luft, den Mund voller Staub, die Augen voller Sandkörner und mit roten Haaren! Die anderen Kinder lachten. Ich stand auf und nahm wieder meine Haltung ein, bis der Wind sich legte. Danach ging ich traurig, aber nicht entmutigt, ins Haus.

Im Winter sah man den Wind nicht. Man hörte ihn. Er kündigte sich mit einem fernen Brausen an. Ich wußte, daß dieser Wind mir keine Flügel verleihen würde. In eine rote Decke gehüllt ging ich trotzdem hinaus; ich stieg auf den kleinen Hügel, um ihn vorbeiziehen zu hören und mir vorzustellen, wie er mit der kalten Luft spielte. Ich schlotterte. Aber es machte mir Freude, ihn zu begrüßen. Nur selten versäumte ich sein Vorbeiwehen. Nachts hatte ich Angst, aus dem Haus zu gehen. Die augehungerten Hunde heulten wie Wölfe. Vielleicht hatten sie Angst vor dem Wind. Im Zimmer liegend sprach ich mit ihm, schilderte ihm meinen Tag, erzählte ihm mein Leben. Ich schloß die Augen und sah ihn um die Häuser herumstreichen. Ich sagte zu ihm: «Wann läßt du mir auf dem Rücken oder an den Armen Flügel wachsen, damit ich von hier fortgehen kann? Ich weiß, eines Tages wirst du kommen und mich davontragen, du wirst in die richtige Richtung wehen, und ich werde mühelos fliegen, wohin du willst, dorthin, wo ich nicht mehr auf dich zu warten brauche. Du setzt mich auf dem höchsten Ast eines Eukalyptusbaumes ab. Von dort aus werde ich eine Weile die Männer und Frauen beobachten und dann, wenn ich Hunger und Durst habe, hinuntersteigen. Unten ist ein Garten, durch den ein kleiner Bach fließt. Darin arbeiten Frauen und singen dabei. Männer reiten auf ihren Mauleseln zum Markt. Ich werde nicht mehr die Kühe hüten. Ich werde mich nicht mehr mit dem Zählen der weißen Steine auf der roten Erde langweilen. Mein schmächtiger Körper wird unsichtbar sein. Niemand wird meine Gegenwart bemerken. Wenn ich mich bewege, wird man sagen: ‹Aha, der Wind.› Ich werde schnell gehen, ohne die Tomaten oder Blumen zu zertreten. Ich werde wenig essen und viel Wasser trinken. Ich werde den Kopf in die Quelle tauchen und das ganze Wasser trinken. Hier herrscht so großer Wassermangel, daß es mein süßester Traum ist, von dir in einer Quelle abgesetzt zu werden. Ich will schwimmen, tanzen, singen und beten, bis ich nur noch eine Vielzahl von Wassertropfen bin. Ich werde ein Arm jenes Baches werden und bis zu meinem Dorf fließen. Ohne dich, wenn du mir nicht hilfst, wenn du mich nicht antreibst, wird es mir nie gelingen, diesen Traum zu verwirklichen. Ich verlange viel von dir, aber ich weiß von meiner Großmutter, daß du die Gebete von Kindern erhörst. Weißt du, daß man hier sechzig

Meter tief graben muß, um Wasser zu finden? Deshalb gräbt niemand. Alle warten auf den Regen, der die kleinen Reservoirs füllt. Bisweilen bringt uns ein Lastwagen Wasser in einer Zisterne. Er kommt aus Imiltanout, wo das Wasser in Rohren fließt. Es ist nicht immer trinkbar. Meine Mutter kocht es ab, seit der älteste Sohn des Krämers gestorben ist, nachdem er Wasser aus der Zisterne getrunken hatte. Das hat uns der Krankenpfleger aus Imiltanout gesagt. Er ist in Ordnung. Er verarztet alle mit den gleichen weißen Tabletten. Er sagt oft: ‹Ich weiß nicht, ich bin nur ein armer Pfleger.› Deshalb mußt du kommen. Ich warte auf dich. Ich warte so lange, wie du willst. Neulich hat mein Onkel einen kleinen Kasten mitgebracht, der Musik macht. Das ist ein Radio. Leute sprechen darin. Ich habe dich darin blasen hören. Du gibst schrille Pfiffe von dir. Wahrscheinlich bist du verärgert über einen stärkeren Wind, der aus einer anderen Richtung kommt. Wenn ihr aufeinandertrefft, entsteht viel Lärm und Staub. Die Katzen miauen sonderbar, wenn ihr euch dem Dorf nähert. Dann werden die Kinder wegen der Augenkrankheit ins Haus geholt. Wir haben alle kranke Augen. Der Pfleger nennt das Trachom. Es ist die Krankheit, die der böse Wind mitbringt. Du wirst nie böse sein, da du mich von diesen Steinen und diesen langen, ereignislosen Tagen erlösen wirst. In dem kleinen Garten, wo mein Vater einen Feigen- und einen Olivenbaum gepflanzt hat, ist die Erde aufgerissen. Sie birgt Schlangen und Skorpione. Warum fegst du nicht einmal durch diesen Ort, um diese Tiere zu vertreiben? Ich weiß, wie man mit ihnen spielt, ohne daß sie beißen. Aber ich mag sie nicht mehr. Ich habe keinen Spaß mehr mit ihnen. Sogar zum Spielen brauche ich dich. Mein Onkel hat oben an den Griff eines umgestürzten Karrens ein Seil angebunden. In das Seilende hat er einen dicken Knoten gemacht. Man schwingt ihn um den Kopf, man rutscht etwas auf dem Seil hin und her, bis man auf dem Knoten sitzt. Man hält sich mit beiden Händen am Seil fest. So hat man eine Schaukel. Wenn ich allein bin, warte ich auf dich, damit du mich schaukelst. Die Kinder wissen nicht, wie man die Schaukel anstößt. Sie sind zu heftig oder zu lahm. Mit dir fliege ich gleichmäßig hin und her, ich schließe die Augen und träume. Diese Schaukel ist unser Zeitvertreib. An dem Tag, an dem mein Onkel den Karren braucht, müssen wir andere Spiele erfinden. So habe ich gelernt, mit Schlangen und Skorpionen zu spielen. Das ist sehr heikel. Man muß genaue Bewegungen machen und darf keine Angst haben. Der Spaß besteht darin, den Skorpion daran zu hindern zu stechen, indem man ihn entwaffnet. Hat man ihn einmal ermüdet, steckt man ihn in eine Wasserschale und sieht zu, wie er ertrinkt. Das Spiel mit den Schlangen ist weniger raffiniert. Man fängt sie mit einem am Ende gegabelten Schilfrohr und betäubt sie, indem man das Rohr hin und her schwenkt. Manchmal trennt man ihnen den Kopf ab. Sie zappeln weiter, und dann wirft man sie weg. Sie werden im Nu von den Hunden verschlungen. Manchmal kämpfen sie um eine unglückliche Schlange, an der nichts Appetitliches ist. Hunger ist, wenn man mit aller Kraft für nichts kämpft.»

Ich sehe wieder dieses in eine Schaukel verwandelte Stück Seil vor mir. Es war nicht einmal ein Seil, sondern ein Stück haltbarer Stoff aus der Bettwäsche. Vorher hatte mein Vater einen alten Reifen an zwei Seilen an den Feigenbaum gebunden, und wir schaukelten den ganzen Tag. Wir setzten uns zu zweit in den Reifen, und der dritte stieß an. Gewöhnlich richtete ich es so ein, mit Brahim zusammenzusein, meinem Cousin mit den hellen Augen. Er war schön und wurde *roumi* genannt, weil er mit seinen grauen Augen wie ein Ausländer, ein Franzose aussah. Ich hatte noch nie einen Fremden gesehen, aber ich dachte, die *roumis* müßten schön sein. Ich stellte sie mir alle mit hellen Augen und einem sanften Blick vor. Alles was schön war, wurde *roumi* genannt: ein Huhn, eine Jacke, eine leichte Decke...

Brahim war zwei Jahre älter als ich. Er war mir bestimmt, oder genauer gesagt, die Logik und die Natur der Dinge bestimmten uns unausweichlich für eine Heirat. Nichts war gesagt. Alles stand an einen klaren, unwandelbaren Himmel geschrieben. Hin und wieder scherzten unsere Mütter. An Festtagen zogen sie uns so an, daß es unzweideutig war. Wir waren schön, und wir wußten nicht, ob es ein Spiel war oder das Leben, das für uns begann. Wir hielten uns bei der Hand und gingen spazieren. Wir machten einen Rundgang über die Dachterrassen, von Haus zu Haus über wacklige Leitern. Das machte Spaß. Wir versuchten den Fuß der Leiter mit einem dicken Stein zu verkeilen. Brahim hielt die Leiter, während ich hinaufstieg. Er schloß die Augen, um mich nicht in Verlegenheit zu bringen. Es gab nichts zu sehen. Ich trug einen Sarual unter dem Kleid. Wir lachten. Dann kletterte er hinterher, und wir liefen über die Terrasse. Wir überraschten aufeinanderklebende Hunde und prusteten vor Lachen. Wir wußten, was sie machten, aber das störte uns nicht. Tiere brauchen sich dabei nicht zu verstecken. Aber an dem Tag, als wir Rahou hinter einer Ziege herlaufen sahen, um mit ihr zu machen, was der Hund mit der Hündin macht, war uns nicht nach Lachen zumute. Wir hatten Angst. Brahim legte mir die Hand über die Augen, damit ich das Schreckliche nicht sah. Danach nahm er mich in die Arme und sagte: «Du bist alles für mich; du bist meine Cousine, meine Schwester, das Licht meiner Augen, meine Braut und meine Frau fürs Leben!» Er sprach natürlich und benutzte gern Bilder. Als es Nacht geworden war, wußten wir nicht mehr, wie wir auf unsere Terrasse zurückkamen. Es war dunkel. Der Himmel war bedeckt. Wir hatten uns verirrt. Wir hörten das Echo der Rufe. Man rief laut in der Stille der Nacht nach uns. Aus Angst, die Leute unten im Haus zu wekken, wagten wir nicht zu antworten. Sie hätten uns für Diebe gehalten und uns verprügelt. In der Dunkelheit konnten sie nicht erkennen, ob wir nur verirrte Kinder oder in die Enge getriebene Diebe waren. Deshalb regten wir uns nicht. Ich schlief an Brahims Schulter ein. Ich erinnere mich, einen wunderschönen Traum voller Farben und Licht geträumt zu haben: ein roter Apfel auf einem blaugestrichenen Tisch, ein weißgekalkter Olivenzweig; draußen die Feigenkakteen blühten in allen Farben und glitzerten von weitem. Ich war in goldenes Laub gekleidet, und mein Liebster trug einen Strohhut, auf dem ein Vogel sein Nest hatte. Aus dem roten Apfel kam plötzlich ein gelber Fisch. Er lallte. Der Tisch wurde weiß und groß. Er bewegte sich, hob an zu tanzen. Die Feigenkakteen öffneten sich und verströmten einen sehr starken Duft. Er betäubte mich. Ich stand auf und fiel hin. Brahim stand auf dem Tisch und zeichnete in die Luft. Mit seinem in einen Topf grüne Farbe getauchten Finger zeichnete er eine Taube, die, sobald sie fertig war, davonflog. Sein Finger folgte einer Wellenbewegung, und ich sah das Meer. Es war das erste Mal, daß ich das Meer sah. Es war weder blau noch grün, sondern rot wie die Erde in unserem Dorf; die Wellen waren weiß wie die auf unserer Erde verstreuten Steine. Das Meer kam von einem starken Wind getrieben auf uns zu. Mir war kalt. Ich schmiegte mich an Brahim. Eine Welle überrollte uns. Genau in dem Augenblick wachte ich auf. Ich sah einen Mann, der gerade eine Wolldecke über uns legen wollte. Ich öffnete die Augen und schrie auf. Brahim fuhr aus dem Schlaf. Der Mann sagte: «Keine Angst! Eure Eltern suchen euch. Sie wissen jetzt, daß ihr hier seid. Schlaft weiter.»

Es war Morgen. Die Sonne hatte sich eben erst gezeigt. Es war kalt. Ich fing an zu weinen. Brahim trocknete meine Tränen. «Du hast nichts zu befürchten», sagte er, «ich bin ja da, ich bin bei dir, du bist meine Frau, und ich bin dein Mann. Das werde ich ihnen sagen ...»

Die Stockschläge auf die Fußsohlen wurden mir von meinem Onkel verabreicht, nicht von meinem Vater. Er war gar nicht da. Er mußte in der Stadt sein, in Agadir oder Marrakesch, um die Unterlagen für seinen Paß zu besorgen.

Mein Onkel hat immer den bösen Blick gehabt. Er ließ sich einen Bart wachsen, eher weil er zu faul war, sich zu waschen, als um schön zu sein. Der Bart, buschig und dicht, war schmutzig. In ihm verfing sich der rote Staub der Erde. Auf dem Kopf trug er immer dieselbe *taguia*. Er schlief mit ihr, und da er sich selten wusch, nahm er sie fast nie ab. Er war ein neidischer, trauriger Mann. Mein Vater sagte, «dieser Bruder ist ein Irrtum», vor allem seit seiner Heirat mit einer Fremden, keiner Christin, aber einer Frau aus einem anderen Dorf. Sie war es, die Zwietracht in die Familie brachte, indem sie weder die Alten noch die Stammessitten achtete. Ich bin sicher, daß mein Onkel von ihr angestiftet war, wenn er mich schlug. Ich will ihn nicht entschuldigen, aber er tat nichts ohne die Zustimmung seiner Frau, die ihm ständig seine Charakterschwäche vorwarf. Es hieß, er habe ein schwarzes Herz und seine Frau eine Viperntunge. Vielleicht bekamen sie deshalb keine Kinder. Mein Großvater hatte sie auf dem Totenbett verflucht. Er hatte gesagt: «Ich gehe bedrückten Herzens von dannen, nicht weil der Tod mir angst macht, sondern weil ich einen unwürdigen Sohn hinterlasse, einen Mann ohne Mut, ohne Güte, ganz seiner Frau unterworfen, dieser Fremden, die nicht einmal fähig war, ihm einen Sohn zu schenken. Sie hat unser Land und unseren Besitz geschmäht. Wir besitzen nicht viel, aber es genügt zum Leben. Sobald sie da war, hat sie angefangen, von Armut und Elend zu sprechen. Mit ihr sind die Probleme gekommen. Sie wurde uns von der Dürre ins Dorf gebracht. Statt sie zu verstoßen und in ihren Geburtsort zurückzuschicken, ist mein Schafskopf von Sohn abhängig von ihr geworden und hat alle Zaubertränke geschluckt, die sie mitbrachte. Hexerei ist wider die Religion. Mein Sohn hat seine Familie wie seine Religion verraten. Ich gehe traurig mit dem Wunsch von dannen, daß dieses Paar mir so bald wie möglich folgen möge, an diesem Freitag, an dem der Himmel uns erhört.»

Er starb nachts im Schlaf. Einige Tage darauf brachte ein Mann aus dem Dorf meinem Vater eine Vorladung nach Imiltanout, wo er sich einer ärztlichen Untersuchung unterziehen sollte. Das bedeutete, daß sein Antrag, ins Ausland zu gehen, angenommen war. Binnen einer Woche waren alle Papiere ausgestellt. Mein Vater hatte einen Paß und einen Arbeitsvertrag. Er zeigte uns das heißbegehrte grüne Büchlein und den grauen Schein mit seinem Foto darauf. Er war bewegt und unruhig. Ich stieg auf den Hügel und blickte in die Runde: auf der Erde war nichts, nichts als Steine und einige Büschel Unkraut. Die Trockenheit war ein Fluch. In der Ferne sah ich die Berge. Sie waren kahl. Kein Schnee mehr. Zumindest an ihrem Fuß war etwas Grün. Den am meisten Begünstigten gelang es, ihr Vieh dorthin zu führen. Wir begnügten uns mit dem Heuvorrat. Bei diesem verfluchten Land, auf dem nichts mehr wuchs, gab es nichts, dem man nachtrauern mußte. Der Himmel wußte es, blieb unserem Unglück gegenüber aber gleichgültig.

VIERUNDZWANZIGSTES KAPITEL

Zwanzig Jahre sind vergangen, und immer noch dieselbe Erde, derselbe Horizont, dieselben Fragen. Die Erde, so weit das Auge reicht, weist keine Uneinheitlichkeit auf. Sie ist eben. Trocken und kahl. Eine von den Karren vertiefte Fahrspur durchzieht sie in der Mitte und führt bis ins Unendliche, bis in den Himmel. Diese Piste ist der Zielpunkt der wartenden Kinder: mal ist es der Lieferwagen des fahrenden Krämers, mal das Taxi, das einen in die Fremde gegangenen Vater zurückbringt.

Ich kenne diese Piste, als hätte ich sie selbst angelegt. Ich habe sie ganze Tage lang von unserer Terrasse aus beobachtet. Es war die Zeit, als mein Onkel mich mißhandelte. Ich hatte niemanden, mit dem ich sprechen, bei dem ich mich beklagen konnte. Meine Mutter war unglücklich genug, um meinem Vater nicht auch noch zu berichten, was sein Bruder tat. Auch sie wartete die ganze Zeit auf meinen Vater. Ja keinen Streit mit dem Bruder ihres Mannes oder mit der Fremden. Also wandte ich mich an die Piste, die vor meinen Augen eine schöne breite Straße wurde. Das Licht ließ Spiegelungen auf ihr entstehen, Spiegel, in denen sich der Himmel reflektierte, Karawanen, die sich unentwegt vorwärtsbewegten, ohne je unseren Bezirk zu erreichen, Wagen, die mit höchster Geschwindigkeit fuhren und Musik machten; ich sah dort auch ein Meer, einen Hafen und Schiffe. Diese Piste war mehr als eine Straße, mehr als ein holpriger Weg; sie war meine Leidenschaft, das Gelände, auf dem meine Träume landen sollten.

Für meine Mutter war sie sowohl eine Wunde wie eine Erlösung. Sie sah sie nicht an, da sie Angst vor Illusionen hatte.

Eines Abends jedoch ertappte ich sie dabei, wie sie sie anstarrte und mit ihr sprach, als wäre sie ein Tor, ein Tor zu einem Heiligen, das Tor zu einer Hoffnung, das sich öffnen sollte. Sie sagte: «Du, die du vor den Schritten meines Mannes aufgegangen bist, du, die du ihn von mir und seinen Kindern fortgeführst hast, wann wirst du ihn mir zurückbringen? Wann werde ich die hübsche Staubwolke sehen, die Besuch ankündigt? Wann kommt er und erlöst uns aus dieser flachen Hölle, in der nichts sich regt? Ich bin jung und allein. Meine Kinder wissen nicht mehr, was sie sich ausdenken sollen, um die Zeit auszufüllen. Sie spielen jetzt mit Skorpionen und Schlangen. Das ist gefährlich. Das Leben ist reglos. Der Himmel ist reglos. Das Gebirge im Hintergrund ist reglos. Nur der Wind peitscht von Zeit zu Zeit meine Schlaflosigkeit und verleiht ihr Flügel. O mein Mann! Ich versuche mich dir anzuschließen, wo du bist, und verlaufe mich unterwegs. Ich stelle dich mir vor, ohne das Land zu kennen, in dem du arbeitest. Ich sehe dich unter einer erloschenen Sonne. Ich höre dich, auch wenn ich nicht verstehe, was du sagst. Komm zurück. Komm schnell zurück!»

«Mit wem sprichst du?»

«Mit mir selber... Ich habe gebetet...»

«Glaubst du, daß er bald zurückkommt?»

«Nicht vor dem Sommer. Komm jetzt, wir gehen schlafen.»

In jener Nacht schlief ich nicht. Ich war zu aufgeregt und wußte, daß etwas geschehen würde. Früh am nächsten Morgen begann ich die Piste zu beobachten. Ich sah als erste die Staubwolke, die sich uns näherte. Ich weckte meine Mutter. Alle Kinder standen auf dem Hügel und warteten. Es war keine Luftspiegelung. Es konnte nicht der Lieferwagen des Krämers sein; es war weder sein Tag noch seine Stunde. Wir rissen die Augen auf, um besser zu sehen. Die Wolke wurde größer, und man konnte nicht erkennen, ob es ein Fahrrad oder ein Auto war. Es war ein Karren, der langsam vorrückte. Mein Vater kam immer im Taxi. Nie auf einem Karren. Auf einmal sahen wir meinen Onkel aus dem Haus kommen, der seinen Stock schwenkte und rief: «Hierher, die Lieferung hierher.» Der Fahrer antwortete nicht und folgte weiter der Piste. Als er vor dem Haus anhielt, umringten ihn die Kinder. Mein Onkel verjagte sie, indem er mit dem Stock drohte. Der alte Fahrer bat vor dem Abladen der beiden Kisten um eine Karaffe Wasser.

«Vorsicht, man sagte mir, es ist zerbrechlich. Ich habe dicke Steine und Rillen so gut es ging umfahren. Davon gibt es etliche auf dieser Piste. Gott hat euch vergessen, könnte man meinen.»

Auf der einen Kiste war ein senkrecht nach oben zeigender Pfeil, auf der anderen ein weißes Quadrat. Mein Onkel nahm den kostbaren Gegenstand in die Arme und stellte ihn in seinem Zimmer ab. Seine Frau stand hinter der Tür, damit die Neugierigen nicht sehen konnten, was in dem Karton war. In der anderen Kiste war genauso eine Gasflasche wie die, mit deren Hilfe wir abends Licht machten. Mein Onkel verbrachte den ganzen Tag auf dem Dach, wo er das an einer Stange anbrachte, was die Antenne sein mußte. Drei Tage lang kamen weder er noch seine Frau aus ihrem Zimmer. Wahrscheinlich saßen sie vor der Zauberkiste, aus der nur abends Bilder kamen. Später erfuhren wir, daß sie den Bildschirm auch dann anschauten, wenn kein Bild da war. Nach einer Woche beschlossen sie, uns einzuladen.

Bilder zogen vorbei. Manche sprachen arabisch, andere französisch, keines unsere Sprache. Wir sahen einander an, weil wir rein gar nichts von dem verstanden, was auf dem Bildschirm vorging. Nur meine Großmutter wagte die Frage zu stellen, an die alle dachten.

«Wieviel kostet das?»

Lange war es still, dann sagte ihr Sohn, ohne sie anzusehen:

«Es ist nicht teuer, nicht wirklich...»

Dann, zu seiner Frau gewandt, stotterte er:

«Es stimmt, er ist nicht neu, also nicht teuer...»

Meine Großmutter stand auf und sagte, ohne lauter zu werden:

«Das kostet eine Kuh…, die Kuh, die du kaufen solltest… das ist alles.»

Mein Onkel stellte das Gas ab, und die Bilder verschwanden.

Mein Onkel ist gealtert. Sein Gesicht ist gezeichnet. Der Blick ist glasig. Es ist das Gesicht eines verärgerten Mannes. Seine Frau schminkt sich noch immer zu stark. Sie hat alles von einer *chikha* an sich, einer Tänzerin und Sängerin, die die Männer amüsiert. Wenn sie redet, stellt sie sich breitbeinig hin und stemmt die Hände kampflustig in die Hüften. Sie macht mir noch immer angst. Aber es ist nicht mehr die Angst des Kindes, das von dem Ungeheuer in die Enge getrieben wird. Es ist eine ruhige Angst, die Ähnlichkeit mit Ekel hat. Wenn sie mich ansieht, weiß ich, daß das Unglück nicht weit ist. Sie und ihr Mann bewohnen unser Haus. Das Gärtchen ist verwahrlost. Der Taubenschlag ist leer. Der Stall ist schmutzig. Es ist nicht mehr unser Haus. Mein Vater würde seinen Bruder nicht vor die Tür setzen. Meine Eltern kommen immer im Sommer hierher und bleiben wenige Tage. Die Hitze löst das Problem. Wir schlafen alle im Freien, auf der Terrasse oder auf dem Hügel.

Ich habe beschlossen, einige Zeit hierzubleiben. Ich werde bei meiner anderen Tante wohnen. Das ist eine gute Frau. Sie ist in meinem Alter und hat schon fünf Kinder. Sie war ein sehr hübsches Mädchen. Mit fünfzehn wurde sie verheiratet. Sie ist nicht unglücklich. Ihre Kinder sind schön und gesund. Sie arbeitet pausenlos. Keine Zeit zum Nachdenken. Ich beobachte, wie sie im Hof hin und her läuft. Sie lächelt unentwegt. Sie hat ein schönes Gesicht und Goldzähne. Das ist hier so üblich. Goldzähne und Gewürznelkenparfum. Bei der Hitze benimmt mir dieser Geruch, der mich an meine Kindheit erinnert, den Atem. Der Feind ist inzwischen nicht mehr die Hitze, sondern eine Wolke Fliegen. Sie sind klein und schwarz. Sie stechen wie Moskitos. Sie greifen mich von überallher an. Ich wußte nicht, daß sie so furchterregend sein können. Die Kinder vertreiben sie nicht. Sie lassen sie über ihre schmutzigen Gesichter, über ihre nackten Füße krabbeln. Sie spüren die Stiche wohl nicht. Auch die Erwachsenen beachten sie nicht. Alle sehen mich an, wenn ich wie eine Verrückte gestikuliere. Die Kinder lachen und sagen: «Das ist nichts, das sind nur Fliegen!» Sie sind überall. Ich sehe sie überall. Weder Brot noch Fleisch werden verschont. Man könnte meinen, sie wären unsterblich. Sie kommen von nirgendwo, um diese kahle Scholle zu bedecken und das Leben etwas schwierig zu machen.

Von hier stammt meine Erinnerung an die Stille. Unermeßlich und natürlich. Wie der Morgennebel steigt sie von den Bergen herab. Sie kommt, um sich über die Nacht zu legen, dann läßt sie sich langsam zwischen den wenigen auf dem Hof herumliegenden und herumstehenden Dingen nieder: ein Wasserkrug, ein niedriger Tisch, eine Propangasflasche, ein Schubkarren mit Heu, ein Karton voll Apfelsinenschalen, die trocknen sollen, ein an den Fensterrahmen gelehntes Stück Spiegel. Die Stille stößt auf dieses Stück Licht, bevor sie friedlich über die endlose Ebene herrscht. Sie bringt die Nacht herbei, wenn die Tiere sich nicht mehr regen und mit offenen Augen im Stehen schlafen. Es heißt, die Nacht breche herein, wenn man die Lichter der Stadt angehen sieht. Hier gibt es kein Licht. Die Nacht kommt, und bisweilen läßt man sie sich in ihrer Dichte ausbreiten, ohne eine Kerze anzuzünden. Ich behalte auch die Augen offen. Ich bin nicht müde. Ich möchte alles sehen, alles beobachten. Ich betrachte den Himmel, ich zähle die Sterne, ich zähle die am Tag gesprochenen Wörter, ich mische sie, mache Sätze ohne Sinn daraus oder Gebete, so schlicht wie eine Träne.

Von diesem von Gott und den Menschen vergessenen Ort gehen Gebete aus, erreichen allenfalls den Fuß des Gebirges und kommen dann mit dem Staub und dem Wind zurück. Wie viele Male, sagte mir mein Vater, haben die Männer sich versammelt und den Himmel um ein wenig Regen, ein wenig Milde angerufen. Schließlich haben sie begriffen, daß es nichts nützt, daß niemand sie hört, vor allem der Himmel nicht.

Meine Großmutter, die sich über nichts mehr wundert, sagt: «Du bist also zurückgekommen; ich habe auf dich gewartet. Die anderen warteten auch, aber sie konnten nicht wissen, daß durch dich die Erlösung kommen soll. Gib mir die rechte Hand, laß sie mich ansehen. Sie muß geschützt werden, wir werden sie mit Henna bestreichen und keinem etwas sagen.»

Sie nahm meine Hand, sah sie lange an, streichelte und küßte sie, als wäre es ein heiliger Gegenstand. Ich kauerte vor ihr. Meine Beine zitterten, und meine Augen füllten sich mit Tränen, die meine Wimpern zurückhielten. Ich fühlte die Kindheit in mich zurückkehren wie eine alte Freundin, die sich entfernt hat und die ein Zufall des Lebens zu uns zurückbringt. Was mich überwältigte, waren nicht die dunklen, von Haß und Ratten erfüllten Tage. Es war vielmehr der Traum von der Kindheit, der Wunsch nach einer glücklichen Kindheit, mit einem riesengroßen Drachen hoch oben im Gleißen des Lichts wie eine von Kindern kolorierte Wolke. Durch meine zurückgehaltenen Tränen glitzerte alles, selbst die wenigen, sich am Himmel verlierenden Wolken. Sogar die Fliegen wurden zu etwas närrischen, wirbelnden Sternchen, die vom starken Licht dieses außergewöhnlichen Tages verschluckt wurden.

Zugleich Frau und Kind, überkam mich vor der Mutter meiner Mutter die Gewißheit: dieses Land, auf dem ich geboren bin, ist der schönste Ort der Welt. Diese Schönheit ist nirgendwo sichtbar. Diese kahle, von allem entblößte, trockene Erde ohne Hoffnung, diese niedrigen Häuser, in denen das Licht gewaltsam wird, diese Ebene aus Schotter und Luftspiegelungen haben nicht alle Leute schlecht gemacht. Ihre Menschlichkeit ist in ihrem Blick, im verschwiegenen Herzen, in den tiefen, ebenmäßigen Falten der Gesichter, die immer hier gelebt haben und nie etwas anderes gesehen haben als diese unwahrscheinlichen Berge dort hinten, am beweglichen Horizont. Diese Schönheit ist ein Wunder, geschöpft aus der Kahlheit der Dinge, aus der Stille der langen Tage, an denen nichts geschieht, an denen niemand in die Höfe der Häuser tritt, um eine Geburt, eine

Hochzeit oder einen Todesfall bekanntzumachen. Das weiß jeder instinktiv. Ein öffentlicher Ausrufer wird nicht gebraucht. Man weiß alles über alles und schweigt. Das ist Scham.

Es gibt den Tod. Aber er verweilt nie an dieser Stätte. Mal holt er ein Kind, mal einen Greis. Die anderen läßt er in Ruhe, ohne ihnen auch nur ein Zeichen zu geben, ohne ihnen eine schrille kleine Melodie vorzusummen. Man hebt die Leiche auf, wäscht sie und wickelt sie in ein weißes Laken, dann legt man sie betend in die nackte Erde. Alles geht sehr schnell. Man vertuscht diesen traurigen Zwischenfall und macht weiter, als wäre das Leben voller Überraschungen. Alles bleibt an seinem Platz. Der Tod ist nicht schlimm. Er ist eine der Gewißheiten, die im Buch stehen. Meine Großmutter kann nicht lesen, aber sie kennt ganze Suren des Korans auswendig. Von ihrem Vater gelernt und Tausende Male wiederholt, sagt sie sie langsam auf. Die vielen Gebete haben es nicht erreicht, fließendes Wasser und Elektrizität in diese Steinwüste zu bringen, ebensowenig wie einen Arzt oder einen Ambulanzwagen. Zehn, zwanzig Kilometer im Umkreis die gleiche Mattigkeit des Himmels, die gleichen Häuser aus Lehm, niedrig, von der Sonne erdrückt und in Einsamkeit getaucht, von der Trockenheit ausgehöhlte Skorpione, auf dem Rücken liegende Skarabäen, eine von Ameisen angenagte Schlange, Kieselsteine, von den Kindern gesammelte Stücke von Plastikflaschen, um eine Karawane in die Wüste zusammenzustellen, ein aus dem Osten gekommenes Heuknäuel, ein Hühnergerippe zwischen zwei ausgehungerten Hunden und der Tag, der sich dehnt und streckt wie ein schweres, endloses Laken.

Und meine Großmutter, die noch immer an den am Fuß des Gebirges oder in einem der Häuser des Dorfes vergrabenen Schatz glaubt. Sie glaubt auch, ich sei das Mädchen, das vom Urahn ausersehen wurde, den Schatz zu finden, dank der besonderen Linien meiner rechten Hand, Linien, die einen Weg und ein Schicksal angeben. Sie sagt mir, der Onkel, den sie «Schwarzes Herz» nennt, habe überall, sogar auf dem Friedhof, nach Goldstücken gegraben, wobei ihm seine «Steinernes Herz» genannte Frau half. Sie sagt auch, die beiden Herzen seien geschaffen, sich zu verstehen, aber das Blut, das in ihnen kreist, sei nicht menschlich; es sei von Haß und Neid schwarz geworden. «Gib mir diese kostbare kleine Hand», sagt sie. «Sie ist so fein, so lang und so schön. Laß sie offen ausgestreckt, das Henna ist heiß, ich werde dir ein Auge in einem Fisch, in einer anderen Hand mit fünf deutlichen Fingern malen, mit Sternen rund herum, damit der Himmel gnädig sei, damit der Vollmond uns in sein Licht tauche und deine Hand uns führe. Wir werden weite Strecken zu Fuß zurücklegen, wir werden des Nachts wandern und uns am Tag ausruhen. Gott segne dich, meine Enkeltochter, unser aller Mutter.»

Sie spricht mit zur Decke gerichteten Augen. Die Fliegen sind in das Zimmer eingefallen, und mindestens ein Dutzend ist in der Schale mit Henna ertrunken. Ich sehe zu, wie sie herumzappeln und dann in einen dickflüssigen, heißen Tod hinabgezogen auf den Boden der Schale sinken.

Ich halte ihr meine ausgestreckte Hand hin und sage nichts. Als unsere Blicke sich treffen, bedeutet sie mir, die Augen niederzuschlagen, denn der Augenblick ist feierlich und muß in Zurückhaltung und Scham erlebt werden. Auf dem Boden zerren Ameisen einen toten Skarabäus entlang. Sie bewegen sich in einer geraden Reihe zu zweit vorwärts. Auf meiner Handfläche erscheint schon ein Auge, schlecht gezeichnet. Ich sehe die Ameisen nicht mehr. Alles was nahe ist, ist verschwommen. Ich denke an jenen von der Mutter auf die Tochter, vom Vater auf den Sohn vererbten Traum. Vielleicht gibt es den Schatz. Er ist Teil des Gedächtnisses aller. Für manche liegt er im Gebirge, zwei Tage- und Nachtmärsche entfernt. Für andere kann er nur im Grab des heiligen Sidi Seltane sein, am Ende der Piste, die nach Sebt M'zouda führt. Ich erinnere mich an die Zeit, als meine Mutter mich zu Sidi Seltane mitnahm, wo ein Mann sich angekettet hatte, nachdem er einen Fuchs zerstückelt und rund um den ganzen Marabut verstreut hatte. Der Mann weinte.

Man sagte, der Fuchs wäre sein Bruder, und seine Kinder wären nicht seine Kinder. Man sagte viele Dinge. Man glaubte sie, man tat so, als glaube man sie. Jedenfalls gab es nichts zu tun. Man mußte sich eben beschäftigen, Geschichten erfinden und daran glauben, vor allem wenn die Dämmerung die Ebene einhüllte und jede Begegnung unsicher machte. Es gab einen alten Mann, großgewachsen, mit glattrasiertem Gesicht und Schädel, der alle Wörter, die Namen aller Städte und Länder, alle Träume und alle Märchen kannte, und der schwieg. Er saß auf der Schwelle eines Marabuts und sah die Vorbeigehenden an. Meine Mutter verriet mir, daß er Träume erklärte; er malte mit der Spitze seines Stocks Zeichnungen in den roten Sand und sprach einige Schlüsselwörter, die den Traum klar oder kompliziert machten. Es war oft überraschend. Fast zu jedem sagte er nach langem Schweigen: «Diese Träume sind so alt wie die Welt; sie mußten durch so viele Nächte hindurch, daß sie, wenn sie von euch übermittelt bei mir ankommen, beschädigt sind. Ich muß sie wiederherstellen, zumal ihr einfach irgendwie erzählt; ich errate den Anfang und das Ende, ich phantasiere, ich erfinde, und ich irre mich selten.»

Er lehnte es ab, bezahlt zu werden. Die Leute legten Früchte oder lebende Hühner zu seinen Füßen nieder. Er sagte: «Ihr braucht euch diese Mühe nicht zu machen, eure Träume genügen mir vollauf. Wenn man mir einen schönen Traum, eine schöne Geschichte erzählt, bin ich glücklich. Es hilft mir, die anderen Tage der Woche zu leben. Gebt mir kein Geld; erzählt mir schöne Geschichten, das genügt mir.»

Manche sagten, der alte Mann säße auf dem Schatz. Eines Nachts kam ein Paar und grub an der Stelle. Es wurde vom Wächter des Marabuts überrascht. Es ergriff die Flucht, und man erfuhr nie, wer es war.

Meine Hand zittert. Vor Müdigkeit oder mangelndem Glauben. Ich glaube ein wenig daran, aber ich will meine Großmutter nicht vor den Kopf stoßen und ihr sagen: ‹Es gibt keinen

Schatz, es hat nie einen gegeben; das ist eine Geschichte, die hat Ähnlichkeit mit dem Knochen, den man den Hunden zum Abnagen hinwirft.› Nein, so kann ich nicht zu einer alten Frau sprechen. Mit welchem Recht? Wer bin ich, um einen Berg von Illusionen zu zerstören? Ich lasse sie gewähren. Sie sagt: «In drei Nächten ist Vollmond, wir wandern alle dorthin, wir folgen dir, und du folgst den Linien deiner Hand, sie werden dich führen. Das haben wir gehört, seit wir klein waren. Und warum bist du zurückgekommen? Bist du nicht geschickt worden, um uns den Weg und den geheimen Ort zu zeigen?»

Wie soll ich ihr sagen, daß ich aus Neugier zurückgekommen bin, um bestimmte Erinnerungen nachzuprüfen, die für mich immer wiederkehrende Bilder in einem ganz weißen Traum geworden sind, in dem Dinge erraten werden müssen, langsame, eigentlich belanglose Bilder, bei denen mir aber jedesmal der kalte Schweiß ausbricht, weil sie von einem Rasseln begleitet sind, wie von einem nach Atem ringenden Kind, das erstickt, ohne schreien oder um Hilfe rufen zu können; Bilder, die in ein weißes Laken gehüllt sind, offenbar ein Leichentuch, ein Nebel, ein Stück Himmel. Wie soll ich ihr sagen, daß ich jetzt eine andere bin, eine Fremde, gekommen, um Fotos zu machen, um zu schauen, was sich verändert hat und festzustellen, daß diese Erde, diese Steine, diese Lehmhäuser und diese Feigenkakteen nicht mehr den Erinnerungen an eine Kindheit entsprechen, die mich verfolgt? Mich stören jetzt die in einer zufriedenen Resignation verlangsamten Gesten; doch ich bleibe, mit ausgestreckter Hand, um mich herum Kinder mit kranken Augen, mit laufender Nase und Fliegen, die auf ihrem Kopf sitzen. Die Männer sind nach Sebt M'zouda gegangen, es ist Markttag. Sie werden vor Sonnenuntergang zurückkommen. Die Frauen werden einen Lammbraten in den Backofen schieben und ein Gemüsecouscous kochen. Heute ist ein Festtag. Woher hätte ich das wissen sollen? Meine Mutter hatte zwar von einer Geschichte mit einem Schatz und einem Mädchen gesprochen, das vom Urahn ausersehen war, den ganzen Stamm zu dem Ort zu führen, wo er vergraben war, aber ich dachte, es sei eine Geschichte, die man Kindern erzählt, ein Märchen, das den Leuten im Dorf Hoffnung geben sollte. Und jetzt bin ich hier, lächerlich mit meinem Fotoapparat, den ich nicht aus seinem Etui zu nehmen gewagt habe. Dieses schwarze Ding erregt die Neugier der Kinder. Ich sollte ihn ihnen vielleicht geben, ihnen sagen, was es ist und ihnen beibringen, wie man ihn bedient. Aber ich kann mich nicht rühren. Meine Hand ist mit einem Stück vom Turban des Urahns umwickelt. Das Henna muß geschützt werden, damit es in die Haut eindringen kann. Es ist, als wäre meine Hand in Gips. Ich lache vor mich hin. Meine Großmutter erhitzt das Henna für die andere Hand. Mindestens zwei Tage werde ich meine Hände nicht gebrauchen können. Man wird mich füttern wie ein Baby. Man wird mich waschen und anziehen. Ich werde zu einer kleinen Kostbarkeit. Seit meine Hände mit dem weißen Stoff umwickelt sind, habe ich große Lust zu schreiben, Notizen zu machen. Ich beobachte alles und merke es mir. Alle Einzelheiten interessieren mich. Hinten im Zimmer sind Getreidesäcke gestapelt, Vorrat für Notzeiten. An der Wand ein breiter Riß. Auf dem Fensterbrett stehen eine Teekanne, Gläser und ein in blaues Wachspapier eingewickelter Zuckerhut, der, sagt man, gegen Migräne und Schwindel helfen soll. Auf dem Boden keine Matratzen, sondern Teppiche und Schaffelle. Der Boden, eine Zementschicht, ist kalt. Draußen ist die Luft heiß. Die Fliegen sind in den Hof geschwirrt, wo das Abendessen gekocht wird. Die Kinder klettern auf die wacklige Leiter. Sie haben keine Angst herunterzufallen. Und ich sitze auf der Erde, die schweren Hände auf den gespreizten Beinen, und warte.

Sie kamen seit dem frühen Morgen. Manche hatten sich wie für eine Hochzeit angezogen. Sie hatten Vorräte mitgebracht, die sie zur Freude der Mücken mitten auf den Hof legten. Jemand breitete ein Tuch über all diese Geschenke und warf mit Steinen nach den Hunden, um sie zu vertreiben. Wie zufällig kam der Schlangenbeschwörer gleichzeitig mit Großcousins an. Man beauftragte ihn, sich etwas vom Haus entfernt mit den Kindern zu beschäftigen. Meine Großmutter entschied, daß alles ruhig und heiter zugehen sollte. Ich sah mir erst einmal alle diese Leute an, deren Gesichter und Namen ich vergessen hatte. Ich spürte die ersten Schmerzen einer Migräne in mir aufsteigen. Es mußte das Gewicht des Henna auf meinem Haar sein. Ich dachte, mein Haar erstickte unter dem Henna. Ich konnte nur schwer atmen. Es war ein Gefühl, eine Art Wahnsinn, entstanden durch das, was ich sah und empfand. Nichts ging mehr zwischen meinem Körper und meinem Stamm. Ich schwankte, obwohl ich saß. Wer würde es merken, wenn ich in Ohnmacht fiele? Das erinnerte mich an den Tag meiner Hochzeit. Ich war die Gefangene zweier dicker Frauen, Spezialistinnen für das Protokoll. Sie sollten mir assistieren, als wäre ich eine Prinzessin. Sie taten so, als glaubten sie es. Sie sagten: «Gazelle, Prinzessin, schlag die Augen nieder, sieh nicht geradeaus, du bist mit Gold und Diamanten bedeckt, du mußt erröten und vor Glück sogar weinen, wenn dein Mann an deine Seite tritt, sieh ihn nicht an, halte den Blick gesenkt, denn du bist eine Tochter der Scham und der Tugend. Wenn du ohnmächtig wirst, sind wir da, um dich wiederzubeleben. Ein Mädchen, das ohnmächtig wird, ist gut, das beweist seine Unschuld und Reinheit.» Alles belastete mich, die neuen Kleider, der geliehene Schmuck, die Schminke auf meinen Lidern, die schrille Musik, die aus dem ganzen Viertel zusammengelaufenen Neugierigen, mein angespannter und trauriger Mann, die *chikhats*, die, kaugummikauend, so taten, als tanzten sie, die beiden Dicken, die meine Arme drückten, bis es weh tat, die Gäste, die sich unwohl fühlten, die anderen Gleichgültigen, meine überforderten Eltern und die stickige Hitze, die mich schließlich betäubte und zu Boden warf wie ein unbrauchbar gewordenes schmutziges Halstuch. Und die eine der beiden Dicken murmelte mir mit ihrem nach Knoblauch und ranziger Butter riechenden Atem ins Ohr: «Es ist gut, meine Tochter, fall nur, nur ein bißchen, nicht wirklich, man muß spüren, daß du gerührt bist, daß diese Hochzeit dich aufregt und nervös macht, weil du die Vorschrift brichst. Dein Mann ist nicht von deinem Stamm. Das könnte schlimm sein, aber vorläufig geht alles gut, wenn auch alle verstimmt sind, versuch zu weinen, nicht um zu bereuen, sondern um den Fluß ohne Furt zu durchqueren, du wirst dich naß machen, meine Kleine, du hast es so gewollt, jetzt mußt du bis zum Ende gehen, dafür sind wir da, um dich bis zum Morgen zu begleiten, um die Befriedigung deines Mannes festzustellen, bleib wie du bist, mit gesenktem Blick, die Augen von Tränen umspült, Tränen der Beschämung und der Scham. Wir werden dafür bezahlt, das Leintuch vorzuführen, du weißt ja, daß es das Wichtigste ist...» Genau in dem Moment brach ich zusammen, nachdem ich die beiden Dicken mit aller Kraft weggestoßen hatte. Meine Mutter eilte herbei und nahm mich weinend in die Arme. Alles drehte sich um mich; ich entfernte mich, verließ mit Wonne dieses Fest, auf dem weder ich noch mein Mann, noch meine Freunde, noch meine Eltern glücklich waren. Ich wurde von einer Morgenbrise davongetragen und saß allein in meinem schönen Brautkleid auf dem Sand am Meer, vor einem schneeweißen Marabut, in dem eine schwarze Frau wachte. Sie sagte zu mir: «Komm, er ist hier, er erwartet dich; auch er ist geflohen, er ist vor kurzem angekommen; er ist schön; nimm den ganzen Schmuck ab, wir vergraben ihn hier; ich lasse euch allein, werdet glücklich!» Mein Mann saß da, den Kopf auf die Knie gelegt. Er schlief oder träumte. Ohne ihn zu wecken, schmiegte ich mich an ihn; seine Arme schlangen sich langsam um mich. Unsere Körper vereinigten sich, und wir träumten einen wunderschönen Traum in der Stille eines schönen Lichts, an einem Gestade, das unter einem warmen Nebel dampfte, und mit einem Dromedar, gleich hinter dem Heiligtum, das allzu glänzende Augen hatte und hin und wieder eine rotgoldene Flamme ausspieh. Es war ein Morgenrot voller Farben und mitklingender Gesänge. Eine ausschweifende Nacht, die in mir die Erinnerung an den Wind, den Durst eines Körpers und eine Erde hinterließ, die sich von ihren unnützen Steinen befreit.

Nun stand ich wieder mit gebundenen Händen und Füßen an der Spitze eines Zuges von alten und jungen Schatzsuchern. Manche hatten sich mit Hacken und Schaufeln versehen, andere hatten alte blauweißrote Nylontaschen, Gastarbeitertaschen genannt, mitgebracht, wieder andere brachen mit leeren Händen auf, sagten aber laut den Koran auf. Es sah aus wie eine Beerdigung.

Das Laufen fiel mir schwer; es waren zu viele Steine auf der Piste; meine Müdigkeit rührte nicht von einer schweren getanen Arbeit her, sie kam von der Bürde, die ich hinter mir herschleppte. Ich sah all diese vom Geheimnis und von der Illusion besessenen Gesichter an. Ein Gefühl von Mitleid und Scham machte meine Schritte schwer und verzögerte sie. Ich ging trotzdem, in der Hoffnung, eine weise Stimme sich in der Nacht erheben zu hören, die diese Herde von traurigen Leuten in ihre Baracken zurückschickte.

In dem Dorf angekommen, in dem jeden Samstag der große Markt stattfand, machten wir halt, um auszuruhen und uns besser zu organisieren. Ein Tagesmarsch für kaum die Hälfte des Weges. Man brachte uns Tee und Brot. Vor Einbruch der Nacht mußten wir weiterwandern. Ich saß auf einer Coca-Cola-Kiste und betrachtete den Himmel, über den aufeinanderfolgende Farben hinwegfegten, die von Blaßrot bis Lila und stellenweise mit Gelb vermischtem Blau gingen. Ich ließ meine Augen lieber auf diesem Zauber flüchtiger Farben ruhen, als das hektische Treiben um mich herum zu beachten. Ich träumte nicht; ich entfernte mich. Schon als ich ganz klein war, hatte ich diese Fähigkeit, mich einem Ort oder einer Situation zu entziehen. Es dauerte nicht lange, aber diese Abwesenheit half mir anschließend, die Leute und ihr Geschwätz zu ertragen.

Als der Himmel sich mit Sternen überzog, kam jemand zu mir und sagte:

«Deine Stute steht bereit.»

FÜNFUNDZWANZIGSTES KAPITEL

Ich dachte nicht mehr an den Schatz und auch nicht an die Karawane hinter mir. Ich dachte an die Liebe. Ich hatte mein Dorf wiedersehen wollen, nicht um festzustellen, was sich seit meinem Weggang verändert hatte, sondern um zu verstehen, warum ich nicht lieben konnte, ohne Dramen heraufzubeschwören. H., mein Mann, sagte immer, bei mir «dränge die Natur die Kultur in den Hintergrund». «So denkt ein zurückgebliebener Soziologe!» entgegnete ich. Er hatte für alles Erklärungen, sogar für das, was er nicht verstehen konnte.

Ich hatte das Bedürfnis, in mein «Kaff», wie er sagte, zurückzukehren. Doch statt mich in Einsamkeit und Fremdheit zu versetzen, um nachzudenken, an die Zukunft der Liebe zu denken und mit einem oder mehreren Vorschlägen für ein Leben ohne Dramen nach Hause zu kommen, saß ich nun auf einer schönen Stute, die Hände in mehrere Lagen Stoff eingemummt, an der Spitze von etwa fünfzig Männern und Frauen, die entschlossen waren zu graben, bis sie die Kiste voller Goldstücke fanden.

Die Nacht war schön, ruhig und kühl. Die Stille hatte etwas Beunruhigendes. Sie ging einem großen Ereignis voraus, vielleicht einer Ernüchterung, einer ungeheuren Enttäuschung.

Ich sehe das zerfurchte Gesicht meines Mannes vor mir, der zu mir sagt: «In der Liebe genügt so wenig, damit sie umschlägt.» Unsere Ehe beruhte auf einer sonderbaren Liebe. Sie schlug öfter in Gereiztheit, hysterische Ausbrüche, gefährliche Wörter, die über das Gedachte hinausgehen, Herausforderungen und Machtkämpfe um als in Zärtlichkeit, glückliches

Schweigen und Wörter, die nur geflüstert werden können. Unsere Verschiedenheit war aber auch unvereinbar. Wir sahen nie zur selben Zeit dasselbe an. Nicht nur unsere Blicke gingen auseinander, unsere Vorstellungen waren einfach in allem gegensätzlich. Es fing mit einer Winzigkeit an, etwa einem Tintenfaß, das ich zuzuschrauben vergaß und das wie zufällig umkippte und sich über seine Hefte ergoß; darauf gingen wir gleich zu den großen, ernsten metaphysischen Fragen über. Wir hatten nicht die gleichen Ängste. Er war vom Tod und vom Vergehen der Zeit besessen, während ich, sorglos, dazu neigte, alles weniger dramatisch zu machen, sogar und vor allem den Tod. Er würde mir gern seine Ängste anhängen, die eines Abendländers, für den alles eine Sache des Prinzips, des Gesetzes und des Rechts ist. Ich habe die Gabe, Menschen auf die Nerven zu gehen, die ihr Gefühlsleben wie eine Liga für Menschenrechte dirigieren. Ich scherze gern, komme gern zu spät zu einer Verabredung oder einem Essen, rase gern durch die Halle eines Flughafens, um mein Flugzeug zu erwischen. Wenn er verreisen muß, ist er zwei Stunden im voraus auf dem Bahnhof oder dem Flughafen. Er hat Angst, seinen Zug oder sein Flugzeug zu verpassen. Ich liebe es, der Zeit und ihren Zwängen zu trotzen. Das erste, wovon er mir erzählte, als ich ihn kennenlernte, war seine Schlaflosigkeit. Er schläft schlecht. Ich habe nie begriffen, wieso der Schlaf manche problemlos überkommt und andere ein gut Teil der Nacht verhöhnt. Ich kann überall schlafen, wann ich will und so lange ich will. Es stimmt, wir haben nicht die gleichen Ängste, oder genauer gesagt, der eine hat Ängste, der andere nicht. Oder wie ich zu ihm sagte: «Deine reichen für zwei!» Heißt lieben, alles am andern kennen und ihn akzeptieren, oder im Gegenteil die Illusion haben, alles vom anderen zu wissen und ihn ändern wollen? Er behauptet, ich liebte ihn nicht, weil ich ihn nicht verstehe. Ich tue alles, um ihn zu ärgern, deswegen kann er nicht richtig schlafen. Indem ich ihn ärgere, rühre ich seine Jahre der Einsamkeit und des Egoismus auf. Leider reagiert er ungut. Er regt sich auf, schimpft, schreit, benutzt unflätige Wörter, nimmt nachts Beruhigungstabletten, schreibt Abschiedsbriefe, stöhnt und klagt unentwegt.

Der wiegende Gang des Pferdes kam meinem Nachdenken zugute.

Im Dunkel der Nacht und in der recht seltsamen Situation, in der ich mich befand, wurden meine Gedanken immer genauer.

Ich habe das Gefühl, meinen Mann, ohne es zu wollen, in eine Falle gelockt zu haben. Er, der immer vom Recht auf den Unterschied gesprochen und es verteidigt hat, der dafür gekämpft hat, daß die arabische, berberische, muslimische Frau nicht länger vom Gesetz der Männer mißhandelt wird, er, der Prinzipien so wichtig nimmt, stand auf einmal einer Frau gegenüber, die es nicht aufgibt, ihre soziale, ethnische und kulturelle Verschiedenartigkeit zu kultivieren, die in allen Bereichen Gleichberechtigung mit dem Mann fordert und außerdem nur die Prinzipien anerkennt, die sie erfindet, um neben dem zu leben und einen Platz zu finden, der herrscht, indem er seinen Ängsten mehr Beachtung schenkt als den Ausbruchswünschen einer lebhaften und manchmal grausamen Frau.

Wenn der Mensch sich ändern könnte, stünde ich dann heute an der Spitze einer Bande von Einfaltspinseln, die an ein Wunder und an einen Schatz glauben? Nein, auch mit Engelszungen gesprochene Worte ändern niemanden. Das ist eine verräterische Illusion. Auch mein Anspruch, aus diesem egozentrischen, ängstlichen Mann einen ewig Verliebten zu machen, ist ein Verrat. Vielleicht hat er recht, wenn er sagt: «Du hast keine Ahnung von der Liebe!» Wovon muß ich eine Ahnung haben? Vom Leiden? Muß ich lernen, mit Abwesenheit, Mangel und Warten zu leben? Und warum sollte ich? Ich habe es doch nicht mit einem Analphabeten zu tun, wie diese Leute es sind, die ich zu dem versteckten Schatz führen soll. Ich weiß, was er will, er hat es mir eines Tages deutlich gesagt; ich soll die Augen niederschlagen wie zu der Zeit, als das Wort des Mannes vom Himmel auf die Frau mit gesenktem Kopf und Blick herniederging, die kein anderes Wort zu sagen hatte als: «Ja, mein Gebieter!» Er nennt das Scham, ich sage, das ist Unterwürfigkeit, Heuchelei und Würdelosigkeit. Scham heißt den Mann geradeheraus ansehen und unsere Wünsche und Ansprüche miteinander konfrontieren. Wenn heute noch der Mann auf dem Maultier reitet und die Frau zu Fuß hinterhergeht und alle das normal finden – ich jedenfalls nicht. Heute nacht sage ich nichts, weil ich mir vorgenommen habe, einer alten Frau, meiner Großmutter, eine Freude zu machen. Sie glaubt oder tut so, als glaube sie an diese Geschichte mit dem Schatz. Wozu sollte ich ihr gewaltsam ihre Illusionen nehmen? Schließlich verstehe ich, daß man, wenn man in diesen kahlen, von allen verlassenen Dörfern lebt, so lange träumt, bis man an Legenden glaubt, die für ein Kindermärchenbuch geeignet wären.

Wie viele Frauen haben von dieser Vollmondnacht gesprochen, in der das von der Zeit und vom Stamm auserwählte Mädchen auf einem Schimmel reitend das ganze Dorf zu dem geheimen Ort führt! Hier reitet dieses Mädchen; es döst und denkt an seinen in der Ferne zurückgelassenen Mann, den von der Liebe Verwundeten, den Gefangenen seiner Ängste und seiner quälenden Fragen über Freiheit, Recht, Prinzipien, Geschichte, Wurzeln, Identität, Verantwortung, Krankheit und Tod... kurz, über das von der dramatischen Seite aus gesehene Leben.

Wie hätte er reagiert, wenn er nicht an meiner Stelle, aber neben mir bei dieser ungewissen nächtlichen Expedition dabei gewesen wäre? Er hätte das Recht dieser von der Armut Erniedrigten auf Träume beschworen, dieser Leute, die nur die Religion und den Aberglauben haben, um soviel Entbehrung zu kompensieren. Er hätte sich unbehaglich gefühlt und Bemerkungen über die Hygiene, die Fliegenschwärme, den starken Geruch der Gewürznelken und diese Passivität gemacht, die jahrhundertealt wie eine allgemeine, zu einer wütenden Ewigkeit verfluchte Betäubung ist. Er hätte dieses ganze Treiben nicht vertragen und dies durch schlechte Laune und Migräne zum Ausdruck gebracht. Ich fühle mich trotz allem wohl hier, bei den Meinen, die mir keine Theorie entgegensetzen, einfachen Leuten, die einfach leben und ebenso einfach sterben. Ich hatte nie Probleme mit meinen Wurzeln. Ich finde ungezwungen wieder zu ihnen und achte sie. Ich akzeptiere sie. Genau das hätte er sich für unsere Beziehung gewünscht. Er hätte gewünscht, daß er meine Wurzel wäre und ich mich in ihm, mit ihm so wohl fühlte, wie wenn meine Füße über diese rote, unfruchtbare Erde laufen, ohne mir allzu viele Fragen zu stellen. Er hat recht, wenn er sagt, ich würde oft wie ein Tier reagieren, mit meinen Eingeweiden und meinen Nerven, nie mit meinem Kopf.

Kann man sich lieben, wenn man nichts gemeinsam hat? Diese Frage stellte ich mir zum hundertstenmal, als ein Mann mit einer brennenden Fackel in der Hand meine Stute überholte und «Allah Akbar!» rief. Meine Stute blieb stehen und wollte nicht weiter. Meine Großmutter kam zu mir und sagte: «Es ist soweit, wir sind da. Nun mußt du uns führen. Wenn deine Stute nicht mehr weiterwill, so ist es das Zeichen, daß wir nicht weit von der Stelle sind, wo der Schatz vergraben liegt. Steig ab, wir wickeln den Stoff von deiner Hand ab. Das Henna müßte die Linien deiner rechten Hand herausgearbeitet haben; sie werden uns zusammen mit dem Stand des Mondes den Weg weisen. Sieh doch, wie schön, rund, voll und strahlend er ist. Der Mond ist mit uns!»

SECHSUNDZWANZIGSTES KAPITEL

Unsere Körper liebten sich. Unsere Gedanken ignorierten oder widersprachen sich. Unser Alter unterschied sich, aber das störte mich nicht. Ich dachte, die Liebe, die große, die wahre, sei schon da, in seinem Blick, in seinen Gesten, in seiner Ungeduld. Ich wußte nicht, daß man sie erschaffen und aufbauen muß wie ein Haus oder ein Kunstwerk. Ich war da und erwartete, daß der Mann, den ich gewählt hatte, mir die Flamme brachte, um meine Seele zu erleuchten. Als es nicht genau so kam, wie ich hoffte, war ich enttäuscht und wurde unglücklich. Es war seine Schuld. Er mußte meine Erwartungen erraten und sie wie in einem Roman erfüllen. Eines Tages sagte er mir jedoch: «Das Leben ist kein Roman, es ist mehr und besser als ein Roman; es ist unvorhersehbarer, verrückter und weniger zärtlich als eine in einem Buch erzählte Geschichte. Ein Roman verrät das Leben, denn jeder beliebige kann ihn aufschlagen und vom letzten Kapitel an lesen.» Im Leben gibt es für jeden ein letztes Kapitel, man weiß, wie eine Geschichte endet, man kennt den allerletzten Ausgang, doch niemand kann sagen, wann, wo und unter welchen Umständen sich das Ende abspielen wird. Auch wenn für den Muslim alles im Himmel geschrieben steht. Manchmal sah ich lange den Himmel an und hoffte, dort Bruchstücke unserer Geschichte zu lesen.

Auch in dieser Nacht sind alle Augen gen Himmel gerichtet. Sie warten auf ein Zeichen von einem Stern und vom Mond selbst. Der Mann mit der Fackel leuchtet mich an, während meine Großmutter das Stoffband von meiner Hand wickelt. Eine Tante ist mit Weihrauch gekommen. Sie geht um uns herum, schwenkt das Weihrauchfaß und murmelt Gebete. Die Stute ist an einem Baum angebunden und trinkt aus einem Plastikeimer. Die anderen sitzen im Kreis und warten.

Meine Hände sind bloß, die Finger sind steif, ich bewege sie. Ich fühle meine Hände leicht werden wie Flügel. Ich denke an die Zeit zurück, als ich träumte, fliegen zu können. Die Fackel gibt ein diffuses Licht. Das Henna ist von meiner Haut ganz aufgesaugt worden. Auf meinem ganzen Handteller hat ein schwarzer Fleck die Linien unleserlich gemacht, als hätte das Henna sich in Teer verwandelt. Meine Großmutter stößt einen Schrei der Überraschung aus, dann ruft sie:

«O Gott, o Gott, mach, daß diese Schwärze von diesen unschuldigen Händen verschwindet, schenk uns deine Barmherzigkeit und deinen Segen. Wir sind deine Anbeter, wir glauben an dich und sagen, daß Sidna Mohammed dein Prophet ist...»

Einige ältere Männer tun es ihr gleich, beschließen, eine alte Kamelkuh zu schlachten und ihren Kopf auf die Schwelle des Marabuts zu legen. Bei dem Anblick von Blut wurde mir schon immer übel. Ich sehe meine pechschwarzen Hände an und lache leise. Um die arme Kamelkuh zu verschonen, hebe ich die Hand und verbiete ihnen, sie anzurühren:

«Wir wollen unsere Verwirrung nicht durch ein Unglück noch größer machen. Das Blut der Kamelkuh wird die Linien meiner Hand nicht sichtbarer machen, auch nicht, wenn ich sie in ihr warmes Blut tauche. Wir müssen warten, bis das Henna verschwindet. Diese Nacht ist eine Schicht der Finsternis, die uns vom Weg abbringen und unsere Suche noch schwieriger machen soll. Einen Schatz muß man sich verdienen. Ihr habt Jahrzehnte gewartet, ohne etwas zu tun. Eure Erde ist ausgelaugt. Statt daß Gras wächst, kommen Steine hervor. Ich sehe meine rechte Hand an und kann alles darin lesen, was ich euch sage. Die Schicksalslinien, die Lebenslinien und die Glückslinien sind verschwommen. Sie bedeuten nichts mehr. Es ist ein Zeichen dieser außergewöhnlichen Nacht, die uns vereint. Der Mond hat sein Licht auf meine Hände geworfen und hat die

Linien verschluckt, die den Weg zum geheimen Ort des Schatzes führen sollten.»

Während ich sprach, hatten Männer an verschiedenen Stellen rund um den Marabut angefangen zu graben. Sie gruben kraftvoll und stürmisch. Manche weinten, andere riefen den Namen Allahs, alle waren von Raserei ergriffen. Sie waren verrückt geworden. Sie prügelten sich untereinander. Manche wurden ohnmächtig, andere hatten einen epileptischen Anfall. Nur die um mich versammelten Frauen blieben ruhig. Ich hörte einige still weinen. Ich sprach weiter und spürte, wie mein Körper bebte. Man hätte meinen können, die Erde bewege sich. Ich war müde und hatte Durst. Es gab kein Wasser mehr. Vom Gejammer der Männer, dem Weinen der Frauen, den Schreien der Kamelkuh und dem Scharren der Hacken auf den Steinen wurde mir schwindelig. Ich stand auf und versuchte zu gehen. Meine Füße taten weh. Das Henna hatte auch sie geschwärzt. Ich wollte Luft schöpfen, diesem Wind kollektiver Hysterie entrinnen und weg, weit weg fahren, nach Australien zum Beispiel. Ich lächelte. Das ist eine Redensart meines Mannes. Wenn er verschwinden will, sich in einem riesigen, sehr weit von Marokko und Frankreich entfernten Gebiet verstecken will, nennt er Australien. Er liebt diesen Namen, aber er ist nie hingereist. Hätte er eines Tages ausgeführt, was er sagte, hätte er sich wirklich in Australien versteckt, hätte ich ihn vielleicht endgültig ernst genommen.

Der Mann mit der Fackel packte mich beim Handgelenk und zerrte mich zu einer Gruppe Männer, die mit den Fingern gruben. Manche hatten blutende Hände, gruben aber weiter. Als sie mich sahen, hielten sie inne. Einer von ihnen befahl mir, meine Hand zu zeigen. Er untersuchte sie, rieb die Handfläche mit Erde ab, spuckte darauf und schrie:

«Sie macht sich über uns lustig. Dieses Mädchen weiß nichts, es ist nichtswürdig, es ist von den Leuten da oben verdorben worden, es ist vor über zwanzig Jahren von hier weggegangen, es hatte Zeit, alles zu vergessen. Ich bin sicher, daß sie den Lageplan des Schatzes einem Christen verkauft hat ... Sie hat uns verraten ... Eine Frau, die das Dorf verläßt, ist für uns verloren. Selbst wenn sie zurückkommt, ist sie nicht mehr dieselbe.»

Das Handgelenk tat mir weh. Der Mann brüllte. Meine Hand war voll Erde, vermischt mit seinem Speichel und dem Blut meiner verletzten Finger.

Ein anderer, dessen Augen von einer Art angeborenem Schimmel verklebt waren, streckte seine beiden schmutzigen Hände nach mir aus und betastete meine Wange und meine Schulter. Ich stieß einen Schrei aus und riß mich los.

«Das habe ich mir schon gedacht. Von einer dünnen Frau kann nichts Gutes kommen. Man hat ihr wohl da oben beigebracht, daß das Gift, das aus der Nase fällt, um so besser wirkt, je dünner man ist. Ihre Nase ist nämlich spitz. Sie wurde vom Gift geformt.»

Ich hörte nicht mehr auf das, was er sagte. Ich zog mich mit gekrümmtem Rücken in mein Gehäuse zurück, und mit einiger Konzentration gelang es mir, nichts mehr zu hören. Mein Mann hatte mir mehrfach meine Schlankheit vorgeworfen. Er sagte nicht «dünn», sondern «schlank». Er meinte, das erkläre meine Aggressivität. Ich war mir dessen nicht bewußt. Was er Aggressivität nannte, war meine etwas brutale Art, die Wahrheit zu sagen. Es stimmte, daß ich meinen Mann nicht schonen wollte. In der Liebe ist kein Platz für Heuchelei. Die Wahrheit muß gesagt werden, auch wenn sie verletzt. In meiner Vorstellung verletzte ich ihn nicht. Aus Liebe, aus meinem Anspruch heraus schleuderte ich ihm alles, was ich dachte, unüberlegt und rückhaltlos ins Gesicht. Heute erkenne ich es. Ich habe mehr als einmal übertrieben und erinnere mich nicht, mich bei ihm entschuldigt zu haben. Er legte großen Wert auf Entschuldigungen. Ich erwiderte: «Solche Formalitäten sind mit der Liebe und der Wahrheit unvereinbar.» Er fehlte mir schrecklich. Besonders in dem Augenblick, als er mich aus den Händen dieser entfesselten Männer und Frauen hätte retten können.

Sie banden mich an einen Baum und fingen alle an zu graben. Ich war ihre Gefangene. Sie schrien nicht mehr. Bestimmt waren sie müde. Ich blickte mich suchend nach meiner Großmutter um. Ich sah sie nicht. Vielleicht war sie hinter dem Marabut. Ich rief sie. Niemand antwortete. Ich rief meinen Mann. Keine Stimme gab Antwort. Ich versuchte mich loszumachen. Ich heulte. Niemand drehte sich um oder richtete sich auf, um zu kommen und mich loszubinden.

Ich erinnerte mich an den Tag, als mein Mann nach einem erbitterten Streit seine Aktentasche nahm und für eine Woche verschwand. Ich fragte mich: Wie ist es möglich, jemanden mit soviel Gewaltsamkeit, bis hin zur Vernichtung, zu lieben? Sollen wir uns weiter im Namen der Liebe, die weder er noch ich zu definieren wissen, gegenseitig zerfleischen? Er sagte: Ich nehme meine Irrtümer auf mich. Ich entgegnete: Wenn unsere Liebe ein Irrtum ist, machen wir besser Schluß. Ich verstand nicht: Wie kann man seine Irrtümer auf sich nehmen? Es muß dafür eine Formel geben, eine Art Zaubertrank, der dem Organismus etwas zuführt, was die Unterschiede einebnet und eine Ruhe hinterläßt, um das Unerträgliche zu ertragen. Diesen Trank entdeckte ich eines Tages. Ich dachte, es sei ein Medikament, ein Beruhigungsmittel. Ich sah ihn nämlich oft vor dem Schlafengehen Tabletten einnehmen. Doch das war nur ein Notbehelf. Sein wirklicher Trank war seine schöpferische Arbeit. Er schrieb Gedichte. Einzig und allein Gedichte. Oft waren sie hermetisch oder kompliziert. Am Anfang gab er sie mir zu lesen. Ich verstand nicht viel, gleichzeitig fühlte ich, daß sie Ausdruck eines Leidens waren. Ich sagte nichts oder ich sagte: «Es ist gut!», was auf dasselbe hinauslief. Ich dachte: Wenn er mich eines Tages verläßt, dann nicht, weil wir zu verschieden sind, sondern weil ich seine Zitadelle nicht betrete. Ich wäre gern in die Poesie eingeweiht worden, aber nicht von ihm; die Poesie, für die ich empfänglich bin, ist die des Lebens, der Natur. Sie ist nicht in den Wörtern. Als ich klein war, hatte ich den Kopf voller Bilder. Das war meine Art und Weise, Gedichte zu machen.

Mit gesenktem Kopf am Baum lehnend, war ich eingeschlafen. Ich hatte viele Träume. Ich sah meinen Mann mit den anderen graben, mit der gleichen Raserei und Besessenheit. Er hatte ganz allein eine große Grube ausgehoben und all die, die mich festgebunden hatten, hineingeworfen und mit Erde bedeckt. Aus Liebe zu mir begrub er sie lebendig! Das war ein Liebesbeweis. So etwas erwartete ich seit langem von ihm. Einen außergewöhnlichen Beweis. Eine außerordentliche Geste.

Indem ich mich etwas hin und her bewegte, löste sich der Strick um meine Handgelenke. Ich war frei. Ich sah meine Hände an. Es war kein Henna mehr da. Keine Spur mehr. Meine Handteller waren sauber und die Linien an ihrem Platz. Genau in diesem Augenblick hätte ich sie gern meinem Lehrer, Monsieur Philippe De, gezeigt. Er hätte mir bestimmt erzählt, was in dieser Nacht geschehen war. Um mich herum war niemand. Der Marabut war zu. Ich ging langsam herum und suchte die Hacken und Schaufeln. Ich öffnete die Tür des Marabut. Es war dunkel. Ich sagte: «Ist da jemand?» Ein Mann oder eine Frau, in ein weißes Laken – vielleicht ein Leichentuch – gehüllt, stand auf und schoß Blitzlichtfotos von mir. Meine Augen waren geblendet. Ich sah nicht gut. Er sprang flink von einer Ecke in die andere. Ich hatte Angst. Als ich zurückwich, um hinauszulaufen, stieß ich gegen ihn. Er war hinter mir und schoß weiter Fotos. Ich schrie. Mein Schrei löste ein Echo aus. Ich war wieder gefangen. Er begann auf berberisch, arabisch und auch französisch mit mir zu sprechen. Ich wunderte mich, denn mir schien, als würde ich seine Stimme erkennen. Nein, es war nicht die meines Mannes. Er war weit weg, bei einem Schriftstellertreffen in San Francisco. Nein, diese Stimme konnte nur die von Victor sein:

«Und die Kröten aller Städte hoben auf meinem Bauch an zu tanzen. Die dicksten legten sich schwer auf meine Brust, um mich am Atmen zu hindern. Die kleinsten bedeckten meine

Nase und meinen Mund. Dann tanzten sie die ganze Nacht, und ich, mit gefesseltem, in das schmutzige Wasser des Sees getauchtem Körper schloß die Augen und dachte, ich schliefe und es wäre ein Alptraum. Als ich sie aufschlug, sah ich all diese kurzen Beinchen auf meiner Brust und meinem Bauch hüpfen. Seither habe ich hüpfen gelernt. Man braucht nur in die Knie zu gehen und ohne an etwas zu denken hochzuschnellen. Leider denke ich. Ich denke zuviel, und das wird schließlich meinen Untergang beschleunigen. Ich dachte, meine Stunde wäre gekommen und die Nacht der Kröten würde ewig dauern. Zum Glück wurde ich gerade noch von Männern und Frauen aufgefischt, die am Morgen nach Hause gingen, nachdem sie den Abend und die Nacht hindurch gegraben hatten. Wie beherzt! Ich weiß, daß sie heute abend wiederkommen. Sie sind entschlossen, so lange zu graben, bis Wasser aus der Quelle sprudelt. Die Männer suchen die Wasserstellen; die Frauen ziehen Gräben, durch die das Wasser bis in die große Zisterne in ihrem Dorf fließen soll. Sie haben jahrelang gewartet, daß die Regierung Wasser zu ihnen verlegt. Die Leitungen sind nicht weit, etwa zehn Kilometer vom Dorf entfernt. Jetzt wissen sie, daß sie, wenn sie Wasser haben wollen, es suchen gehen müssen. Wenn es sein muß, werden sie bis ans Ende aller Zeiten graben. Danach werden sie für seine Erhaltung kämpfen, damit kein Schweinehund hingeht, es mit seinen Maschinen umleitet und ungestraft seine Felder damit bewässert. Wenn sie den Kampf um das Wasser gewinnen, haben sie das Leben gewonnen, ihres und das ihrer Kinder. Und ich, im Schlamm gefangen, zappelte und schlug mich da, wo du mich zurückgelassen hast, mit Kröten herum. Ich bin dir gefolgt. Dann hat mich jemand nicht weit von deinem Dorf angehalten und mich in einen Tümpel geworfen, nachdem er mich gefesselt hatte. Zum Glück bin ich von diesen braven Leuten befreit worden. Derweil spaziertest du mit deinem Fotoapparat herum, wie eine Touristin. Was für eine Schamlosigkeit! Du mußt jetzt aus deiner Lethargie erwachen und aufhören zu denken, du hättest immer recht, aufhören, deine Träumereien für die Realität zu halten, auch wenn die Realität dieses Landes stärker, närrischer und unvorhersehbarer ist als alle Träumereien der Welt. Komm wieder auf die Erde. Laß deine Füße dauerhaft die Schönheit und den Ernst dieser Erde aufnehmen, die nicht aufhört, zu arbeiten und uns in Erstaunen zu versetzen. Die Vorfahren hatten recht; sie haben vorhergesehen, daß die Erde des Dorfes eines Tages Gefahr liefe, unter der Dürre des Himmels und der Menschen zu sterben. Sie wußten, daß es Quellen gibt, nicht unbedingt unter euren Baracken, aber nur wenig weiter. Sie sprachen von einem Schatz. Dabei dachten alle an Gold und Silber. Niemand dachte an etwas viel Wertvolleres, an Wasser, einfach Wasser. Beim Graben haben sie es begriffen. Je mehr Steine sie ausgruben, desto feuchter wurde die Erde. Sie werden in allen Nächten wiederkommen, bis sie von einem tiefen, kalten, reinen Wasser bespritzt werden. Es ist das Gold, das die Reinheit des Wassers hat, nicht umgekehrt. Jetzt fühle ich mich nützlich. Ich bin keine Schimäre, keine Gestalt deiner Phantasie, kein Wesen aus Papier mehr. Ich will mich diesen Leuten zur Verfügung stellen. Ich will mit ihnen graben. Mein Platz wird dort, bei ihnen sein. Sie sind einfach und anspruchslos. Es ist nicht ihre Schuld, daß sie einige Illusionen gehegt haben. Und du kannst tun, was du willst. Hier, nimm deinen Fotoapparat, halte deinen Stamm in Bildern fest. Sie werden es dir nicht übelnehmen. Sie stehen darüber. Es ist besser, wenn du wieder abreist; ich weiß nicht, ob dein Mann dich erwartet. Ich weiß, daß du ihn zermürbt hast. Hat er die Kraft gehabt fortzugehen? Ich weiß es nicht. Du kennst ja die Geschichte vom Einfältigen, der ein sehr raffiniertes Gericht mit Ingwer gekocht und es dem Esel vorgesetzt hat. Der hat es heruntergeschlungen, als wäre es eine Handvoll Heu. Daher stammt das Sprichwort: «Was versteht der Esel vom Ingwer?» Den Schatz, deinen, hast du in Händen gehabt und hast ihn ausgeplündert! Heute ist dein Mann kein Dichter mehr. Er ist ein Schreiber, alles in ihm ist erloschen, seine Seele wie das Licht seiner Augen. Er ist ein Held: er hat die ganze Welt herausgefordert und wollte das Unvereinbare vereinbaren. Er ist nicht der erste, der zwei gegensätzliche Welten vereinen wollte. Er ist ein Dichter und ein Erzähler. Es ist seine Verrücktheit, die mich am meisten zu ihm hingezogen hat. Seine Verrücktheit und sein Schmerz. Adieu, kleines Mädchen, das groß geworden ist, als es ein Kind hätte sein müssen, und das sich wie eine Göre verhalten hat, als es hätte erwachsen sein müssen. Adieu, ich hatte dich gern. Ich liebte deinen Mut, deinen Eigensinn, deine Phantasie und deine Träume! Nimm dir jetzt Zeit zum Nachdenken und zum Handeln.»

SIEBENUNDZWANZIGSTES KAPITEL

«Da, iß bittere Mandeln.» Das Kind, das mir die Hand voll frischer Mandeln hinhielt, hatte kranke Augen. Ich nahm ein sauberes Taschentuch und reinigte sie.

«Wenn wir kein Wasser finden, nimmst du mich dann mit?»

«Wo willst du hin?» fragte ich den kleinen Jungen.

«Da, wo du hingehst.»

«Und die Schule?»

Er sagte die erste Sure des Korans auf und dann die nächste. Da ich ungläubig aussah, wollte er mich in Erstaunen versetzen und sagte sie rückwärts auf, den letzten Vers zuerst. Ich sagte ihm, das sei Blasphemie. Er erwiderte:

«Nein, Blasphemie ist es hierzubleiben und Geschwindigkeitswettbewerbe im Aufsagen des Korans mitzumachen.»

Victors lange Rede hatte mich fertiggemacht. Ich war verloren und verstand nicht mehr, wo ich war und was mit mir geschah. Also aß ich die Mandeln. Manche waren bitter. Ich brauchte einen Kaffee. Hier wird nur Tee getrunken. Ich blickte mich suchend nach dem Mann um, der mit mir gesprochen hatte und behauptete, Victor zu sein. Ich fand ihn nicht. Ich fragte das Kind:

«Hast du einen Mann gesehen, von kleiner Statur, in ein weißes Tuch gewickelt?»

«Ich will ein Foto, ein Foto mit dir, dann sage ich es dir.»

Es war niemand da, der uns hätte fotografieren können. Ich deponierte den Apparat auf einem Feigenkaktus und stellte mich neben das Kind. Die Automatik wurde ausgelöst, und das Kind nahm glücklich meine Hand.

«Wann bekomme ich das Foto?»

«Ich schicke es dir, das verspreche ich.»

«Schick es mir, wenn kein Wasser aus dem Boden kommt. Ohne Wasser müssen wir wie du und wie deine Eltern von hier fortgehen.»

«Sag, hast du diesen Mann gesehen?»

«Es war kein Mann da. Niemand war im Marabut. Bei Sonnenaufgang haben sie zu graben aufgehört und sind zum Schlafen ins Dorf gegangen. Du warst unter einem Baum eingeschlafen. Ich habe eine alte Frau gesehen, die versuchte dich zu wecken. Deine Augen waren offen, aber du hast geschlafen. Sie hat dich schlafen lassen und hat mich gebeten, auf dich aufzupassen. Sie hat mir die Mandeln für dich gegeben. Das ist die ganze Wahrheit. Gehen wir?»

«Ja, gehen wir.»

«Wir müssen uns beeilen, weil die Sonne bald unerträglich sein wird.»

Wir gingen los, ich blickte zu Boden und versuchte mich an den Vorabend und die Nacht zu erinnern. Der Junge hielt meine Hand fest. Er führte mich heim. Er war stolz. Ich hatte gedacht, ich wäre Victor los. Auf einmal war er wieder aufgetaucht und quälte mich von neuem. Die Rückkehr in die Heimat hatte mich nicht völlig geheilt. Ich rang noch mit Schatten, die mich verfolgten. Eines Tages, nach einer Auseinandersetzung, bei der ich meinen Mann sehr gereizt hatte, sagte er ruhig zu mir, nachdem er nachgedacht hatte: «Arme Freundin, du hast kein Überich!» Er sagte das mit einer gewissen Genugtuung, als wäre ein Wunder geschehen, das alles, was dunkel war, erhellt, und alles, was kompliziert war, vereinfacht hätte. Endlich hatte er den Schlüssel für unsere Streitigkeiten, für mein provozierendes Verhalten und seine Wutanfälle gefunden. Er war sichtlich zufrieden mit seinem Fund. Jetzt konnte er mich in eine Schublade einordnen und alles erklären. Das war bequem. Diese Sache mit dem «Überich» hatte ihn beruhigt. Er reagierte nicht mehr heftig wie vorher. Ich merkte, daß ich ein

Gegenstand der Analyse, ein psychologischer Fall für ihn wurde. Er legte mir die Theorie von der Entwurzelung und dem Fehlen eines Bezugssystems dar. Ich hörte ihm lächelnd zu und sagte: «Meinetwegen, wenn das unsere Schwierigkeiten beilegt, nehmen wir doch an, ich hätte kein Überich. Meine Eltern haben vergessen, es mir mit der Milch einzutrichtern, und du wirst meine Erziehungsmängel jetzt reparieren.» Das sagte ich, um ihn zu provozieren. Er brauste auf, und alles ging wieder los wie zuvor. Seither haben wir nie wieder darüber gesprochen.

Als wir im Dorf ankamen, war die Sonne schon aufgegangen. Die Kinder spielten mit einem toten Kätzchen. Sie warfen es einander zu wie einen weichen Ball. Das machte ihnen großen Spaß. Ein Fliegenschwarm war ständig um das kleine Tier. Ich machte auf einem Hügel halt und sah diesen Ort zum erstenmal so, wie er war: ein Ort vollkommener Trostlosigkeit, an dem eine tote Katze Kindern mit kranken Augen Freude bereitete. Die Männer und Frauen schliefen offenbar. In einer Ecke waren die Hacken und Schaufeln abgestellt. Mein Begleiter hatte sich den Kindern angeschlossen und trat dem Kätzchen mit dem Fuß in den Bauch. Einen Moment lang glaubte ich einen Schrei des Tieres zu hören, so als lebte es noch. Trotz der Sonne, die herunterknallte, setzte ich mich hin und fing an zu weinen. Ich hatte wahnsinnig Lust, hinunterzugehen und mich unter diese schmutzigen Kinder zu mischen. Auch ich wollte das Kätzchen am Schwanz packen und in die Luft schleudern. Ich weinte, weil ich begriffen hatte, daß meine Kindheit wie ein plötzliches, aber vertrautes Fieber in mir aufstieg. Einen Moment der Unaufmerksamkeit ausnutzend, sammelten zwei schwarze Katzen ihr Junges auf und liefen damit weit weg in die Ebene. Überrumpelt sahen die Kinder sich erstaunt an und verstanden nicht, warum man ihnen ihren Ball weggenommen hatte. Meine Tränen flossen immer heftiger. Eines der Kinder rannte auf mich zu und entriß mir den Fotoapparat. Sie reichten ihn einander weiter und nahmen ihn auseinander. Jedes nahm sich ein Teil. Ich sagte nichts und ließ sie gewähren. «Hoffentlich finden sie Wasser, sonst werden sie verrückt, werden tobsüchtig, verrückt und tobsüchtig werden sie nach Marrakesch oder Agadir gehen und alles kaputtschlagen, hoffentlich finden sie Wasser...»

Ohne mich umzudrehen, verließ ich das Dorf. Ich drückte meine Tasche mit dem Paß, dem Flugticket und etwas Geld an mich. Ich ging schnell. Ich wußte nicht mehr, ob mein Gesicht in Tränen oder in Schweiß gebadet war. Ich schwitzte. Ich ging noch schneller, dann lief ich. Ich mußte so schnell wie möglich aus diesem verfluchten Gebiet heraus. Ich hatte das Bedürfnis, meinen Mann zu sehen, mich in seine Arme zu schmiegen und still zu weinen. Ich sah unser Haus in Paris vor mir, den Schnee über der Seine, das sanfte Gesicht meines Mannes. Ich sagte mir wieder: «Hoffentlich finden sie Wasser... Hoffentlich erwartet er mich... Hoffentlich finden sie Wasser... Hoffentlich ist er zu Hause... Sonst werden wir alle wahnsinnig... Diese Geschichte mit dem Schatz, der am Fuß des Gebirges versteckt ist, ist wahr. Es ist keine Legende.»

Nach einem Marsch von zwei Stunden kam ich an die Straße nach Imiltanout und Marrakesch. Der Bus fuhr gegen fünf Uhr nachmittags. Ich mußte den ganzen Tag warten. Ich setzte mich auf eine Coca-Cola-Kiste neben ein Eingang eines Geschäfts, in dem alles verkauft wurde, Lebensmittel, Dünger, Kittel, landwirtschaftliche Maschinen, Propangas, Fernseher, Seile, Kohle... Ich blickte suchend nach dem, was fehlte: es gab weder Hacken noch Schaufeln mehr. Zwei alte Männer spielten mit Coca-Cola- und Limonadekapseln Dame. Sie unterhielten sich, die Augen auf das Spiel gerichtet:

«Hast du gehört, es werden Freiwillige gesucht...»

«Ja, der Mokadem hat es mir heute morgen erzählt.»

«Hoffentlich finden sie Wasser... sonst fallen sie hier bei uns ein.»

«Bei denen hat es seit Jahren nicht geregnet.»

«Das ist ein verfluchtes Dorf. Es hat Dämonen hervorgebracht. Deshalb verlassen es alle.»

«So ist die Zeit.»

«So ist das Leben.»

«Manche leben im Überfluß, andere sind ausgehungert.»

«Gott hat es so gewollt.»

«Gott und die Menschen...»

«Vorsicht, das darf man nicht durcheinanderbringen. Gott hungert niemanden aus. Es sind die Menschen, die sich gegenseitig aushungern. Spiel weiter, wir wollen nicht den ganzen Tag bei dieser Partie bleiben.»

«Ja, du hast recht. Hoffentlich sprudelt das Wasser... Und unsere Erinnerungen werden mit dem Morgendunst vergehen.»

«Sie werden zum Himmel aufsteigen...»

«Wie lange wir schon unsere Erinnerungen austauschen! Gott verlängert unser Leben, bis sie uns ausgehen. Weißt du, ich bin sicher, an dem Tag, an dem wir uns keine Erinnerungen mehr zu erzählen haben, wird der Engel Gabriel sich zu uns hinabbeugen und uns mit sich nehmen.»

«Außer, wir erfinden welche...»

«Das tun wir doch schon lange. Glaubst du, unsere Leben wären so erfüllt gewesen?»

«Besser sich Geschichten erzählen, als aufgeben.»

«Und selbst wenn wir aufgäben, wer würde es merken? Wer würde sich für unser Schicksal interessieren? Wir streben nach nichts Außergewöhnlichem. Wir haben einfach gelebt, ich meine, arm, und es ist ganz und gar angebracht, daß wir diese Welt ebenso bescheiden verlassen.»

«Diese Nacht ist die unsere!»

«So Gott will!»

«Ja, natürlich. Auch wir werden graben. Es ist höchstwahrscheinlich, daß uns unser Körper, lange bevor das Wasser sprudelt, im Stich lassen wird.»

«Das ist ein schöner Tod.»

Der Bus kam in jämmerlichem Zustand mit einer Stunde Verspätung. Als er hielt, warf der Maschinist mehrere Hühner und

Hähne zur Tür hinaus, die bei der Hitze verendet waren. Man sah auch eine junge Frau mit einem verdurstenden Baby davonlaufen. Es war die Hölle der Hundstage aus Staub, Lärm und trockenem Wind. Alles vertrieb mich aus diesem Land. Ich fühlte mich fremd. Ich sah ein letztes Mal die beiden Alten an, die ihr Maultier beluden, um dort, wo der Schatz in der Erde lag, graben zu gehen. Ich beneidete sie fast darum, schon gelebt zu haben und sich gelassen auf das Sterben vorzubereiten, indem sie sich nützlich machten. Am liebsten wäre ich zu ihnen gegangen und hätte ihnen die Hand geküßt wie meinem Urgroßvater, als ich klein war.

Ich stieg in den Bus und schloß die Augen, um dieses Land nicht mehr zu sehen, das nicht mehr das meine war. Seit dem Morgen wurde mir allmählich klar, daß ein Land mehr ist als Erde und Häuser. Ein Land, das sind Gesichter, in der Erde verwurzelte Füße, Erinnerungen, Kindheitsdüfte, ein Feld von Träumen, ein Schicksal, an dessen Ende ein am Fuß des Gebirges versteckter Schatz liegt.

Wo finde ich dieses Land? Ich würde so gern sagen und glauben,

Meine Heimat ist ein Gesicht
ein unerläßlicher Lichtschein
ein Brunnen mit Quellwasser
Es ist eine erregte Hand
die auf die Dämmerung wartet
um sich auf meine Schulter zu legen…

Aber ich fühlte die Zeit der Ungewißheit und des schlechten Schlafs kommen. Kein Lüftchen machte diesen Abend zu einer verlassenen Hütte am Meeresstrand oder an einem See, deren Tür für eine ermüdete Seele halb offen steht. Kein Lichtschein zeigte sich, um ein aufgestörtes Gewissen zu befrieden. Keine Hand legte sich auf meine Schulter. Unbekümmert wie eine Touristin war ich angekommen. Ich reise verändert wieder ab.

Die Entdeckung der Wurzeln ist eine schwierige Prüfung. Wie hätte ich ihre Schwere ahnen können. Ich bin gewachsen. Ich bin kein vom Leben entzücktes Kind mehr. Ich bin sicher, daß mein Mann fortgegangen ist. Er hatte es mir vorher gesagt. Ich glaubte ihm nicht. Er hatte mich zu dieser Wallfahrt ermutigt. Er wußte wohl, daß der Schock mich besser zum Nachdenken bringen würde als alle seine Vorträge. Ich entdecke das Scheitern, und meine Tränen nützen nichts.

EPILOG

Dies ist die Geschichte von dem am Fuß des Gebirges versteckten Schatz, dessen Geheimnis von der Seele eines kleinen Mädchens gehütet wurde, das, die Zeit überspringend, groß werden sollte, entschlossen, zu kämpfen und zu siegen, weil man ihm etwas anderes nicht beigebracht hatte.

Wieder in Paris, fand sie das Haus so vor, wie sie es verlassen hatte. Nichts war verändert. Ihr Mann hatte nur einen Koffer genommen und war fortgegangen. Neben dem Telefon ein Brief.

«Geliebte! (so redete er sie immer an, selbst in den schlimmsten Momenten)
Das Herz, sagt der Philosoph, muß brechen oder zu Bronze werden. Mein Herz ist nicht ganz gebrochen und wird nie die Härte der Bronze erlangen. Es ist müde. Deshalb gehe ich. Ich überlasse dich endlich dir selbst. Lerne Scham und Demut. Ich weiß, du lachst über diese Sache mit dem gesenkten Blick. Dein Leben, so wie du es mir erzählt hast, hat mich gerührt. Deine Kämpfe als Gastarbeitertochter haben mir gefallen. Ich dachte, du stündest zwischen zwei Kulturen, zwischen zwei Welten, aber tatsächlich bist du an einem dritten Ort, der weder dein Heimatland noch deine Wahlheimat ist. Ich war so kühn zu glauben, ich könnte dir eine Heimat sein. Das war ein Irrtum. Du verstehst es nicht, anderen die Beschämung zu ersparen. Zina hat sich umgebracht, weil sie sich ihrer selbst schämte, weil sie von einem Schwein besudelt worden war. Ich habe dir ihr Tagebuch ohne bestimmte Absicht zu lesen gegeben.

Vielleicht wirst du daraus lernen, daß es für manche Tugenden gibt, ohne die das Leben keinen Sinn, keine Würde mehr hat. Hätten wir uns weiter auseinandergesetzt und gegenseitig zerfleischt, hättest du gesiegt und triumphiert wie ein Tier. Du wirst einen traurigen Sieg erleben, und deine Tränen werden dies eine Mal echt und bitter sein. Jetzt hast du in aller Ruhe Zeit zum Weinen, und vielleicht wirst du leben lernen. Adieu, Geliebte. Ich habe getan, was ich konnte. Ich bin gescheitert.»

Einige Tage später erhielt sie einen Brief aus Marokko:

«Geliebte!
Ich schreibe dir unter einem Baum am Brunnen. Gerade ist er fertig geworden. Das Wasser ist tief. Das ganze Dorf feiert. Die Frauen arbeiten mehr als die Männer. Sie sind schön und würdevoll. Heute morgen glaubte ich dich zu sehen, wie du zwei Eimer Wasser trugst. Du hättest diese einfache und glückliche junge Frau sein können, die den Blick senkte, als sie mich sah. Das Leben ist dabei, sich im ganzen Dorf zu verändern. Die Obrigkeit ist gekommen und hat denen, die gegraben haben, gratuliert. Sie hat versprochen, Elektrizität zu legen. Das Dorf wird gerettet sein. Das Wunder hat stattgefunden. Der gefundene Schatz veredelt die Erde, aus der die Steine ausgegraben werden. Ich habe mich heute morgen mit diesem sehr kalten und reinen Wasser gewaschen. Die Männer haben ihre Waschungen mit dem Quellwasser verrichtet und still gebetet. Es war schön und ergreifend. Der Brunnen wird mehr besucht als der Marabut. Der Heilige ist bestimmt froh. Ich werde einige Tage hierbleiben, um mich auszuruhen, und vielleicht schreibe ich. Die Leute aus deiner Familie haben nicht verstanden, warum du abgereist bist. Sie glauben, du hast die Hitze nicht vertragen. Sie haben mir gesagt, daß sie stolz auf dich sind, auch wenn sie finden, daß du dich sehr verän-

dert hast. In den letzten Tagen haben sie bemerkt, daß du oft weintest, und sie wußten nicht, warum. Nach dem Fest fängt die richtige Arbeit an. Es sind Leute voller Menschlichkeit. Was hast du mit diesen so schönen und edlen Tugenden gemacht. Du wolltest, wie du sagtest, dich selbst behaupten und dich durchsetzen, als lebtest du mit einem Mann zusammen, der dich in einem Käfig eingesperrt hielt. Jetzt verrinnt die Zeit sachte zwischen dir und mir. Ich bin hier, um zu genesen und zu leben. Mit dir oder ohne dich.»

Diese Geschichte hört da auf, wo eine andere beginnt. Wenn die Sonne aufgeht, stößt sie immer weniger auf weißen Schotter und graues Dornengestrüpp. Die Erde ist von glücklichen Händen umgegraben worden. Sie haben die Legenden besiegt. Die Wasserverteilung ist die Zukunft des barfüßigen, verschnürten Schicksals derjenigen, die endlich Landarbeiter geworden sind. Die Alten werden weiter ihre Erinnerungen austauschen und die Rottöne des Himmels in den Augen der singenden jungen Mädchen ausfindig machen.

Tanger und an anderen Orten,
August 1987–Oktober 1990

GLOSSAR

Caïd	Dorf- oder Stammesoberhaupt
Djellaba	langer, weiter Übermantel aus gewebter Lamm- oder Kamelwolle mit Kapuze und Ärmeln; von Männern und Frauen getragen
Djinn	guter oder böser Luftgeist
Fqih	Rechtsgelehrter für religiöses Recht; im Volksglauben jemand, der Amulette schreibt
Gandura	ärmelloses langes Hemd, das die nordafrikanischen Araber als Unterwäsche tragen
Hadj	Titel eines Mekka-Pilgers
Helba, Halwa	orientalische Süßigkeit aus einer flockigen Mischung von zerstoßenem Sesamsamen und Honig oder Sirup
Henna	getrocknete, zu Pulver verarbeitete Blätter und die Rinde des gleichnamigen tropischen Strauchgewächses, das wegen seiner rötlichen und gelblichen Färbeigenschaften in islamischen Ländern zum Färben der Haare, Lippen, Lider und Finger benutzt wird
Kasbah	arabisches Viertel in nordafrikanischen Städten
Marabut	Einsiedler, Heiliger. Hier: dessen Grab, das ein Wallfahrtsort ist
Medina	arabisches Viertel

Sadika Gewerkschaft, Gewerkschaftsmitglied. Von französisch *syndicat*

Sarual weitgeschnittene schwarze Hose, an den Knöcheln eng geschlossen

Taguia Kappe

Tajine Fleisch-, Geflügel-, Fischeintopf mit Kartoffeln und Gemüse

Die französische Transkription der arabischen Eigennamen wurde, bis auf den des Propheten Mohammed, beibehalten.

TAHAR BEN JELLOUN

Sohn ihres Vaters

Roman
Aus dem Französischen
von Christiane Kayser
rororo 12302

Die tragische Geschichte eines Mädchens, das zum Sohn erklärt und zum Mann erzogen wird. Nach dem Tod des strengen Vaters beschließt Ahmed jedoch, sein/ihr verborgenes Geschlecht zu erforschen. Tahar Ben Jelloun verfolgt das Aufblühen dieses zum Manne verbildeten Weibes, die Entdeckung ihrer Lust, ihre Gefährdung und ihre Zerstörung als sinnliches Wesen.

Die Nacht der Unschuld

Roman
Aus dem Französischen
von Eva Moldenhauer
rororo 12934

«Wunderbar, wie in den Fabeln orientalischer Märchenerzähler, die von alters her auf dem Marktplatz im Schatten der Moscheen ihre Zuhörer verzaubern, ist die fremde, magische, mystische Welt des Marokkaners Tahar Ben Jelloun. Doch es ist auch eine bizarre Welt des Grauens, der nächtlichen Traumbilder und höllischen Schimären, der Delirien und Obsessionen, eine Welt der Unterdrückung, der gedemütigten und geschändeten Weiblichkeit unter der Männerallmacht des Islam.» *Der Spiegel*

Tahar Ben Jelloun wurde in Frankreich für «Die Nacht der Unschuld» als erster maghrebinischer Schriftsteller mit dem «Prix Goncourt» ausgezeichnet.

TAHAR BEN JELLOUN

Tag der Stille in Tanger

Roman
Aus dem Französischen
von Uli Aumüller
rororo 12823

An einem stürmischen Tag in Tanger liegt ein alter Mann in seinem Zimmer und wartet auf den Tod. Er weiß, daß er sich von seiner schweren Krankheit nicht mehr erholen wird, doch er will das Leben bis zur Neige auskosten. An einem einzigen Tag ringt der alte Mann dem Tod noch einmal ein ganzes Leben ab – «Tag der Stille in Tanger» ist eine Geschichte über das Altern, aber auch über die Macht der Phantasie.

Die tiefste der Einsamkeiten

Aus dem Französischen
von Dorothe Schnyder
Mit einem Vorwort von Helmut Kentler
rororo mann 8252

Was ist aus mir geworden? Ich bin kein Mann mehr. Es ist gefroren, das ist der Tod, der mich zwischen den Beinen packt. Man muß mich operieren. Kannst du keine Röntgenaufnahme machen?

Tahar Ben Jelloun schreibt von der sexuellen Not afrikanischer Fremdarbeiter in Frankreich. Vermittelt werden Einblicke in eine verborgene Welt männlicher Scham, Verzweiflung und Heimatlosigkeit.

ROWOHLT